JN207604

出獄記

山本譲司

ポプラ社

出獄記

装丁
緒方修一

カバー絵
ヒエロニムス・ボス
『快楽の園』外面扉の部分
(写真　Bridgeman Images／アフロ)

プロローグ

二〇〇二年の八月一三日、「仮出獄許可決定書」を交付された私は、栃木県の黒羽《くろばね》刑務所から出所した。四一四日ぶりの社会復帰だった。

私が服役するに至ったのは、秘書給与詐取《さしゅ》事件によってである。衆議院議員時代、国から支給される政策秘書の給与を、事務所運営費や私設秘書の人件費に流用していたというもので、詐欺罪に問われたのだ。事件発覚後、弁護士の助言に従い、政治資金収支報告書の修正申告を行なったが、その結果、政治資金規制法違反の罪も加わる。政策秘書からの寄付を装う「虚偽記載」だ。金額は、約九〇〇万円にのぼった。

二六歳で東京都議会議員となり、以後、都議を二期、衆議院議員を二期務め、選挙はすべてトップ当選だった。しかも、選挙のたびに、大きく得票数を伸ばしての当選である。当選を重ねるなかで、だんだんと驕《おご》りのようなものが生まれてくる。まわりから持ち上げられることも多くなり、つまらない自負心や見栄が旺盛になってしまったのだと思う。人様の意見や忠告がなかなか耳に届かなくなっていたし、自分を疑うことも少なくなっていた。刑事被告人となったのは、そうした自分自身の傲慢《ごうまん》さが招いた必然の成り行きだったのではないだろうか。私にとっての秘書給与詐取事件は、単に法律を破ったというだけの問題ではなく、自分の生き方そのものに対する警鐘《けいしょう》だったのではないか。裁判に臨むなか、内心、そんなふうに事件を総括していたのである。

もちろん、詐取した政策秘書給与は、すべて国庫に返納した。議員辞職もしている。だが、それで免罪されるわけではない。一審の東京地裁で下された判決は、懲役一年六月の実刑判決。私は、控訴審を争うことなく、入獄する道を選んだのだった。

服役したのは、東京都にある府中刑務所、そして、黒羽刑務所だ。府中刑務所での約三週間は、健康診断や適性検査を受ける「考査期間」であり、本格的な受刑生活は、黒羽刑務所で送ることになる。

黒羽刑務所では、「第一寮内工場」というところでの刑務作業を命じられる。所内には、ほかに「第二寮内工場」があり、いずれも、病気や障害のため、一般工場での稼働《かどう》が適《かな》わない受刑者を収容する場所だった。黒羽刑務所というのは、医療刑務所でも医療重点施設でもない。それなのに、ふたつの寮内工場は、いつも、障害者や認知症高齢者で満杯になっていた。

私に与えられた役目は、彼らハンディキャップのある受刑者に対する、作業の割り振りや身体面での介助である。昼食時の配膳と後片づけ、それに、工場内や受刑者仲間の居室を掃除するのも、ルーティン・ワークのひとつだ。寮内工場には、向精神薬の副作用か、一日中、大便を漏らし続ける人がいた。さらには認知症のため、機能性便失禁を繰り返す高齢者もいる。そんな彼らの下《しも》の世話も、私にとっての大事な仕事だった。

障害のある受刑者とはいえ、全員が懲役刑を受けた者である。労働を義務づけられた立場なので、就業時間内は、一応、袋貼りなどの簡易作業に就《つ》くことになっている。だが実情をいえば、まったく作業ができない受刑者も多かった。それだけではなく、自分が今どこにいるのかさえ理解していない者もいた。

工場担当の刑務官から聞いた話によると、障害のある受刑者のほとんどが、社会の中で、必要な福祉的支援を受けていなかったという。認知症の高齢者も、服役前、福祉との関わりを持たなかった人ばかりだ。ホームレス状態が続き、住民票を失っている人もいる。

議員在職時の私は、福祉施設や特別支援学校を頻繁に訪れており、福祉については、それなりに分かっているつもりだった。しかし、刑務所の中に入ってみて、福祉の現実がまったく見えていなかったと、大きなショックを受けることになる。深く反省もさせられた。

その反省をもとに、出所後は、福祉の現場に携わりつつ、障害のある受刑者や高齢受刑者の社会復帰支援に取り組んでいる。更生保護法人やNPO法人も立ち上げた。二〇〇七年からは、半官半民のPFI刑務所「播磨社会復帰促進センター」や「島根あさひ社会復帰促進センター」で、民間側の運営アドバイザーとして受刑者処遇に関わってきた。二〇〇八年のリーマンショック以降は、出所者の就労支援にも力を入れている。

社会復帰の支援をした受刑者の数は、すでに、二〇〇〇人を超えた。なかには、また塀の中に戻ってしまった人もいるが、八割以上の人は、今も、なんとか社会生活を続けている。どんな出所者であろうと、社会の中に居場所があったり、役割があったりするならば、当然、再び罪を犯す可能性は低くなる。が、逆にいえば、出所後の社会に居場所がないと、すぐに再犯に至ることになる。

法務省の『矯正《きようせい》統計年表』（二〇二四年七月三一日に公開）によると、二〇二三年に新しく受刑者となった一万四〇八五人のうち、五五パーセント以上が再入所者によって占められているのである。再犯までの期間は、半年未満が約二〇パーセント、一年未満が約三五パーセント、二年未満が約五五パーセントだ。それらの数字が示すように、我が国の場合、一度受刑者となった者の社会復帰は、決して簡単なものではない。入出所を繰り返し、つまるところ、刑務所内で人生の最期を迎える受刑者も多数いる。獄中死する受刑者の数は、毎年、三〇〇人ほどにのぼる。計算上、およそ六〇人に一人の出所者が、命を失ってからの出所となるのだ。

現在も私は、週のうち何日かは塀の中で過ごしている。受刑者の帰住環境調整や、出所を前にした受刑者との面談のためだ。

ある夏の日のことである。私は、一人の受刑者と会っていた。場所は、刑務所内の会議室だ。狭い面会室とは違って、間を仕切るアクリル板もなく、開放感のある部屋だった。ひと月半後に刑期満了を迎えるその川端要三（仮名）さんとの面談は、これが二回目だ。彼が入室した時から、部屋の中に、石鹸の匂いが漂っている。きっと、入浴を終えたばかりなのだと思う。

外は晴天だった。窓からの陽射しが、川端さんの顔面を照らし、深く刻まれた皺を強調する。白髪に覆われた頭部は、銀色に光っていた。彼の年齢は、五十代前半。にもかかわらず、その外見からして、とうに還暦を過ぎた老人のように見えた。

長方形のテーブルをはさんで、二人と向き合っている。川端さんの横に座るのは、審査保護係という社会復帰担当の刑務官だ。

私は、笑顔をつくりながら、話を切り出した。

「川端さん、見つかりましたよ。この前お会いした時に約束した通り、ここから出たあとに生活できるところを見つけてきました。きょうは、その報告にうかがったんです」

途端に彼は、落ち着かない様子になった。視線を左右にせわしなく動かし、それから、声を潜《ひそ》めて言う。

「内緒の話だども、きのうＣＩＡがら知らせ受げだんだ。ここがら出だあどは、バイデンさんのスタッフが迎えに来てけるようになったんだ。んだもんて、もう山本さんに面倒みてもらわねでも良ぐなった……。出所後は、ホワイトハウスで暮らすごどになるんだども、まわりは優しぇ人ばがりのようだ」

言い終わらぬうちに、溜め息が聞こえてきた。溜め息を吐いたのは、目の前の刑務官だ。その年配の刑務官が、上半身を捻り、川端さんのほうを向く。

「おい、どないなっとんねん。この前は、『出所後は福祉の世話になる』て、そう答えとったんちゃうか。せやから、こないして山本さんも動いてくれはんねんぞ。もう出所までひと月半や。今になって、そないけったいなことゆうたらあかんわ。だーれも相手してくれへんようになるで。どやろう、この前、あんたが話した通り、『ここから出たら福祉の支援を受ける』、それでええんやないか」

福祉の支援――。確かに前回の面談時、最後になって、ようやくその言葉が聞かれた。だがそれも、誘導尋問に近かったように思う。はじめのうちはずっと、自分は皇室の人間だから大丈夫、と言い張っていたのだが……。いずれにせよ、重い統合失調症を患っていることは明らかだった。

服役前の彼は、路上生活を送っていたという。最初に捕まったのは、置き引きによってだ。この時、精神鑑定は行なわれず、当たり前のように刑事被告人となった。刑事責任能力が問われることはなかったのである。裁判では、初犯であり、かつ被害が軽微であったため、執行猶予を付した判決が下される。ところが、釈放後すぐだった。公園で女子中学生に話しかけたところ、即座に、不審者として警察に通報される。たぶん彼は、パニック状態になったのだろう。駆けつけた警官を前に暴れだしてしまい、「公務執行妨害罪」での現行犯逮捕となる。またも裁判にかけられた彼は、前刑《ぜんけい》の執行猶予も取り消された。結局、二回の裁判を受けたあと、合わせて二年半の刑期で服役することになったのだった。

彼には、出所しても、帰る場所がない。両親は、すでに他界していた。親族として妹が一人いるものの、兄の身元引受人になることを強く拒《こば》んでいるらしい。川端さんは、まともな仕事に就いた経験がなく、精神科病院への通院歴もあった。そして今は、犯罪者となり、刑務所に服役している。妹は、そんな兄の存在に苦悩し続けてきたようだ。一緒に暮らしていた当時は、夜中に奇声を上げられ、近隣住民に謝って回ることもたびたびだったという。それでも、やはり血を分けた兄妹だ。兄の服役後、一度は面会に訪れてくれたのである。しかし、そこまでだった。精神疾患の症状が、さらに悪化している兄の姿を見て、いよいよ自分の手には負えない、と感じたのだそうだ。

私が、彼の社会復帰調整を手伝うようになったのは、二カ月ほど前からだった。以後、何人もの福祉関係者に当たり、引き受けを依頼した。だが予想通り、なかなか引き受け先は見つからない。自分が関係する更生保護法人やNPO法人もあるが、川端さんが生まれ育った地域から遠く離れた場所にあり、彼の希望には沿えなかった。

朗報がもたらされたのは、四日前のこと。駄目で元々という気持ちで声をかけた人物から返事があった。その人は、生活困窮者を支援する会の代表を務めていた。その会は、法人格もなく、ボランティアグループに近い、私的な団体だった。彼は、本人が望むなら引き受けてもいい、と言う。彼の団体は、設立当初から精神科クリニックと連携しており、そこで、投薬治療も受けられるようだ。そのありがたい話を受け、早速、この日の面談がセットされたのである。

心のうちでは、川端さんも喜んでくれるだろう、と考えていた。けれども、実際はそうではなかった。

「なあ川端さん、あんたも難儀な人やな。もう頼むわ、正気に戻ってくれへんやろか」刑務官は、懇願するような口調になっている。「この通り、お願いやから、福祉の支援、受けてくれんか」

最後は深々と頭を下げた。

「バイデン大統領が助けでけるがら、大丈夫」

川端さんは真顔でそう答え、それっきり黙り込んでしまった。

社会復帰調整というのは、本人の同意がないまま、話を進めることはできない。

本人が承諾しないのであれば、あとはもう、やるべきことはひとつ。精神保健福祉法にもとづく二六条通報だ。そこに、一縷《いちる》の望みを託すしかなかった。

精神保健福祉法二六条の内容を要約すると、こうなる。

――矯正施設の長は、精神障害者またはその疑いのある受刑者が出所する時は、あらかじめ、本人の帰住地（帰住地がない場合は当該矯正施設の所在地）の都道府県知事に通報しなければならない。

何を目的とした通報なのか。それは、通報を受けた自治体側が、対象となる出所者を医療機関につなぐためのものであろう。しかし、実態としてはどうか。残念ながら、自治体が動いてくれることはほとんどない。

『矯正統計年表』によれば、二〇二三年の出所者総数一万六二三三人のなかで、三五三七人が、帰住地の自治体に二六条通報されている。だが、そのうち医療につながったのは、わずか五一人に過ぎない。その少なさもさることながら、やはり何よりも驚かされるのは、通報者の多さではないか。三五三七人というと、全出所者の約二二パーセントだ。刑務所側は、出所者の五人に一人以上が、精神障害やその疑いのある者と判断していたのである。

精神障害者だけではない。刑務所内には、知的障害のある人たちもたくさんいる。日本の刑務所では、受刑者となった者は、まず知能指数の検査を受けなくてはならない。『矯正統計年表』に、その結果が記載されている。二〇二三年の新受刑者総数一万四〇八五人のうち、二割以上が知的障害を表すＩＱ六九以下の者ということだ。もちろん、一人が両方の障害を抱えている場合もあるだろうから、単純に、受刑者の四割以上に精神障害や知的障害がある、とはいえない。でも、その割合が、一般社会とは比にならないほど多いことは確かである。

精神や知的に障害のある受刑者は、mental の頭文字をとり、「M指標受刑者」として、医療刑務所や医療重点施設で処遇されていた。また、一般の刑務所でも、多くの受刑者がスモールM、すなわち「m指標受刑者」として服役している。川端さんも、その一人だった。

我が国の刑務所は、高齢化率も、世界の国々のなかで突出して高い。日本社会全体に占める七〇歳以上の人たちの割合は、この二〇年の間に、約二倍になったが、受刑者全体に占める割合では、約五倍に膨らむ。

高齢者や障害者で溢《あふ》れる我が国の刑務所――。今や刑務所というところは、福祉の代替施設と化してしまっていた。私の知る限り、高齢受刑者や障害のある受刑者の多くが、寄る辺のない身だった。出所したとしても、頼るべき人がいないのである。

では、あれから川端さんがどうなったのか。それについては、後日、あの年配の刑務官から報告を受けていた。

「いやー、ほんまに良かったです。出所間際になって、妹さんから手紙が届きましたんですわ。で、急転直下、引き受けオッケーやと……。刑期満了の日は、妹さん、遠くからやのに、ちゃーんと迎えに来てくれましてね、川端と向きおうて、『兄ちゃん、長い間、お疲れ様』て、目え……、目え潤ませながら言うとりました……」そう話す刑務官の声も潤んでいる。「川端も大人しゅう、妹さんについて帰りましたわ。やれやれでした。せやけど、一番喜んどったんは、川端のおった工場の工場担当です」

工場担当というのは、受刑者処遇の中心を担う立場の刑務官だ。受刑者から「おやじ」と呼ばれることも多い。

「山本さんは、気づきはりましたか、二回目の面談時のあの石鹼の匂い。一回目の時、川端の体、えげつない臭いしてましたでしょ。せやから工場担当、山本さんが嫌な思いしたんやないかって、えらい心配しとったんです。『帰住先わざわざ探してくれはる方やのに、あの臭いで気分害されたんとちゃうか』って、そない言うてましたわ。ほんで結局、二回目の面談前は、工場担当自ら、風呂場まで連れて行って入浴させたっちゅうわけです」

現場刑務官は皆、受刑者の円滑な社会復帰を願っている。川端さんの件では、その一端を知ることができたようで、私自身、嬉しくも頼もしくも感じた。

川端さんについてはひと安心したが、それは稀《まれ》な例だと思う。高齢受刑者や障害のある受刑者のほとんどは、福祉のみならず、家族からも見放された存在となっているのである。

そもそも健常者もそうだが、罪を犯した者の過去を調べると、貧困や悲惨な家庭環境といった様々な悪条件が重なることによって、不幸にして犯罪に結びついているケースが多い。そうした事実を踏まえれば、現在の刑務所の状況は、障害者のほうが健常者よりも、より困難な生活環境に置かれる可能性が高いという、日本社会の現実を表しているようなものではないだろうか。

福祉のセーフティーネットから零れ落ちた人たちが、次から次と、塀の中に入ってきている。そんな彼ら彼女らを、刑務官たちが世話をしているのだ。

これまで私は、全国の刑務所を訪ね歩くなかで、様々な経験をさせてもらった。受刑者個々との面談や、複数名とのグループワーク、さらには多くの刑務官たちと、インフォーマルな意見交換会も重ねてきた。

刑務官組織というのは、上意下達の世界だ。所長をはじめ、「部長」や「課長」、「首席」や「統括」といった肩書の、ほんのひと握りの幹部刑務官が、細かい所内ルールまで決めていく。だが、その幹部刑務官は、二年から三年置きに転勤があり、全国の施設を回ることになる。一方で、一般刑務官のほうは、転勤は滅多になく、ひとつの施設のみの勤務で定年を迎える人も多い。受刑者と直接向き合うのは、そんな一般職の刑務官たちである。彼ら彼女らの話からは、受刑者と間近で接する人ならではの、切実な思いが伝わってくる。

「新しく入ってきた受刑者のなかに、前に出所させた者がいると、本当に悲しくなります。もう絶対に戻ってくるなって、そう言って送り出すんですけどね。『ごめんなさい、また戻ってきました』なんて、泣きながら謝られると、こっちまで涙が出てきます。まあ、そんなことの繰り返しなんですけど、要するに、刑務所を『終《つい》の棲家《すみか》』にしてるような受刑者がたくさんいるってことなんです」

振り返れば、私自身も、実にたくさんの人々との出会いがあった。受刑者や刑務官だけでなく、更生保護関係者、あるいは犯罪加害者の家族や、逆に被害者の家族にも会った。そうした場を通じて、当事者でなければ分からない、貴重な話を数多く聞くことができた。そのひとつひとつに、人間ドラマがある。悲劇もあれば、感動の物語もあった。時には、耳を疑うような話を聞いたし、目を疑うような場面に出くわしたこともある。

受刑者個々が生きてきた環境が、いかに劣悪であったかを思い知らされもする。刑務所の中と外、そのどちらが、彼ら彼女らにとっての「獄」なのか。それが分からなくなることも、しばしばだ。

可能であれば、そんな現実の数々を詳《つまび》らかにできればと思う。二〇〇四年に新潮ドキュメント賞を受賞した拙著『獄窓記』のようにだ。しかしながら今は立場上、一定の制約もある。私が、「矯正施設の内情」や「出所者の実態」について知ることができるのは、刑務所や更生保護事業の運営に携わらせてもらってきたがゆえのことだ。当然、そこには守秘義務がともなう。特に、矯正や更生保護関係者と関わるなかで知り得た受刑者の個人情報については、絶対、外に漏らしてはならなかった。

そうした受刑者個々の情報とともに、世に知られていない現実が、凝縮して詰め込まれている我が国の刑務所――。そこは、「社会の映し鏡」とも表現される。社会の現状がありのままに映し出される場所、という意味であろう。

議員当時の私は、刑事政策についても、物知り顔で語っていた。だが今は、国会の場で論じてきたことが、いかに皮相的だったかを知り、猛省している。国会で見えなかったことが、刑務所の中で見えてきたのだ。

塀の中の現実というのは、実際のところ、多くの国民にとっても、見えづらいものとなっているのではないか。犯罪が起きたとしても、犯人が逮捕され、裁判で判決が出れば、そこで一件落着。その先の情報が、ほとんど流れてこない。出所後についてはなおさらである。

それは、かつて「行刑密行主義」といわれた、矯正行政のあり方にも一因があるのではないかと思う。刑務所内のことについては、なるたけ非公開としてきた「秘密主義」だ。けれども、刑務所や受刑者というのは、国民の生活とまったく無関係な存在ではない。多くの受刑者は、罪を償い終えれば社会に戻ってくるのだ。

たとえば、こうである。二〇二三年の我が国における一日平均の受刑者数は、三万四七七九人であった。そして、同じ年の年間出所者数は、一万六二三三人となっている。この数字が示すように、刑務所内の受刑者は、出所や入所によって、毎年、半数近くが入れ替わっているのだ。ということは、たとえ服役中の受刑者であっても、そのほとんどが、近いうちに隣人になるかもしれない人だといえる。

受刑者たちが、いかにして刑罰を受け、どのようにして社会に戻ってくるのか。やはり私としては、その現実を伝えずにはいられない。刑務所を取り巻く状況については、感情論やイメージ先行の、間違った情報が数多く飛び交っている。そうした情報が、時として、刑事政策を歪《ゆが》めてしまう場合もあるのだ。

真実を伝えたいという思いは、私自身の中で、ますます強くなっていく。

考えてみるに、その方法がなくもない。守秘義務という縛りを受けつつも、世に伝達する方法はあった。個人情報保護に抵触するような部分については、小説として描くのだ。であれば、関係者への迷惑も最小限に抑えられるのではないかと思う。

　このようなことから本書は、三人称で記述する小説部分と、一人称で伝える実話の部分とが混在したつくりになっている。イレギュラーな構成かもしれない。だが、この形態だからこそ明かせる真実もあるのだ。社会に対して徹底的に寡黙な刑務官たちの、その声も伝えることができる。マスコミに公開されていない刑務所内の奥の院についても、明らかにすることができるのだ。

　塀の中の現実を見れば、その国のあり様を知ることができるし、その国の社会に足りないところも浮かび上がってくる。

目次

第一話　守り続けた命を奪う者

東京拘置所と名古屋拘置所の死刑囚収容フロア

忘れもしない。二〇〇〇年の九月四日のことだ。私は、秘書給与詐取容疑により、東京地検特捜部に逮捕された。

東京拘置所の門の前には、多くのマスコミが、カメラを持って待ち構えていた。私が乗せられたワンボックスカーに向け、凄まじい数のフラッシュライトが焚かれる。

拘置所内に入ると、まずは顔写真を撮られた。続いて行なわれるのが、身体検査と持ち物検査だ。全裸での検査によって、自分が「塀の中の住人」になったことを、しかと思い知らされる。

その後の勾留中は、ほとんどの時間、狭い独房内に身を置き続けた。

結局私は、九月二三日までの二〇日間、東京拘置所に収監されていたのである。容疑をすべて認めていたので、検察官の取り調べは、淡白そのものだった。検事調べは毎日、夕食後の午後七時過ぎから始まり、二時間もかからずに終わった。日中は何もすることがなく、三畳あまりの空間の中で、ひたすら所在ない時間を過ごす。ただし、カメラによって監視され続けていたので、絶えず、姿勢を正して座っていた。

部屋の中に突起物はなく、水道の蛇口もゴム製のホースで、壁に埋め込まれたボタンを押せば水が出る仕組みになっている。筆記用具や箸、それにタオルも室内にはない。要するに、自殺を防止することを目的として用意された部屋だったのだ。

勾留中の記憶は、土埃《ぼこり》や建築廃材の臭いとともに蘇《よみがえ》ってくる。当時の東京拘置所は、大規模な建て替え工事中だった。検事調べが行なわれるプレハブまで、刑務官に連れられて行くのだが、取り壊し中の建物の横を通ったり、誰もいない収容棟の廊下を歩いたりと、敷地内を迷路のように回り、ようやくたどり着く。その行き来によって、自分が収容されている舎房が、東京拘置所内の一番奥まった場所にあることが分かった。

じきに、そこが特別な獄舎であることに気づく。時折、間近なところから、刑務官と収容者の会話が聞こえてきて、話の内容からも、それがはっきりした。

「おいアライ、目と足の具合はどうだ」

「もう目は見えませんし、足も駄目です。けど絶対、あなたたちにやられはしませんから」

アライと呼ばれていた人物の姿を、何度か目にしたことがある。入浴のため連れ出されたようだが、本当に目と足が不自由らしく、二人の刑務官に両脇をかかえられての移動だった。アライ氏は、出し抜けに叫び声を上げることがあった。

「信じてください、私は冤罪《えんざい》なんです。死刑になんかなってたまるもんですか」

あとで分かったのだが、彼は荒井政男という名の死刑囚だった。報道によると、〈二〇〇九年に東京拘置所内で病死〉とある。ほかにも、袴田巖さんとおぼしき人を見かけたこともあった。つまりそこは、死刑囚が収容されている獄舎だったのだ。

勾留中の私は、ずっと接見禁止の状態で、弁護士以外とは会えなかった。新聞や雑誌の閲覧も禁じられており、天井のスピーカーから流れてくるラジオニュースが、貴重な情報源だった。

「山本譲司容疑者は逮捕後、容疑事実を認め、すでに議員辞職願を衆議院に提出しています」などと、自分に関するニュースも耳にした。だが、それよりも印象に残っているのは、次のようなニュースが流れた時だ。

「最高裁第二小法廷は九月八日、一、二審で死刑判決を受けた田中政広被告の上告を棄却しました。東京都武蔵村山市や神奈川県藤沢市における事件で、殺人や死体遺棄などの罪に問われた田中被告ですが、これにより死刑が確定します」

途端に、獄舎内のあちこちから溜め息が漏れてきたのである。重苦しい空気に包まれるなか、「ぐわー」という、咆哮《ほうこう》のような声が聞こえた。田中被告本人が発したのかどうか分からぬが、きっと彼も、近くの舎房にいたのではないかと思われる。

帰するところ、田中死刑囚は、二〇〇七年の四月に、東京拘置所内の刑場において、刑が執行される。享年四二。そのニュースに接した際、私の耳朶《じだ》に突然、あの「ぐわー」という声が鳴り響いたのだった。

現在の東京拘置所は、地上一二階、高さ五〇メートルの高層の建物になっている。二〇〇三年に、中央管理棟と南収容棟が完成し、二〇〇六年に北収容棟が完成した。収容定数は三〇一〇人で、五〇人ほどの死刑囚を収監しているといわれる。二〇一〇年の八月、法務省は初めて、地下にある刑場を報道機関に公開した。

同じように地下に刑場があり、高層型拘置所の先駆けとして、一九八三年に竣工したのが名古屋拘置所だ。

名古屋市の官庁街に聳《そび》え立つ、二棟のビル。それは、日本初の外塀のない矯正施設であり、西館が一二階建てで、東館が八階建てだった。刑場は、東館の地下にある。死刑囚は一〇人以上いて、西館の上層階に収監されているらしい。

そのフロアの衛生係をしていた元受刑者と、こんな会話をしたことがある。死刑判決を受けた森重（仮名）という被告人についてだ。

「山本さんは、名古屋アベック殺人事件の犯人で、あの森重ってやつのこと知っとりますか」

「報道で知ってます。未成年者への死刑判決ってことで注目されていましたよね」

犯行時一九歳だった森重被告であるが、一審の名古屋地裁で下された判決は死刑。だがその後、名古屋高裁は、一審判決を破棄し、無期刑を言い渡す。結果的に、検察側は上告を断念し、無期刑が確定したのだった。

「わしが晩飯を配食しとった時です、森重のことがラジオニュースで流れてきたんですわ。死刑じゃのうて無期刑になったゆうんでね、そこらじゅうの舎房から拍手の音が聞こえてきて、しばらく鳴りやまにゃせんでした。歓声も上がっとったわ。で、私が驚いたんは、その場におった刑務官に対してなんです。注意せえへんどころか、笑顔を見せて頷《うなず》いたりしとるんでね」

なるほど、それは理解できないでもない。刑務官としては、手にかけなくてはならない人間が一人減ったのだから。

あのあと私は、実際に名古屋拘置所のそのフロアを担当していたという刑務官に、質問をする機会を得た。

「死刑囚といえども、長い間、接していれば、やはり情が移るものですか」

「ああ、死確者《しかくしゃ》のことですね」刑務官は、死刑囚のことを死確者と呼ぶ。死刑確定者の略語らしい。「死確者の場合は、死刑が確定するまで五年から一〇年、死刑が確定してからも、さらに五年、一〇年と、長い期間ここにおるもんが多いですからね、どうしても情は移ります」

「では死刑執行は、できれば避けたいというお気持ちですか」

彼は、大仰に首を横に振った。

「いいえ、そうではありません。我々刑務官が、死刑の執行に私情を挟《はさ》むようなことは決してありません」

そう言い切ったものの、こちらに目を合わせてこない。頬《ほお》が引きつっているようにも見え、結局、本音がどこにあるのかは分からないままだった。

白衣の刑務官

医務課の事務室内には、寺園清之ともう一人、平松卓がいた。デスクに座る寺園は、ひたすら手を動かし続けている。

名古屋拘置所の二階部分には、東館と西館とをつなぐ渡り廊下があった。その廊下に面して、病舎や診察室、薬局、そして医務課の部屋が並ぶ。

医務課の事務室に、夕暮れの光が射し込んでいた。光は鉄格子を通して、床に仄赤《ほのあか》い縞《しま》模様をつくる。

寺園は、隣にある薬局から戻ってきたあと、ずっと作業に没頭していた。渡された薬を手にし、その数や種類を確認しているのだ。薬は、収容者たちが服用するもので、これから西館のほうに出向き、各階の担当刑務官に手渡すことになっている。

「一応、心の準備だけはしとかんとな」

先輩刑務官である平松が、そう独《ひと》りごちた。彼は、すでに白衣を脱いでおり、帰宅の準備に入っていた。ロッカーから取り出した私服を横に置き、ソファーに座ったまま、着替えている。

寺園は、まだ仕事中である。一般刑務官と同じズボンを穿《は》き、上半身は白衣を纏《まと》う。それが、「保健助手」といわれる刑務官の、勤務中の姿だ。事務室の外では、制帽もかぶる。

寺園は、作業をしながら、平松を一瞥《いちべつ》する。すぐに視線を、壁にかけてあるホワイトボードに移した。医務課長の顔を思い浮かべ、心の中で頷く。

明日は長い一日になるのではないか。おそらくこの予感は当たっている。死刑が執行されるのだ。

ボードには予定表が掲示されてある。医務課に所属するスタッフの月間予定が書き込まれたものだ。医務課スタッフは、医務課長の米崎、新任医師の田所、保健助手の平松と寺園、それに看護師の吉浜秀子という、計五人のメンバーだ。ちなみに、刑務官が務める医務係長のポストは現在、空席である。

そういえば、先週のことだ。寺園に対し、吉浜秀子が、不安そうな表情で、こう尋ねてきたのだった。

「ここって死刑を執行したりするんですよね。やっぱりその時は、私みたいな看護師にも何か役割が振られるんですか」

「そうか、吉浜さんの着任後は、まだ死刑はやられとらんもんな。でも心配せんでええよ。その時に立ち会う職員は、医務課のなかじゃ、医務課長とわしら刑務官だけだもんで」

四九歳の寺園であるが、すでに九回の絞首刑に立ち会っている。

執行時における保健助手の役割は、最期の看取りだ。刑場の地下にいて、落下してくる死刑囚を待つ。吊るされた死刑囚が目の前に現れたら、その体を支え、絶息するまで手首に指を当て、脈をとり続ける。心肺停止に至る時間は、早い者で一〇分、平均だと一五分くらいだ。脈が止まれば、次に、医師である医務課長が心音を確認し、死亡を告げる。そのあと保健助手は、警備隊のメンバーとともに遺体を清拭《せいしき》し、白装束に着替えさせる。鼻や耳に脱脂綿を詰めたり、髭を剃ったりするのも、保健助手の役目だ。そして、納棺した遺体を、一階にある霊安室まで移動させれば、とりあえずの仕事は終了となる。

「きっと、あしたやるんやろうな」

また平松が、独りごとを口にした。寺園は、それに反応せず、目を下に向けたまま、作業を続ける。チェック済みの薬を、白い布でできた手提げ袋の中に詰めていく。

寺園には、准看護師の資格がある。看護系の学校を出たわけではない。高校は鹿児島県内の剣道の強豪校に通い、三年時には、インターハイで好成績を収めた。高校卒業後、「武道拝命」という採用枠によって刑務官になる。最初は、名古屋拘置所の処遇部に籍を置いた。夜間の巡回、および収容者の入浴や運動への立ち会いが主な仕事だった。そして、二十代前半の頃だ。東京にある法務省の准看護師養成所において二年間の研修を受け、准看護師の資格を取得する。名古屋拘置所に戻ったあとは、医務課に所属。保健助手として、医師をサポートしつつ、収容者の健康管理や病気治療にあたっている。平松も、同様の立場だ。

二人はともに、「副看守長」という階級にあった。刑務官の階級は七段階あるが、副看守長は、下から三番目。管理職ではなく、二人は現在、監督権限のない係長待遇となっている。

医務課長の米崎は、寺園よりもひと回り下だった。二年前に、名古屋大学医学部附属病院から異動してきた外科医である。医師としての腕は確かだ。落ち着いた物腰で、的確な判断を下していく。寺園は、その仕事ぶりに、年下の相手ではあるが、頼りがいさえ感じていた。

普段は冷静沈着な米崎が、一昨日から様子がおかしい。妙にそわそわしていて、どこへ行くのか、席を外していることが多かった。携帯型内線電話で連絡がつく状態になってはいるものの、今も行方知れずだ。米崎の予定表には、確か明日の水曜日、〈医学セミナーのため東京へ出張〉と書かれていたはず。だが、いつの間にか、それが消えている。

保健助手の刑務官に死刑執行が知らされるのは、当日の朝だ。二人が同時に欠勤することは、まずあり得ないからであろう。しかし、医務課長は一人しかいない。医務課長がいなければ、死刑自体が成り立たないのである。そうした事情もあり、医務課長には、三日ほど前に、刑の執行が伝えられるらしい。当然、その秘密事項を、他者に漏らしてはならない。

ほかにも、事前に刑の執行を知らされる者たちがいる。警備隊の面々だ。警備隊というのは、所内の規律維持活動や規則違反者への取り調べ、刑場の管理、さらには絞首刑執行の準備もする。そして、死刑執行時は、その中心を担う。

明朝に執行だとすれば、すでに刑場の掃除は終えているだろう。警備隊にとって最も重要な準備作業は、清掃のあとに待っている。それは、絞首刑のリハーサルだ。

ロープの長さは、事前に調整しておく必要がある。死刑囚の体重と同じ重さの砂袋を用意し、実際にロープに括りつけて、執行ボタンを押す。地下に落下した死刑囚の足底が、床上三〇センチぐらいの高さにくるよう、何度も繰り返して実験するのである。

寺園の高校の後輩で、この拘置所の剣道部に所属する福留宏典も、警備隊員の一人だ。

昨夜、寺園は、拘置所内の道場で、福留と竹刀《しない》を合わせた。だが、まったく気合が入っていないし、心ここにあらず、といった体だった。それを質しても、なんでもありませんと、喉に何かが絡まったような声が返ってくるだけ。稽古が終わっても、ほとんど口を利《き》かない。着替えたあとは、挨拶もなく、道場のある東館一階から、あたふたと出て行った。明らかに、いつもの彼とは違った。

二六歳の福留は、今年、警備隊に配属されたばかりだ。きっと刑場の中に入るのも、初めてなのではないか。

平松が、またつぶやく。

「あしたも、朝七時半ぐらいに呼び出しやな」

彼はもう、私服に着替え終わっていた。

平松の言葉を聞き流し、寺園は頭の中で、これまでの経験と照らし合わせて考える。

たぶん午前八時前に、執行に関わる者全員に集合がかかる。場所は西館二階、処遇部の会議室。二〇から三〇人が参加するミーティングだ。処遇部長の挨拶に始まり、続いて処遇首席が、タイムスケジュールや段取りについて説明する。刑の執行は、午前九時半頃だ。

〈執行後、その日の勤務は終了。死刑に関わった刑務官は、午前中で解放される〉

死刑を取り扱った書籍では、そんなふうに書かれていることが多い。ところが、名古屋拘置所では違う。確かに午前中で仕事は終了する。しかしその後、関わった者のすべてが市内の別の場所に集められ、午後六時過ぎまで、一緒の時間を過ごすことになる。料理が出され、酒も振る舞われる。慰労会という名目もあるだろう。だが、本当の目的は、記者発表の前に情報が漏れないようにするための「隔離」ではないかと思う。

通夜のような会であるが、場の空気を変えようと、冗談を口にする者もいる。けれども、会場の雰囲気は、終始、陰鬱《いんうつ》としていた。一方でそこは、個々の気持ちを整理したり、執行チーム全体の結束を高めたりする場にもなる。

二五年前、寺園が最初に死刑に立ち会った日の会では、こんな場面があった。一人の警備隊員が立ち上がり、まわりに対し、「きょうのは、ほんま可哀そやった。次はもっとうまく逝《い》かせなあかん。なあ、みんな、そうしよう」と檄を飛ばす。すぐさま、それに呼応して異口同音、「そうだ」「そうだ」の声が上がった。そして最後のほうは、実演も含めての、反省会となる。

執行に初めて加わったあの日——。思い起こせば、あれは悲惨だった。首縄のかけ方がうまくなかったらしく、執行された死刑囚は、本当に苦しそうな最期となった。血が飛び散った床に、遺体を横たえさせると、首が取れそうになっていた。

ベテラン刑務官が口酸っぱく言う留意点だが、首縄をかける時は、結び目を首の左側に持っていき、縄と皮膚の間に隙間ができぬよう密着させて、それから軽く締め上げるのだ。そうしなければ、落下の際、首の肉が裂けたりして、大量の出血をともなう惨事となる。

気づくと、事務室内に、咳払《せきばら》いが聞こえていた。殊更《ことさら》らしい咳である。平松が発しているのだ。着替えが終わっても、ずっとソファーに腰かけていた。

寺園は、彼のほうに目をやる。むこう向きに座っているが、その背中が何かを言いたげだった。平松とは、もう三〇年以上のつき合いだ。言葉を交わさなくても分かることがある。

平松は、柔道による「武道拝命」だった。その広い肩幅を見て、ふと思い出す。過去に他の拘置所で起きた、死刑執行時の出来事についてだ。

地下に落下し、宙吊りになった死刑囚が、もがき苦しみ続けている。ロープが首から外れかけていたらしい。やむなく死刑囚の体を下に降ろし、柔道高段者の刑務官が、締め技で絶命させたというのだ。執行後、その刑務官の子供が、不治の病に罹《かか》ったという話がまことしやかに語られている。

平松の息子は、九年前に、生死をさまよう大病をした。今もあまり体調は良くないようで、このところ、ずっと死刑執行には、寺園が立ち会ってきた。今回もそうしてくれ、と言うのだろうか。

寺園にとって平松は、「恩人」といってもいい存在だ。職場の先輩として、いろいろと教えられてきたし、私生活においても、種々相談に乗ってもらっていた。感謝しきれないほどの人物だ。その平松との間で、変な駆け引きはしたくない。

平松が、寺園のほうに顔を向けた。寺園は即、平松に対し、その言葉を口にする。

「あした、あれがあったら、また自分が行きます」

平松の表情が、にわかに変わった。笑みが浮かぶ。が、すぐにそれを消して、頭を下げる。

「いつもすまんな」

「気にせんといてください」

寺園は、そう返して立ち上がった。制帽をかぶり、薬の入った手提げ袋を手にする。

「これから西館のほうに行って、薬を届けてきます」

「そうか。ほな寺園、わし、先に帰っとるわ」

軽く頷いた寺園が、そそくさと部屋を出る。

西館の上層階には、死確者が一二人いた。そのなかの誰かが、明日、死刑を執行されることになる……。寺園の頭の中に、彼ら一人ひとりの顔が思い浮かぶ。

死確者といっても様々だ。刑執行を前にして、刑務官の手を煩《わずら》わせることなく、大人しく自ら前に進む者もいれば、徹底的に抵抗し、暴れだしてしまう者もいる。刑務官側からすれば、前者の場合は、自殺の手伝いをしているように思え、後者の場合は、よってたかっての殺人行為に及んでいるように思えた。

もちろん刑務官は、誰しも、好んで死刑を執行したいわけではない。きのうまでは普通に言葉を交わしていた人間が、突然、目の前で命を絶たれるのだ。いや、自分たちの手で命を奪うことになるのである。普通に考えれば、正気ではいられない。

「わしらは、処刑マシーンなんや。マシーンが何かを考えたらあかん」

かつて寺園は、ある先輩刑務官にそう諭《さと》されたことがある。けれどもやはり、マシーンなどにはなりたくない。自分は、血が通った、そして涙も流す、生身の人間なのだ。毎回、刑執行後は、しばらくの間、鬱状態が続き、酒の量も増える。悪夢にうなされたことも、一度や二度ではない。実際に、亡霊のようなものを見たことも……。

すぐにその記憶を消そうと、寺園は、頭を左右に振った。そして、西館二階のエレベーターホールへと向かう。

エレベーターから検察官が降りてきた。この階には、検事調べの部屋もある。調書を取りに来たのだろう。

寺園は、体の向きを変え、廊下を北のほうに歩く。

突き当たりにある窓から、外を眺めた。薄暗くはなっていたものの、近くの景色ははっきりと目に映る。名古屋城を背景にして、手前に法務合同庁舎のビルがあった。名古屋高等検察庁や名古屋地方検察庁が入る建物だ。

死刑執行を指揮するのは、処遇部長でも所長でもない。検察庁の検察官なのだ。法律的にそうなっている。しかし、指揮者であるはずの検察官が、立会人として拘置所に現れるのは、いつも執行の直前。そして執行時は、執行部屋の向かいの「バルコニー」から、高みの見物だ。

寺園は、睨《にら》むように、法務合同庁舎のほうを見た。

這《は》ってでも行き来できるこの距離を、検察官は毎度、黒塗りの車に乗ってやってくるのだ。思っただけで、腹立たしくなる。

楽に死なせてあげよう

福留宏典は、一睡もできずに、けさを迎えた。

処遇部の会議室の扉が開く。時刻は、午前八時二五分だ。東の空からの光が、廊下に溢れていた。

部屋の中から出てきた刑務官たちが、それぞれ、命じられた持ち場へと急ぐ。そのなかに、警備隊の福留の姿があった。

福留は、きょうの任務を、二日前から分かっていた。初めて関わることになる死刑執行だ。やはり、それが目前に迫ってくると、平常心ではいられない。体の動きも、通常とは違った。手足を動かしてはいるものの、どうも自分の肉体のようには思えない。

これから福留は、先輩警備隊員たちとともに、西館の九階に行くのである。

自分の足で廊下を歩いているはずなのだが、おかしな感じがした。五人の先輩が前後におり、その彼らに身を委ね、勝手に体が移動しているような感覚だった。

先ほどのミーティングで、処遇首席から、「執行までの間、絶えず頭の中で、自分がやるべきことを確認し続けるように」と、何度も念を押された。

執行される「永友寛治」を居室から連れ出し、踏み板の上に立たせる。それが、福留にとっての第一の仕事である。そして執行後、地階に降りていき、遺体の処理に当たるのも、重要な任務のひとつだ。

きのう目にした刑場の光景が思い出される。

全体に湿気を帯びており、かび臭さが漂う空間だった。薄紫のカーペットが敷かれた執行部屋は、一〇畳くらいの広さだ。天井につけられたフックから、白いロープが降りていた。床の中央部分には、一メートル四方の四角い赤枠がある。それが踏み板で、警備隊の間では「バタンコ」と呼ばれている。バタンコは、油圧で開く構造になっているそうだ。

死刑囚が落下する地階の床は、コンクリート剝き出しである。その真ん中あたりに、四角形の穴があった。死刑囚の遺体を洗浄する際に、水や汚物を流し込むためだという。

執行部屋から五、六メートル離れた正面に、八畳ほどのスペースがあった。検察官や拘置所長らが死刑執行に立ち会う場所だ。警備隊の先輩の一人が、立ち会い室のことを「バルコニー」と表現していた。バルコニーからはガラス越しに、執行部屋の全貌が見え、地階に落下した死刑囚の執行後の姿も確認できる。

一方、執行ボタンを押す刑務官がいるところからは、死刑執行現場は見えないつくりになっている。

ミーティングには、けさ職務命令を受けたばかりのボタン係、三名も参加していた。三人のうち一人は、福留が良く知る人物だった。剣道部に所属するその先輩刑務官は、普段、豪快な人物として通っている。が、それもかたなし。会議室では、顔面を蒼白にして座っていた。しかし考えてみれば、福留自身も、ミーティング中は、同じようなものだったのではないか。その点、寺園先輩はさすがだ、と思う。

けさ福留は、通用門のところで、寺園の出勤を待ち構えて、それを伝えたのだった。「寺園先輩、処遇部長からのお達しです。『朝の職員点検はいいんで、すぐ処遇の会議室に来るように』とのことです」

即座に察しただろうが、寺園は、顔色ひとつ変えなかった。「分かった、着替えたら行く」と、落ち着き払った態度で答えたのである。泰然自若とは、あのことだろう。

「おい福留、何つっ立っとるんだ。行くぞ」

先輩警備隊員の尖った声が、耳に響いた。いつの間にか、エレベーターから降りていたようだ。

これから福留は、先輩警備隊員たちとともに、永友の居室まで行く。

永友によって惹《ひ》き起こされた事件は、まだ多くの人々のなかに、記憶として残っているのではないか。福留も、自分が刑務官になりたての頃の事件で、よく覚えている。

永友寛治、五九歳。彼がその事件を起こしたのは、今から七年前だった。永友は、雇用主の家に立てこもり、社長夫妻を二四時間にわたって監禁した挙句《あげく》、柳刃包丁で刺殺したのである。現場は、テレビで中継され続け、血塗《ちまみ》れの永友が逮捕される瞬間も、全国に放送された。

起訴後、公判前整理手続《こうはんぜんせいりてつづき》は、半年くらいで終わる。それから一年弱の公判を経て、一審名古屋地裁は、永友に対し、死刑の判決を下した。次は、名古屋高裁に場所を移しての控訴審となる。しかし永友は、どういうわけか、控訴審の途中で、弁護人を解任してしまう。その結果でもあろう。一年もせずに、控訴が棄却され、死刑が確定したのだった。今から四年半ほど前のことである。

彼は死刑が確定する前、雑誌への寄稿やジャーナリストへの手紙などを通じ、社会に向かって、悪態をつき続けていた。永友が書く文章には、〈権力者の阿呆ども〉などと、挑発的な言葉が並ぶ。そして現在、この拘置所内においても憎まれ口を叩くことがある。ところがその相手は、幹部刑務官のみ。「わし、偉そうにしとるやつが大嫌いだで」と話すかたわら、福留たちヒラ刑務官に対しては、実に大人しく、かつ従順でもあった。福留が先輩刑務官から叱責を受けたあと、「気にしんとき」と声をかけてくれたこともある。

日頃の永友は、他の死確者と同様、笑顔を見せることは滅多にない。瞑目《めいもく》して過去を反省しているのか、目を閉じていることが多かった。いずれにせよ、福留自身が接する彼は、世間が抱いているであろうイメージとは、まったく異なっていた。

きっと永友ならば、死刑執行を知らされても大丈夫だろう。まさしく、泰然自若として、刑場に足を運んでくれるのではないか。福留は、そう思っていた。

そんな永友に対して、自分たちがやるべきことは何か。それは、先ほどの処遇部長の訓示に集約されるのではないだろうか。

「全国七カ所の施設のなかでも、ここは、死確者を最も苦しませないところにしよう。とにかく楽に死なせてあげるんだ」

あの処遇部長の言葉を心の中で反芻《はんすう》したところで、永友の居室の前に着く。

法務省のマークの入ったキャップをかぶり、警備服に半長靴《はんちょうか》という姿。これが、警備隊員たちの普段からの服装だ。この警備隊の一団が朝食後に部屋の前に現れ、「出室《しゅっしつ》」を命じた時——。それはすなわち、刑場への連行を意味していると、死確者の誰もが知っている。

先頭にいる警備隊員が、居室の前に行き、施錠された鉄扉《てっぴ》に鍵を入れた。その金属音で気づいたのだろう。

「えっ、何ぃ、待ってぇー」中から、叫び声が聞こえた。「人の命、弄《もてあそ》ぶんも、いい加減にしやー。どうせ殺すんやったら、病気、治さんでも良かったがー。きのうも、一週間分の薬、舎房担当に預けとったいうで」

扉が開けられ、さらにボルテージが上がる。

「騙《だま》し討ちだがー。たーけたことやっとったら、いかんわー」

警備隊員たちが土足のまま、部屋の中に踏み込む。福留も一番後ろに従った。

喚き声とともに永友は、コップや本を投げつけてくる。

「わりゃー、たーけどもが」

立会人

立ち会い室の中、八重垣武郎は、汗で滲《にじ》んだ手を握り締める。

検察官になって二五年目の八重垣だが、死刑執行を見届けるのは、これが初めてだった。ただし、一応の予備知識はある。死刑執行にあたり、どの役職の刑務官が、どんな役割を果たすのかなどについて、書籍やインターネットで調べ上げてきた。きょうそれが、目の前で行なわれるのである。

午前九時二〇分――。名古屋拘置所の東館地下にある刑場では、今まさに、一人の死刑囚への刑が執行されようとしていた。

僧侶による読経の声が、刑場内に響く。お香の匂いが、ここまで漂ってくる。立ち会い室には、拘置所の所長、総務部長、処遇部長がおり、庶務課長は、ストップウォッチを持ち、正面を凝視していた。

名古屋高等検察庁の総務部長の八重垣は、自ら進んで、この立ち会いに臨んでいる。通常は高検内で、くじ引きをして決めるのだが、あえて今回は、自分が立ち会う、と手を挙げた。正直なところ、検事長からの評価を得たいという気持ちも、少なからずある。

刑に処せられる永友寛治については、充分に理解しているつもりだ。五日前、法務省より指揮書が送られてきた時から、永友本人や事件の内容に関して、いろいろと確認してきた。永友は、実に残虐な手段で人を殺《あや》めていた。彼に、同情の余地はまったくない。公判中も、反省するどころか、検察官や裁判官に対して、罵声を浴びせることもあったようだ。

永友は、けさ執行を言い渡されて以来、精神状態が極めて不安定であるらしい。

「いつまた暴れだすか分かりませんので、執行時間を早めさせていただきます」

拘置所からのそんな連絡を受け、八重垣は、急いで駆けつけたのだった。車を断り、検察事務官の只野とともに速足で来た。

拘置所の幹部職員と挨拶を交わしたあと、八重垣と只野が足を運んだのは、「前室《ぜんしつ》」という部屋である。壁に、金色の仏像が飾られてあった。部屋の中央にあるテーブルの上には、お茶が入ったペットボトル、それに和菓子や果物が用意されている。その横に置かれていたのは、遺書を認《したた》める便箋と筆記用具だった。八重垣が、そうした品々に目をやっている時だった。やにわに部屋のドアが開き、永友が入ってきた。四、五人の刑務官に引きずられるようにして、テーブルのところまで連れて来られる。本来ならここで、僧侶による最後の説法が施される予定だった。だが、永友がそれを拒否したという。遺書も書かないらしい。八重垣の横に並んで立っていた所長が、早口で人定《じんてい》質問をし、続けて、死刑の執行を告げる。

「あなたへの執行命令がきましたので、今から刑の執行をします」

その言葉のあと、刑務官たちの動きが一気に慌ただしくなる。永友は、無理やりトイレに連れて行かれたようだ。

それから八重垣と只野は、所長に案内され、この立ち会い室に場所を移したのである。

折りたたみ椅子が並べられていた。八重垣は、促されるまま、右から三番目の椅子に腰かける。それを待っていたかのように、所長たちも椅子に座った。

八重垣は今、正面の執行部屋に、じっと目を注いでいる。

突如、青いカーテンが開いた。奥の前室から、執行部屋に永友が連れ出されてくる。手は、後ろで手錠をかけられ、固定されているのだろう。肩を激しく揺すり、そこから逃れようとしているように見える。それでも四人の刑務官によって、半分抱えられるようにして、赤枠の中心まで運ばれる。今度は足をばたつかせて、必死の抵抗を試みる。

まわりを囲む刑務官たちが、恐ろしい形相で永友の動きを抑えにかかる。永友本人は、目をアイマスクで覆われているので、その表情はうかがえない。

刑務官も大変だと思う。突然の執行役で戸惑いもあるのだろう、ぎこちない動きをしている刑務官もいる。それは、二十代前半くらいに見える若い刑務官だった。

ベテラン刑務官が、素早く両足を縛り上げ、同時にもう一人が、永友に首縄をかける。

八重垣の手が、無意識のうちに、自分のネクタイの結び目に伸びていた。

読経の声が一段と大きくなった。刑場内の空気が張り詰める。観念したように、永友の動きが止まった。よく見れば、口元だけが動いている。若い刑務官に、何か話しかけているようだ。

視線を階下にやると、人の姿が目に入った。白衣姿の刑務官だ。永友が落下するであろう場所に歩み寄っている。

八重垣の耳に、唾を呑み込む自分の喉の音が聞こえた。心臓の鼓動も、音になって聞こえてきそうだった。

処遇首席が、さっと右手を上げた。

何か空気が抜ける音がする。直後、踏み板が開く大音響がした。雷鳴のように、身を揺るがす音だ。

執行部屋には、もう永友の姿はない。階下に目を移すと、左右に揺れ動く宙吊りの人間がいた。白衣の刑務官が駆け寄り、その体に抱きつく。上の階の執行部屋では、あの若い刑務官が、両手でロープを握り締めて、揺れを防いでいた。

大きな揺れは止まったが、永友の体は、痙攣している。足は爪先立ちで歩くがごとく、小さく前後運動を繰り返す。

目を背けたい光景だった。

それでも八重垣は、なんとか堪《こら》え、正面階下の様子を見続ける。

時間の経過とともに、永友の体の動きが小さくなっていく。

痙攣も治まったようだ。

白衣の刑務官が、宙吊りの体の右腕をつかむ。そして手首に指を当て、脈をとり始めた。

奈落の底で彼の死を待つ

脈を測る寺園清之の脳裏に、あの日のことが蘇っていた。

四年前に永友は、喉の痛みを訴えてきた。名古屋市内の民間病院で検査したところ、食道癌であることが分かる。当時の所長は、「今後、病状が悪化した時に、対症療法や緩和ケアを実施すればいい」との判断を下す。癌による病死も仕方ないという考えだった。ところが、二カ月後に着任した次の所長が、その方針を覆した。死確者は、生きて刑場に立ってこそ、罪を償ったことになる。そんな思いが強い所長だった。早速、大阪医療刑務所に連絡を入れ、手術の手配をする。日程が決まった直後、永友は居室内で吐血した。それにより、急遽、日にちを前倒しして手術が行なわれることになった。ただちに用度課が動き、名古屋刑務所所有の救急車を借り受けた。

救急車を運転するのは、用度課の職員、および処遇部の職員だ。そして大阪までの車中、永友のつき添いを命じられたのが寺園である。

あの日は、娘の一九歳の誕生日。家族そろって外食をする予定だったが、寺園は、それをキャンセルして、救急車に乗り込んだ。

ストレッチャーの上に寝かされた永友を前にして、今と同じく、手錠がかかった手首に、ずっと指を当てていた。ただ、今と違うのは、生存を願っての脈拍測定だった。

大阪医療刑務所に到着する直前、痰《たん》が詰まったような声で、永友に訊《き》かれた。

「寺園さん……、死刑に関わったことは？」

寺園は、小さく頷いて応えた。

少し間が空いたあと、しゃがれた声が返ってくる。

「わし……、人を殺した自分が嫌で嫌でたまらんのですわ。だもんで、死刑執行をする人の気持ちが分からんでもないです。わし、寺園さんに嫌な思いはさせとうないもんで……。どうか、このまま死なせてちょう……」

何も答えられなかった。

あの時の寺園の仕事は、何がなんでも永友を生かし続けることにあったのである。

幸い、大阪医療刑務所での手術は成功した。その後、二カ月間の抗癌剤治療が実施される。徐々に状態が改善し、永友は、癌患者とは思えない体つきになって戻ってきた。癌を抑え込もうと、筋力トレーニングを続けた結果だそうだ。

あれから三年半が経ち、彼は今、目の前で命を失おうとしている。

「寺園さん、脈はどうですか」

医務課長の声がした。うつつに返った寺園は、「間もなくですね」と答える。もうほとんど、脈は伝わってこない。

寺園は、集まってきた警備隊のメンバーに、目で合図を送った。

警備隊員二人が、永友の手錠を外し、両足に巻きつけられていた縄も解く。

医務課長が、だらりと垂れる永友の手を取った。左手首を握って、脈を測る。それが終わると、胸をはだけさせ、聴診器を心臓部分に当てた。

次に医務課長は、背伸びをしたうえで、さらに手を伸ばし、永友の目を覆っていたアイマスクを外す。思ったより安らかな顔をしていた。まだ生きているようなその目に、ライトが照らされる。

医務課長が、深く息を吐いてから、立ち会い室のほうに目を向けた。そして、「終わりました」とひと言、低く抑えた声で言った。

庶務課長のほうは、声を張り上げる。

「午前九時三六分一八秒、刑終了。所要時間、一四分二一秒」

亡骸《なきがら》となった永友である。すぐにでも、その遺体を横にしてあげたい。そして、早く首縄を解《ほど》いてやりたい。誰もがそう思う。しかし、しばらくは、それができない。ミーティングでも確認したことだが、刑事収容施設法の条文に、こう書かれているのだ。

〈死刑を執行するときは、絞首された者の死亡を確認してから五分を経過した後に絞縄《こうじょう》を解くものとする〉

刑場内に、しじまの時間が流れる。

皆、厳粛な面持ちだ。永友に向かって手を合わせ続ける警備隊員もいた。

寺園はこの時間、いつものことだが、心を無にするよう努めている。

「五分経過」

警備隊のリーダーが、そう告げた。警備隊員たちが、いっせいに動きだす。

二人の警備隊員が、遺体に手をかけた。彼らは、少しずつロープを緩め、その屍《しかばね》と化した永友を下に降ろしていく。

二人がかりで、遺体を横たえた。

首縄を取ろうとするが、首に食い込んでいて、容易には外せない。

警備隊員の一人が、力ずくで首縄を緩めた。永友の口から、声が聞こえる。

「ふぅー、ひゅー」

深呼吸をするような、口笛を吹くような、そんな音だった。これは、いつものことである。絞首刑の事後処理に当たった者でしか分からない音だ。肺に閉じ込められていた空気が漏れ出る音なのだろう。肉体が死んでいるにもかかわらず、必ず、それは聞こえる。

だが、その音に驚いて、尻もちをついている警備隊員がいた。福留である。

彼に向かって、寺園が言う。

「息を吹き返したわけじゃあらへん。大丈夫」

福留が、ばつの悪そうな顔をして立ち上がった。

彼は、寺園に顔を寄せ、耳打ちをする。

「下に落ちる前の、最後の言葉ですけど、『寺園さんに、ありがとうて伝えとってください』でした」

言ったあと福留は、遺体の顔をじっと見つめる。

福留の肩が、小刻みに揺れ動いていた。何か、込み上げてくるものを抑えているようだ。我慢できなくなったのか、彼の口から嗚咽が漏れた。その頰には、涙が伝っている。

福留にとっては、初めての死刑執行体験だ。こうして涙するのも、やむを得ない。永友という人間には、情け深いところがあった。福留自身、そんな永友との間に、何か心に残る思い出もあるだろうし……。

それに比べて自分はどうだろう、と寺園は思った。永友の「死」を前にして、大きな心の揺れはない。永友が人生の最期に感謝を述べた相手は、自分だというのに……、なんの感慨も抱かない自分がいる……。

ふいに寺園は、体全体が硬直するような感覚にとらわれる。「処刑マシーン」という言葉が脳裏をよぎった。それは、いつか先輩刑務官が口にした言葉で、あの時寺園は、心の中で強く反発していた。自分は、血が通った、そして涙も流す、生身の人間なのだ、と。絶対に「処刑マシーン」などにはなりたくないと思っていた。

なのに今の自分はどうか。血も涙もない、ただのマシーン……。

「よしっ、作業開始」

警備隊のリーダーが、大声で号令を発した。

寺園は、警備隊員に、場所を譲ろうとする。だが、なかなか体が動かない。凍りついたかのように、全身が固まっていた。金縛《かなしば》り状態だ。

家族

寺園清之は、自宅のリビングルームにいた。妻の直美に気を遣わせているようで、申し訳なさを感じている。

当然のことだが、死刑執行に関わった刑務官は、絶対に、その事実を口外してはならなかった。たとえ、相手が家族であってもだ。しかし、二〇〇七年以降は、少しばかり状況が変わる。鳩山邦夫法相のもと、法務省が、死刑執行の公表に踏み切ったのだ。その結果、いつどこで誰が執行されたのかが、当日中に、世に知れ渡ることとなる。実はそれが、刑務官の家族関係にも影響をおよぼしていた。死刑というものが、家族にとっても、身近な出来事として捉《とら》えられるようになったのである。寺園の家でも、そうだった。

直美はいつも、刑執行後しばらくの間、必要以上に、寺園のことを気に懸けてくれる。先ほども、二人でこんな会話をした。

「気晴らしに、どっか出かけてきたらええがね」

「きょうはわし、『宅直《たくちょく》』だで」

「ほうか、宅直かぁ、なら官舎から出られやせんね。あっ、ほうだわ。平松さんから、ええ食材を、よーうけ貰っとったんだわ。きょうは私、おいしい夕飯つくるでね、楽しみにしとってよ」

「楽しみか……。ここは官舎の中だもんで、気分的に職場と変わりゃせんのだが……」

寺園が住む官舎は、拘置所の敷地内にある。四階建ての三階部分だ。３ＤＫの部屋に、家族三人で暮らしていた。

刑事施設に勤める者は、休みの日であろうと、なかなか息を抜くことができない。収容者の暴動や逃走など、施設内で何か不測の事態が生じた場合は、すぐに駆けつけなくてはならないのだ。そのため、刑務官は皆、施設に付設する官舎への居住が求められる。特に、管理職である幹部刑務官は、全員が官舎住まいを義務づけられていた。

寺園は管理職ではないものの、この二十数年間、当たり前のように官舎に住み続けてきた。

拝命後しばらくは、近くの独身寮にいた。二二歳から二年間、東京の准看護師養成所で過ごすが、名古屋拘置所に戻るとともに、また独身寮に入る。その後、二五歳の時に、平松から紹介された女性と結婚。それが直美だ。この官舎に入居し、新婚生活をスタートさせたのが、今から二四年前のことである。

夫婦の間には、子供が一人いた。今年で二三歳になる娘、愛理だ。それに加え、一年半ほどの間、実母も一緒に暮らしていた。父親が亡くなり、独りになったので、鹿児島の実家から引き取ることにしたのだ。だが、半年前に癌が見つかり、現在は、名古屋市内の病院に入院している。

「家族か……」

そうつぶやくとともに、寺園は、大きな溜め息を吐く。

きょうは日曜日だ。時刻は、午後二時を回ったばかり。自宅のソファーに座り、テレビに目を向けているのだが、何度も、酒を飲みたい衝動に駆られている。

四日前に刑死した永友寛治のことが、頭から離れなかった。あの前日、西館九階を担当する刑務官に薬を届けたあと、問診がてら、永友と話をしたのだった。別れ際に彼が口にした言葉が、今も、寺園の耳にこびりついている。

「寺園さん、家族を大事にせないかんよ」

彼には、親に捨てられた過去があった。そして、結婚相手が突然蒸発してしまう、という経験もしている。そんななか、己《おのれ》の不遇《ふぐう》をかこつわけでもなく、寺園のことを心配してくれていたのである。彼のその言葉のあと、寺園は、何も返事をせずに立ち去ってしまった。もしかすると、彼と話すのはこれが最後ではないか、という思いもあった。しかし、何も言葉を返さなかった……。なんと非情なことか……。

またも、あの音が蘇ってきそうだ。耳朶に残るあの音……。刑場の踏み板が開く、あの凄まじい金属音だ。

やはり、酒が欲しい。目につかぬ場所に隠していた焼酎を取りに行こうと思う。

寺園は、ソファーから腰を浮かせた。と、そこで、慌てて腰を沈め、激しく頭を振る。

朝食を済ませて以来、何度その愚かな行動を繰り返しているのだろうか。きょうは宅直の日だというのに、なんたることか。

医務課には、急病人が出た時に備えて、宅直という制度があった。出勤簿上、休日扱いになっているものの、実際は、外に出かけることもできず、自宅待機を強いられる制度だ。もちろん、その間の飲酒は禁止である。

けれども……、今は、酒でも飲まねば耐えられなかった。

あれからずっと寺園は、精神的におかしな状態が続いている。それは、永友の刑が執行されたあとだ。自分は単なる「処刑マシーン」と、そう自覚してからというもの、完全に心身のバランスが崩れ、仕事にも支障をきたしている。この二五年の間に執行に携わった死刑囚たちの姿が浮かんでは消え、そのたびに過呼吸になった。呼吸が苦しくなるだけではなく、頭痛や目まい、そして吐き気にも襲われる。過呼吸状態を脱しても、絶えず胸底《むなそこ》に、何か重たいものが沈殿しているように感じる。これでは仕事どころではない。この四日間、眠れない夜も続いていた。

家族には、本当に迷惑をかけていると思う。ただし、それは、死刑執行後に限った話ではない。日頃から、苦労のかけ通しだった。

官舎住まいというのは、狭い世界の中での暮らしだ。私生活においても、拘置所内での序列が、いろいろな面に反映される。

それぞれが住む部屋の間取りからして、そうだ。主任と係長とでは、住居の面積が違う。職場での階級が上がれば上がるほど、それに従って、住居の面積が広くなる。それが官舎暮らしのルールだ。幹部クラスの住まいだと、広さだけではなく、建物のグレードもアップする。外見上それはまるで、民間のマンションのようだった。

そうした環境は当然、家族にも影響を与える。いつの間にか家族たちも、刑務官ヒエラルキーのなかに組み込まれていくのだ。今では直美も、ある習慣がすっかり身についていた。年下の女性であっても、夫の上司の妻とあらば、敬語を使って話す。一〇歳以上年下の相手に対しても、辞を低くして接するのである。やはり、ヒラ刑務官の妻は、大変だと思う。

だが直美は、こう言ってくれる。

「近所づき合いは、どうってことあらせんよ。下の階には、平松さんの奥さんもおってみえるし、なーんも苦労はしとらせんて」

寺園は、そんな妻に対して感謝する。同時に、平松の家族にも感謝していた。平松家に世話になっているのは、妻だけでない。娘の愛理も世話をかけている。平松家には二人の子供がいて、一人は、愛理よりも二歳年上の娘だ。阿佐美というその娘は、愛理を妹のように可愛がってくれているのだった。阿佐美は、二年前にこの官舎を出て、一人暮らしをしていた。

愛理のほうは現在、名古屋市内の私立大学に在学中だ。すでに就職先も決まっており、あとは卒業を待つばかりである。きょうは、阿佐美と一緒に出かける予定らしく、先ほどまで、その準備をしていた。そろそろ、家を出る時間ではないだろうか。

愛理と阿佐美には、ある共通点があった。同じような理由で、父親に反抗したことがあるのだ。

愛理の場合は、こうだった。

あれは、彼女が中学三年生の時だ。その生活態度について、寺園が、きつい口調で注意したのである。すると愛理は、汚らわしいものを見るような目で、寺園を睨みつけてきた。それから、こう言い放ったのだ。

「お父さんが、よう言うわ。人のこと注意できる人間とは思やせんがね」

予期せぬ言葉にたじろぎながらも、寺園は、なんとか言い返した。

「何ぃー、お前。まっぺん言ってみろ。うったくっぞー」

興奮によるものか、最後は鹿児島弁になっていた。

「なんべんでも言うわ。お父さんの仕事、血が通った人間がやる仕事じゃない思うわ。どうせ、拘置所でのお父さんは、人に恨《うら》まれとるだけで、絶対、感謝なんてされとりゃせんがね」

「お前、たーけたことぬかすな」

言いつつ寺園は、その三日前に死刑執行があったことを思い起こしていた。

後日、この一件を平松に話すと、平松家でも同様のことがあったと聞かされる。阿佐美から、弟が死にかけていたのはお父さんのせい、とまで言われたそうだ。

愛理は、高校に進学して以降、折に触れて、あの時のことを謝ってくる。「私、ほんと、どうかしとったで、ごめんなさい。心から反省しとるわ」そう口にするが、本心は、分かったものではない。

「阿佐美ねえちゃん、もう家から出たらしいわ。私も急がな」

背後からの声に、寺園は振り向く。

愛理が、部屋から出てきたところだった。

彼女は、目が合うとともに笑顔になる。

「ねえ、お父さん、たまには夫婦で温泉でも行ってこやいいが」

「そりゃー、ええね」

台所から聞こえてきたのは、直美の声だ。

二人とも、気を遣ってくれているのだろう。だがそれも、今の寺園にとっては、重い気分をさらに重たくさせるものでしかなかった。

愛理が玄関へと向かう。直美も、そのあとに続いた。

寺園はソファーに座ったまま、「行ってらっしゃい」と言う。

たぶん、こちらの声は届いていないと思う。玄関のほうから、二人の会話が聞こえる。

「どこの温泉がええか、私、選んどいたるわ」

「ほうかね。期待しとるでね」

「ほんなら、行ってきまーす」

「行ってらっしゃい」

二人とも、いつもより声のトーンが高い。意識的に、明るく振る舞っているようだ。

寺園にはそれが、本心を隠すためのパフォーマンスのように思える。愛理の気持ちの中には、まだあの時の思いが残っているのではないか。そして、実のところ直美も、内心、同じような思いを抱いていたのかもしれない。

血の通った人間がやる仕事ではない――。恨まれるだけで、感謝をされない仕事――。愛理は、そうはっきりと口にしたのである。

寺園は、頭を左右に振った。

悲観的な考えを払いのけようとする。だが……、今の自分は、完全に心の中が澱んでいた。人様の態度や話を、そのまま素直に受け止めることができない。そのうえ、自分に対しても、とことんネガティブになっている。仕事への自負心など、ひと欠片《かけら》もなかった。

このまま刑務官を続けていてもいいのだろうか。

両手で頭を抱えたところで、ふと、先輩刑務官「原田」の名が思い浮かぶ。一〇年前に退職した原田は、保健助手の先輩で、現在は、訪問看護の会社を経営していた。

とりあえず、原田に連絡を入れてみようと思う。

死刑に関わりし者のその後

何もせずに、呆然と立ち尽くしていた。そのことに気づいた寺園清之は、急いで仕事に取りかかる。

ここは、診察室だった。拘置所の診察室ではあるが、一般病院と比較しても見劣りがしない。レントゲンはもちろん、心電計や脈圧計、内視鏡や超音波による検査装置など、ひと通りの医療機器はそろっていた。

寺園は、スチールの棚から、バイタルチェックに使用する三点セットを取り出す。体温計と血圧計、それに血中酸素濃度測定器だ。

診察室を出ようとした寺園に、看護師の吉浜が声をかけてくる。

「お母様のお具合、あんまり良くないんですね。でも、お母様だけじゃなくって、寺園さんも気をつけてくださいい。最近、お疲れのようですからね」

寺園は口角を上げ、笑みをこしらえてから、「大丈夫」と答えた。

診察室を出て、病舎のほうに移動する。

病舎は、東館の二階にある。診察室からすぐのところだ。そこには、一〇室ほどの独居房が並んでいて、それぞれにベッドが置かれている。

居室内にいるのは、重病者ばかり。容体が急変した時に備えて、診察室の近くで療養生活を送らせているのだ。

居室を前にして、寺園は思う。

それにしても今の自分が、他人の病気など診ている場合か。自分も病を患っているというのに……。一応、薬は飲んでいる。けれどもその病は、良くなるどころか、日を追うごとに悪化している。胸につかえるものは、ますます大きくなり、心と体、そのすべてがおかしな状態にあった。ここのところ、床に就く前には必ず、睡眠改善薬を服用している。毎晩、何錠かずつ量を増やしているのだが、ほとんど寝られはしない。朝方に、少しまどろむ程度である。

寺園はきのう、丸一日、仕事を休んだ。休暇の理由について、母親が入院中の病院に行くため、と説明した。確かに病院には行った。だが実際の目的は、自分が診察を受けるためだった。

藍田心療内科医院。そのクリニックを選んだのは、母親が入院する日赤病院の近くにあるということが、一番の理由だった。

カウンセリングをしてくれたのは、同年輩に見える女性の医師である。彼女は最初に、医学的な見地から、この病状について解説してくれた。それに続いて、柔らかい口調で語りかけてくる。

「申し上げましたように、過度なストレスが、自律神経や呼吸中枢に影響をおよぼしているんです。ですからまずは、そのストレスを取り除く必要がありますね。そこでですが、寺園さんご自身、ストレスを生み出している原因について、何か心当たりはありますでしょうか。私には当然、秘密保持義務がありますので、安心してお話しください」

寺園にも守秘義務がある。いや、それがなくても、人に向かって、軽々には話せない内容だ。このストレスの原因は、死刑執行にあるということは分かりきっている。

結局彼女は、最後に、こう突き放してきた。

「もう結構です。何もお話しにならないんだったら、カウンセリングになりません。まあ、薬だけは出しときます。今飲まれているものより、もっと効き目のあるやつです。けどとにかく、とにかくですね、これからは、ストレスを避ける生き方をしてください」

言われるまでもなかった。寺園はきょう、覚悟を決めて出勤してきている。

前から、転職の誘いはあった。先輩刑務官の原田が一〇年ほど前に訪問看護の事業所を立ち上げていたが、そこは慢性的な人手不足らしい。

「寺園さん」

居室の中からの呼びかけに、びくりとする。しばらくここで、ぼんやりしていたようだ。

「何つっ立っとるんですか、寺園さん。早よう入ってください」

「ごめん、わし、ちょっと考えごとしとったわ」

寺園は、扉を開け、居室内に入る。バイタル測定のためだ。

ベッドに横たわるのは、小田昭伸という、六七歳の死確者。最近は食欲が衰え、日ごとに痩せ細っていくのが分かる。たぶん、刑執行を待たずに死を迎えるのではないかと思う。四カ月前に彼は、大腸癌が見つかり、民間の専門病院で精密検査を受けることになる。検査の結果は、芳しくなかった。医師から、「癌はいくつかの臓器に転移していて、もう手術をしても手遅れ」との説明を受けた。

小田は、知人と共謀し、二人の人を殺めている。共犯者も、死確者として名古屋拘置所にいた。その彼も同じだった。収監中に癌と診断され、二年前、肝不全による出血性ショックで死亡した。寺園自身、あの時は夜中に駆けつけてきて、翌朝までつき添いをしたことを覚えている。死去の二日後には、引き取り手のない遺体と一緒に、火葬場まで行ったのだった。

「小田さん、はいどうぞ」

寺園は、体温計を差し出した。

左の腋に体温計を挟んでもらい、同時に血中酸素濃度を測定する。洗濯バサミのような形のその装置を、小田の右手人差し指に挟んだ。

「いつも、すまんですね。俺みたいな極悪人に……」

彼は毎度、そう言って詫びてくる。ここのところはずっと、声が掠《かす》れ気味だ。顔色も優れず、バイタルサインも心配な数値が並んでいた。

「俺みたいな極悪人に、申し訳ない……」

小田が、重ねて言ってきた。

寺園は、いつものように答える。

「気にせんでええわ。仕事上、ほかっとけんでね」

寺園にとっては、極悪人であるか、善人であるかは関係ない。罪名や犯行内容によって、看護のやり方に差をつけるわけなどないのだから、彼らの過去はどうでもいい。大切なのは、現在の体の具合だ。

体温計を返してもらい、血中酸素濃度測定器をはずした。

体温は少し高めな程度だったが、血中酸素濃度は、かなり低くなっている。

小田が笑みを浮かべた。無理につくった笑顔だ。

「もう俺、この先……、なごうないけど、ほんま……、寺園さんと平松さんには、良うしてもろうとるけ、安心して死ねるわ……。ほんま、ありがとうな」

小田は、起き上がって、頭を下げようとしている。寺園は、それを制した。

「無理したあかんわ。そんなこと、せんでええ」

「いや、こうさせてや」

小田が深々と上半身を折ってくる。

頭を上げた彼は、座ったままの姿勢で寺園を見た。

「寺園さん……、あのな……」

すぐに、小田の言葉が途切れてしまう。彼は、苦しそうな表情をしながらも、また続ける。

「なんで俺ら死刑囚に、ここまで良うしてくれるんや……。俺ら死刑囚は、世の中全体から、鬼畜《きちく》のように思われとる存在やで。身内からも……、絶縁されてな。正直、全人類から恨まれとるわ……。まあ、すべては自業自得やけど……。ここでは狭い独房内に放り込まれて……、小便垂《た》れるんも、うんこするんも、飯《めし》食うんも、全部独房の中や。外の景色を見ることは……、もう一生でけへん。気が狂わんほうがおかしいわ。でもな……、こちらが何ゆうても、舎房担当のおやじたちは、不定愁訴《ふていしゅうそ》やゆうて、相手にしてくれへんし……。俺ら、棺桶入ってからしか出獄でけへんもんには、みんな、ほんま冷たいんや。まともに相手してくれるんは、寺園さんと平松さんだけや」

寺園を見る小田の目に、力がこもった。

「いや、違うわ小田さん。居室担当の職員も、ちゃんと気にかけてくれとるで、心配せんでええよ」

言いながら寺園は、手を小田の背中に回して、横たわらせる。

小田が、仰向《あおむ》けの状態で口を開く。

「ほかの刑務官だけやのうして……、医務の人たちもそうや。医者の先生は、俺らのこと、罪人扱いしとるんが、はっきり分かるし……、若い看護師は、俺らに対して、おっかなびっくり……。まともに接してくれるんは、寺園さんと平松さんだけや」

寺園は、本当にそうなのだろうか、と思った。自分は普通に接しているだけなのに、買い被《かぶ》り過ぎではないか。

「特に寺園さんは……、いつもこう考えてくれとるように思うんや。死刑囚たちに穏やかな生活を送らせて……、穏やかな死を迎えさせてやりたい……、と」

確かに寺園は、そう考えていた。彼らの人生の、最後の最後の場面に立ち会うのは自分なのだから、それが当たり前ではないか。息絶えたのちにしか出獄できない死確者たち――。そんな彼らであるが、皆が穏やかにその時を迎えてほしいと、いつも願っていた。

小田が笑顔を見せる。今度は、本物の笑顔だと思う。

「ここの死刑囚はみんな、薄々気づいとるんです。自分の人生の最期を看取ってくれるんは、寺園さんやて……。だからですわ……、ちいとは、死を恐れん気持ちも生まれるんです。ほんま……、ありがたいですわ。寺園さん、ありがとうございます」

「いや、わしなんか……」

寺園は、大きく首を横に振る。

その時だ。胸の底に沈殿していたものが、一気に取り払われていくように感じた。強張《こわば》り続けていた体が、すっと軽くなる。

寺園は、安堵感を覚えた。とともに、温かい血が全身を波のように流れているのを意識する。

寺園の口から、自然と言葉が出る。

「小田さん、頑張って長生きせないかんよ。最期は必ず……、必ず、わしが看取らせてもらいます」

転職するかどうかを決めるのは、そのあとでもいい。寺園は、そう思いながら、小田に笑顔を向けた。

第二話　社会復帰は夢のまた夢

熊本刑務所では三人に一人が無期刑

刑務所内の様子は、二〇年前と現在では、かなり異なる。また、たとえ同じ時代であっても、どういう受刑者を収容する施設かによって、雰囲気がまったく変わってくる。

私が服役していた当時の黒羽刑務所では、女性を目にすることなど、まずなかった。あったとしても、慰問行事や運動会の際に来所した女性を、遠目に見るくらい。ところが、今は違う。どこの刑務所に行っても、多くの女性職員が勤務しており、日常的に彼女らを見かける。特に、ＰＦＩ刑務所ではその姿が目立つ。

「受刑者って、やっぱり恐ろしい面があるんですね。この仕事、私なんかが務まるのか、心配になってきました」

ある社会復帰促進センターで、若い女性スタッフが、そんな不安を口にしてきた。いつになく、深刻な表情をしていた。

彼女は研修中に、衝撃的な映像を見せられたという。受刑者が集団で刑務官に襲いかかる場面で、工場設置の監視カメラがとらえたものだった。

「大丈夫ですよ」答えた私は、さらにこう続けた。「ここは短期刑の受刑者を収容する施設ですからね、長期刑専門の、あの徳島刑務所みたいなことは起きないと思います」

徳島刑務所において実際に発生した「受刑者暴動事件」。私も、そのリアルな映像を見たことがある。それはまるで、バイオレンス映画のワンシーンを思わせるような内容であった。

二〇〇七年の一一月一六日。午前九時過ぎの徳島刑務所は、まだいつもと変わらぬ様子だった。すでに第二工場では、六三人の受刑者が刑務作業に取りかかっている。彼らに与えられた作業は、ゴム製品の加工である。工場内には、段ボール箱が積み上げられており、その中に、きのう仕上げた完成品が納められていた。

「倉庫への搬出、願います」

受刑者の一人が、工場担当刑務官にそう申し出た。

工場担当は、完成品の搬出に同行しようと、受刑者の横に立つ。その瞬間だった。いきなり受刑者に腕をつかまれ、後ろ手に捻り上げられる。反撃する間もなく、複数の受刑者によって、作業場奥の倉庫内へと引きずり込まれていく。

午前九時二五分。受刑者たちが作業机を離れ、いっせいに動きだした。事前に申し合わせていたかのような、統制の取れた行動だ。倉庫に入り、工場担当を取り囲むグループ。ロッカーを倒し、工場の出入口にバリケードを築くグループ。非常ベルを押したもう一人の刑務官を捕まえ、倉庫の中へ連れて行くグループ。警備隊を迎え撃とうと、入口で待ち構えるグループもあった。

倉庫内に殺到する受刑者が、口々に叫び声を上げる。

「どつき倒せー」

「おやじのやつ、半殺しじゃー」

刑務官を殴りつけるだけでなく、ハサミを突きつける受刑者もいた。

多勢に無勢で、そのうえ、丸腰の刑務官である。とても太刀打ちできない。

非常ベルの音に応じ、警備隊員たちが駆けつけてきた。バリケードを撤去し、十数人が工場内に突入してくる。受刑者の一人が消火器を手に、消火剤を噴射し始めた。いよいよ第二工場内は、混乱の坩堝《るつぼ》と化していく。

凄まじい怒号が飛び交うなかで、双方入り乱れての取っ組み合いが続いた。応援の刑務官も次々と現れ、受刑者たちの制圧にかかる。

結局、この暴動によって、四人の刑務官が重い傷を負う。受刑者のうち、暴行の程度が激しかった一七人が傷害罪で起訴され、全員が実刑判決を受けることとなった。

暴動を招いた原因は何か。刑務所内医療に対する不満が昂じ、それが暴動の引き金になったという見方がある。医師である医務課長が、受刑者への虐待を繰り返していた疑いがあるのだ。指や器具で肛門を弄んだり、皮膚をつねったりという行為で、そのターゲットとなったのは皆、無期懲役囚だった。なぜ無期囚なのか。それは、彼らの多くが「二度と外に出ることのない身柄」であるからだろう。彼らなら、社会に戻って訴えを起こされる恐れはない。徳島刑務所は、累犯者で、かつ長期刑の者を収容する施設だ。事件当時は、全受刑者の二割以上が無期囚だったという。

我が国では、一九九〇年代の後半から、刑事裁判における量刑が、どんどん重くなっていった。ひと昔前なら懲役一五年以内で済んだ罪に対し、当たり前のように無期刑が下される。とりわけ、暴力団組員に対しては厳しかった。それが現実問題として、刑務所内の状況にも反映している。その代表的な施設が、熊本刑務所ではないだろうか。暴力団関係の受刑者が半数を占める熊本刑務所では、三人に一人以上が無期囚となっている。二〇〇六年には、所内で殺人未遂事件も起きた。暴力団組員の受刑者が、作業用具の錐《きり》を使って、他の受刑者の胸を刺し、命を奪おうとしたのである。容疑者となった受刑者は、どうせもう社会復帰はできないのだから、と、開き直っていたそうだ。

実は、この殺人未遂事件が起きる前年のことだ。大きな法改正があった。少年法の改正や新たな罪の創設といった厳罰化が推し進められるなか、さらなる刑法改正が行なわれたのだ。改正点は、有期刑の上限を「これまでの二〇年から三〇年に引き上げる」というものだった。結果的に、無期囚の仮釈放については、「少なくとも服役後三〇年以上が経過した者」という運用になった。しかし実際のところは、無期囚への仮釈放自体が、ほとんど認められなくなっていたのである。それは、毎年発表される『犯罪白書』からも明らかだ。

厳罰化へと舵を切る前の、たとえば一九九一年でいうと、無期刑が確定した者が年間二四人であったのに対し、仮釈放された無期囚が三三人だった。刑務所内の無期囚は、差し引き、九人の減である。では、刑の上限が引き上げられた二〇〇五年はどうか。年間の無期確定者が一三四人に増加する一方で、無期囚の仮釈放者は三人のみ。翌二〇〇六年は、一三五人の無期確定者に対し、四人の仮釈放者である。二年間で、無期囚が二六二人増えていたのだ。二年の間には、無期囚のうち、獄死者が二七人出ている。そのぶん、増加数から引かれるのだが、無期刑の受刑者が大幅に増えたことに変わりはない。

無期囚が増加したのは、殺人事件が増えたからなのか、というと、決してそうではない。厚生労働省の『人口動態統計』によれば、他殺による死亡者数は、年々減り続けている。一九八〇年代後半は年間一〇〇〇人ほどの犠牲者数だったが、二〇〇〇年代半ばには六〇〇人を切るようになった。にもかかわらず、無期確定者は、五倍以上に増えたのである。

二〇二〇年代に入って以降、殺人事件の犠牲者数は年間二〇〇人台と、さらに減ったため、無期確定者は毎年十数人にとどまる。しかしながら、仮釈放者の数は、相変わらず、ひと桁台だ。依然、刑務所内の無期囚の数は、増え続けていた。今や、日本全国の受刑者のうち、およそ二〇人に一人が無期刑の受刑者となっているのだ。

無期囚の収容先は、いくつかの刑務所に限られる。初犯者の場合は、千葉刑務所や長野刑務所、それに岡山刑務所といった施設だ。暴力団関係者および累犯者は、徳島刑務所と熊本刑務所に加え、旭川刑務所、宮城刑務所、岐阜刑務所という、主にその五つの施設である。それらは、長期の〈Long〉と、累犯を表す〈B〉とを合わせ、「LB級刑務所」という名でも通っていた。

累犯者は当然、初犯の無期囚と比べ、仮釈放される可能性が、より低くなる。

「仮釈放っていう希望を失った受刑者は、本当に、扱いが難しいんです」

岐阜刑務所に勤務する刑務官が、そう嘆《なげ》いていた。無期囚の多くが、自暴自棄になったり、精神のバランスを崩したりしていくという。やがて彼らは、刑務官の指示にも従わなくなるのだそうだ。

私自身、出所者支援の活動を通して、刑務所内の無期囚と何度か言葉を交わしたことがある。なかでも印象に残っているのは、北九州医療刑務所で出会った無期囚だ。

所長に案内されて、医療刑務所内の「デイルーム」と呼ばれる部屋に入った。壁際の棚の上には、将棋や囲碁の道具、それにハンドグリップなどのリハビリ器具が、雑然と置かれてある。テレビでは、「水戸黄門」の再放送が流れていた。テレビを前にして、車椅子に座る二人の高齢受刑者の姿があった。いずれも、テレビ画面を見るわけでもなく、ただぼんやりと時を過ごしているようだった。一人のほうは、口が開きっ放しで、下唇から涎《よだれ》が流れ落ちている。胸の名札には、山倉（仮名）と書いてあった。

所長が山倉さんを指さして、小声で話してくる。

「この人は、五二年前に熊本刑務所に服役した無期囚なんですけど、八年前、精神の病が悪化したってことで、こちらに移送されてきました。もっとも彼自身、いつここに来たのか、まったく分分かっていませんがね」

「うーん、半世紀以上の服役ですか」

私は、唸《うな》りながら答えていた。

「ちょっと声をかけてみませんか」

所長がそう促してくる。

軽く頷いたあと私は、先ほどの所長の言葉をなぞるようにして、山倉さんに質問した。

「五二年前に熊本刑務所に入ったってことなんですが、そのあと、ここに来られたのは、いつ頃なんでしょうか」

「そうやねぇ」意外に、すんなりと言葉が返ってきた。「先週のごとある気もするが、二週間前のごとある気もする」

一瞬期待はしたものの、案の定、残念な答えだった。重ねて訊く。

「お年は、何歳ですか」

「もう四〇歳ば超えたかなぁ」

所長が、表情を歪めた。

「あんた、本当の年齢は八三歳やろうが」

山倉さんからの反応は、何もない。

所長は、苦笑いを浮かべ、こちらを見た。

「まあ、こんな感じですよ。実はこの人、投薬治療しかやることはないんで、本当なら、熊本刑務所に戻ってもらってもいいんですけどね。でも、あそこは今、まったく余裕がない状態みたいなんです。この人と同じように、人生の記憶が完全に飛んじゃってる人とか、刑務官に逆らい続ける人とか、年々、そんな手のかかる受刑者が増えているようですから」

「やっぱり、そうですか」

無期囚が多い刑務所は、必然的に、そうなってしまうのだろう。

縫製工場の模範囚

熊本刑務所の各工場に、午後の就業時間が訪れた。

三〇分間の休憩を終えた緒方誠一郎は、いつものように担当台の上に立つ。

工場前方の、一段高いところに設けられた担当台。教壇にも似た、その机の前面には、ホワイトボードが貼ってあり、そこに〈作業安全十則〉などの標語が掲げられていた。

立《た》ち役《やく》以外の受刑者は、すでに全員着席している。立ち役というのは、工場担当刑務官の補佐をする受刑者のことだ。

緒方は、腕時計に目をやった。腹に力を入れて、号令を発する。

「さぎょおー、始めっ」

緒方がこの縫製工場の担当になったのは、三四歳の時だ。長い間、夜勤担当や訟務《しょうむ》担当の職にあったが、晴れて、工場担当という「花形ポジション」に就くことができたのである。早いもので、あれからもう四年が経過する。最初の頃は、戸惑いの連続だった。いや今でも、受刑者との接し方に迷うことがたびたびだ。

この工場で働く受刑者は、現在、四二人。長期刑の者ばかりで、無期囚も多い。ここでは刑務作業として、剣道の防具を製作していた。「手刺《てざ》し」という手法でつくられる防具で、ミシン縫いとは違い、熟練の技が必要だった。

縫製工場は、過去に殺人未遂事件が起きた場所でもある。四十代の受刑者が、五十代の受刑者を殺めようとした事件だ。被害者と加害者は、ともに暴力団組員だった。加害者の武器となったのは、貸与した刃渡り五センチの錐。その錐を使い、被害者の左胸や背中など、計一一カ所を刺して重傷を負わせた。

あの時は緒方も、非常ベルの音を聞き、この工場に駆けつけたのだった。同期採用の松尾とともに、先輩刑務官たちに後れをとらぬよう、全力で走ってきた。工場内は、血が飛び散っていた。だが、すでに工場担当が加害者を取り押さえており、結局、自分たちの出番はなかった。

取り調べに対して加害者は、殺害目的であったと、明確に語ったそうだ。「男を上げるため」というのが、犯行動機らしい。彼らのこうした行動原理は、堅気《かたぎ》の人間には到底理解できない。いずれにせよ、死刑になることも恐れぬその所業に、緒方は身震いした。やはり、暴力団組員への処遇は難しい。危険と隣り合わせで、自分たち刑務官が傷を負う可能性も多分にあるのだ。危ないのは、所内だけではない。かつて、こんな事件も起きている。出所した暴力団組員が、お礼参りとして、刑務官の官舎に実弾を撃ち込んだのだった。

今、この工場にいる受刑者も、六割以上が暴力団組員だ。松尾は、「俺にゃ、面倒だけん、現役の組員のもんは扱いきらん」と、率直に話す。先ほども、処遇部の部屋を出る際、彼から、同情めいた言葉が寄せられた。

「緒方の工場は、いっ時《とき》も気ば抜けんけん、大変やな。それに比ぶると、俺が工場は、暴れたりするもんはおらんし、まだましなほうたい」

松尾が担当するのは、養護工場だ。緒方としては、あの工場もまた、ここは別の大変さがあるのではないかと思う。養護工場の様子が目に浮かぶ。

車椅子やパイプ椅子に座る高齢者たちが、同じ動きを繰り返していた。手を上げたり降ろしたりの運動だ。「健康運動指導」と呼ばれる機能訓練だった。指導するのは三十代半ばの男性作業療法士であるが、外部講師として招かれているらしい。参加者は一五人ほど。平均年齢は、八〇歳を超えていたかもしれない。てんでんばらばらの動きで、まったく手を動かしていない受刑者もいた。

「無理せんでも良かですよ。やれる範囲で、動かしてみまっしょ」

作業療法士が、優しく声をかける。これでは、外の社会の高齢者施設と変わらない。

工場内には、ヘルパーのように働く衛生係の受刑者もいた。高齢受刑者たちが「臭かぞー」「誰か、クソ垂れたんちゃうか」などと騒ぎ始めると、すぐに衛生係は動きだす。オムツ替えをするのだ。オムツから大便がはみ出したりして、汚れが酷《ひど》い場合は、衛生係だけでなく、工場担当の松尾も一緒に処理にあたる。

「下の世話は、毎日のことだけん、じき慣るっぞ」

松尾は、涼しい顔で言ったが、自分には、願い下げの仕事である。

この縫製工場には、大便を漏らす者はいなかった。ただし、皆、それなりにしっかりしているだけに、意図的な不正が横行する。作業用具を隠し持つなどの反則行為だ。一方でこのところ、受刑者同士の争いごとは滅多に起きなくなっている。

現在ここでは、関西系広域暴力団の幹部が立ち役を務めていた。安藤というその受刑者が、他の受刑者に睨みを利かせているからこそ、工場内の平穏が保たれているのだろう。所内秩序を維持するための役割を受刑者が担う――。そんな側面も否定できない。工場担当にとって肝心なのは、そうであっても、決して受刑者に籠絡《ろうらく》されないことだ。とにかく、受刑者とは、仕事以外の余計な話はしない。それに尽きる。

縫製工場の中は、静かだった。話し声は、一切しない。沈黙のなか、糸を手繰《たぐ》る音と針を刺す音だけが聞こえていた。

緒方は、工場内をゆっくりと見回した。

作業場には、横長の作業机が五列、担当台と向き合うかたちで配置されている。それぞれの長机に座るのは、八人ずつだ。担当台の横には、ふたつの事務机が並ぶ。ひとつは安藤の席、もうひとつは、計算係を務める受刑者の席だ。計算係の受刑者は、阿部といい、この工場で一番の古株だった。今も彼は、書類に目を向け、算盤《そろばん》をはじいている。

もしかすると阿部は……。そう思った時、視界の中に、動く人影が映る。

安藤が担当台のほうに近づいてきていた。肩を揺すりながらの、いかにも「ヤクザ者」といった歩き方だ。

彼が担当台の前に立つ。左手に、防具のクッション材に使う圧縮綿《わた》を持っていた。鋭く尖った目が、緒方に向けられる。

「材料、配らせてもらいますわ。ええですか、おやじ」

緒方は、「よしっ」と、ひと言だけ答え、目をそらす。

安藤が、壁沿いにある材料置き場へと向かった。

材料置き場には、圧縮綿や布類のほか、裁断された牛革と鹿革も積み上げられている。牛革は「面」、鹿革は「小手」をつくるための材料だ。

鹿革の束を手にした安藤が、作業場のほうを回り始める。

工場内に、獣が唸るような音がした。鼾《いびき》である。いつもの受刑者が、いつものように鼾をかきだしたのだ。きのう最前列へと席を移動させたのだが、効果はないらしい。その受刑者は、牧田という名の無期囚だ。年齢は、七二歳。本来であれば、真面目なほうの部類に入る受刑者だった。しかし、二週間前に懲罰から戻ってきてからというもの、完全にやる気をなくしている。

担当台から降りた緒方は、牧田の席の前に立った。彼は、首を深く垂れ、すっかり寝入っている。

作業机の上を、掌で叩いてみた。

驚くふうでもなかった。ゆるりと頭を起こした牧田が、こちらを見る。うつろな目だ。

緒方は、なるたけ声を抑えて注意する。

「まだ就業時間やけんな」

牧田が首を左右に振った。

「もう、どうでもええ」

言って溜め息を吐いたあとだった。牧田は、急に、挑むような目つきになる。

「そうじゃ。わしゃ、ちいとも納得しとらんぞ。ありゃあな、夜中に具合が悪うなったけ、助けを求めただけじゃろが。あがいなことが、なんで『静穏阻害《せいおんそがい》』になるんじゃ。今回の懲罰で、わしの仮釈《かりしゃく》は、完全にのうなったわ。出所できんのなら、働く意味なんぞ、なーんもないけんのう。なっ、そうじゃろ。なんなら、『作業拒否』で懲罰にしてもろうて構わんのんぞ。どうせ外に出られんのじゃけな、懲罰は、もう全然怖《こお》うないわ」

この二週間、緒方は、日に何度も、その不満を聞かされていた。辟易《へきえき》するが、いちいち声を荒らげても仕方ない。投げやりな態度の受刑者には、厳しい叱責は禁物だ。言葉ひとつで、いきなり暴れだしてしまうことがある。彼らに対しては、怒るよりも、宥《なだ》めたり励ましたりするほうが、会話としても成り立つ。言葉を交わすなかで、どうにか作業机に着き続けてもらえれば、それでいい。

牧田と目を合わせた緒方は、柔らかな顔をつくって話す。

「懲罰になったなら、今度の卓球大会に出られんごとなるばい。あんた、卓球の達人やもんな。この工場んためにも、絶対出場してほしかって思うよ」

熊本刑務所では、年一回の運動会だけではなく、卓球大会やソフトボール大会、さらには観桜会やクリスマス会、慰問コンサートなど、ふた月に一度くらいの頻度で、所内イベントが催される。ガス抜きという目的もあるだろう。変化に乏しい受刑生活にメリハリをつけ、結果的に、労働意欲の向上につながれば、との思いがある。確かに、一定の効力は認められた。スポーツ大会の開催が動機づけになって、行状《ぎょうじょう》が改善した受刑者もいたのだった。だが、それはあくまでも、運動好きな、一部受刑者に限定される。全体には当てはまらない話だ。特に無期囚の受刑者にとっては、所内イベントなど、どうでもいい問題ではないかと思う。彼らの関心事は、一にも二にも、仮釈放の動向についてなのである。

予想通り牧田は、卓球大会の話には乗ってこなかった。緒方は、話題を変えてみる。

「まあ、今回のあんたの懲罰は、閉居罰《へいきょばつ》七日間程度やけん、そこまで重うなか懲罰たい。あんたも知っとる通り、この熊刑から仮釈で出た無期の人が何人かおったやろ。あの人たちもな、そんぐらいの懲罰なら、何回も受けとったばい」

途端に、牧田の姿勢が良くなる。表情も変わった。その真剣な顔を確認したうえで、緒方は、壁に貼ってある紙を指さす。

「あの四字熟語の通りやて思うぞ。人生は、『一陽来復《いちようらいふく》』だけんね。悪かことの続いても、必ず、いつかは良かことのあるってこったい。まあ、その時まで、絶対に諦《あきら》めたりはせんで頑張ろうや。なっ」

牧田が小さく頷いてから言う。

「ほうじゃのう、一陽来復じゃのう」緒方の呼びかけに応じたわけではなく、自身に言い聞かせているような口ぶりだった。「ほうか、あの人たちも、何回か懲罰くろうとったんか」

牧田の手が伸び、針と糸を持った。いくらかは、気持ちが前向きになったらしい。

熊本刑務所の各工場には、安全標語とともに、四字熟語が掲示されている。この縫製工場は、〈一陽来復〉だ。他の工場には、〈雲外蒼天《うんがいそうてん》〉や〈苦尽甘来《くじんかんらい》〉などが掲げられていた。いずれも、〈一陽来復〉と同義語といえる。

無期刑の受刑者たちに、希望を失わせたくない。その一心から各工場担当は、頭を絞り四字熟語を選んでいた。しかし、正直なところ、あまり期待はしていない。ほかに、より効果的なものがあることを知っているからだ。ここにいるほとんどの刑務官が、それを分かっている。抜群の効果をもたらすもので、実証もされていた。

牧田の心を動かしたのも、やはり、四字熟語などではなかった。彼の気持ちを前向きにさせたもの――。それは、ほかでもない。彼ら無期囚のなかから出現する、仮釈放者の存在なのだ。

間近でそれが実現したのは、三年ほど前だった。熊本刑務所にとっては久方《ひさかた》ぶりに、無期囚の仮釈放者が出たのである。六四年間の服役を経ての出所ということで一部マスコミにも取り上げられた。所内の皆が、明るい表情をしていたように思う。受刑者だけではなく、刑務官もだ。あのあとは、しばらくの間、違反件数も減り、作業効率も向上していた。

当時の様子を思い起こしつつ、緒方は、担当台に戻る。

あらためて工場内を見回した。作業場全体に活気がなく、空気が緩んでいるようだった。こういう時は、要注意だ。事実、ここ二、三カ月の間、小さな違反行為が頻発している。このままだと、大きな事故や事件につながりかねない。一度、手綱《たづな》を締める必要があるのではないか。どんなに軽い違反であっても注意で済まさず、必ず調査に上げる、とか。

だが、もしかすると……、労せずして、この状態が改善される可能性もある。

二日前のことだ。緒方は、処遇部の部屋で、審査保護係の職員から声をかけられた。

「緒方さんの工場から近々、仮釈がでるかもしれんですよ。しかも無期刑のもんからですよ」

彼は、受刑者の社会復帰に関わる業務を担当しており、ちょくちょく保護観察官とも会っている。そんな彼の発言であるだけに、信憑性《しんぴょう》はある。けれども、話半分に聞いておこうと思った。過去に二回、同じような話が寄せられたが、いずれも最終的に、仮釈放の許可は下りなかった。被害者感情が良くないとの判断だったそうだ。

緒方の視線の先に、計算係の阿部の姿があった。目鼻立ちが整った顔だ。七八歳とは思えぬほど、肌の色艶《いろつや》も良い。受刑者にしては珍しく、実年齢よりも若く見えるタイプで、塀の中で人生を終わらせるのはもったいないと、常々思っていた。

どうやら彼が、このたびの仮釈放候補であるらしい。単なる候補に終わることなく、是非とも仮釈放の恩恵にあずかってほしいと願う。

阿部は今年、ちょうど五〇年目の受刑生活を迎えていた。緒方がこの世に誕生する一二年前から、ここに服役していたことになる。縫製工場での計算係も三四年目だ。まさに彼は、この工場の生き字引だった。

計算係というのは、工場の生産実績をデータ化したり、受刑者の稼働時間を集計したりするのが、主な役割だ。緒方自身、工場担当になって以来、ずいぶんと、阿部には助けてもらった。特に、受刑者の作業報奨金を算定する際には、彼の能力が役に立つ。元々、経理業務のプロであっただけに、ここでの計算程度なら、わけなくこなしてくれる。

阿部を評価する点は、ほかにもいくつかあった。なかでも緒方が一番に買っているのは、余計なことは口にしない、その寡黙さだった。無口であるがゆえに、まわりの受刑者とトラブルになることは絶対にない。工場内での彼は、どこか、俳優の高倉健を思わせるような雰囲気を醸《かも》し出していた。立ち役の安藤からも、一目置《いちもく》かれる存在である。ほかの工場担当からは、名前を挙げて羨ましがられることもあった。

「縫製工場は良かなぁ。あの阿部っちゅう優秀かやつのおるけんね。俺が工場にも、阿部のごたる計算係がほしかばい」

まぎれもなく阿部は、誰もが認める「模範囚」だった。ただし、入所からしばらくは、規律違反を繰り返す時期があったらしい。だがそれも、三〇年以上前の話で、今は完全に心を入れ替えている。

なんとか、彼への仮釈放を許可してほしい。次第に、その思いが強くなってきた。

そういえば、阿部に対する被害者側の感情は、どうだったろうか。彼は確か、作業報奨金の一部を、被害者遺族への賠償金に充《あ》てていたのではなかったか。それに、遺族への謝罪の手紙も出していたはずだ。いや、そのあたりの記憶は曖昧だった。

確認のため、阿部の「身分帳」を見てみようと思う。身分帳には、当人の生い立ち、犯行に至る経緯、裁判記録、服役後の行状などなど、膨大な情報が書き込まれている。

緒方はまた、視線を阿部のほうに向けた。

果たして彼に、白川寮への「引き込み」が行なわれる日がくるのだろうか。思えば最近、この縫製工場からは、白川寮へ移る者がほとんどでていない。

白川寮は、仮釈放される受刑者が、出所前の二週間、開放的な処遇のなかで暮らす場所だ。所内に存在するものの、そこでは刑務作業は免除され、もっぱら再犯防止教育が施される。

阿部が仮釈放されたならば、もう決して刑務所に戻るようなことはしないと思う。四年の間、彼と間近に接してきた者として、そう確信する。

身分帳に書かれた履歴

阿部孝弥は、二人兄弟の長男として産まれた。一九四六年九月のことで、岡山県倉敷市内の海沿いの町が出生地だ。父親はその前年、外地から復員後に、飲食店を開く。麺類や定食物を扱う大衆食堂だった。店は町の中心部にあり、そこそこ繁盛していたという。

阿部は、二歳下の弟とともに、あまり不自由を感じることもなく育っていった。成績は優秀で、中学三年になってすぐ生徒会長を務める。高校は、県内有数の進学校に進む予定だった。ところが、受験を前にして、進路変更を余儀なくされる。父親が他界したのだ。心臓発作による、突然の死だ。以後、専業主婦だった母親は、パートタイマーとして働きだし、阿部も、弟と一緒に新聞配達を始めた。

地元の商業高校に進学した阿部は、さらにいくつかのアルバイトをかけ持つ。建設現場での肉体労働や、飲食店での皿洗いなどだ。そうしたなかでも、学業の手を抜くことはなかった。高校三年時には、簿記二級の検定試験に合格する。

高校卒業後、大手化学メーカーの事業所に就職した。水島工業地帯に開設されたばかりの化学工場だ。といっても、工場勤務ではなく、事務職だった。経理部に所属し、現金出納管理や経費精算などの業務に当たる。

就職三年目には、簿記一級検定に合格。経理部のなかで、決算書の作成にも関わるようになった。その頃だった。同じ部内の上司に誘われ、玉野競輪場へと同行する。

ビギナーズラックというものだろう。人生初のギャンブル体験で、万車券を当て、大勝ちしてしまう。それ以降、休みの日には、上司と二人で玉野競輪に入り浸り、時には、児島競艇にも足を運んだ。競輪にしても競艇にしても、必ず、最終レースまで賭けを続ける。

結果は、目に見えていた。一年もせずに、二人して、多額の借金を抱えることになる。最初に会社の金に手をつけたのは、上司のほうだった。横領した金をレースに投じて、たまにではあるが、大枚を手に入れることもあった。それを上司は、借金返済に充てる。

阿部が同じ悪行に手を染めるのに、さほど時間はかからなかった。そして、その悪事が露見するのにも、そうは時間を要さない。突如として上司が、出奔してしまったのだ。ただちに会社側の調査が始まる。阿部は素直に、横領の事実を白状した。

会社側に、業務上横領罪で刑事告訴された二人だが、阿部だけが逮捕される。上司の遺体が見つかったのは、その一週間後だった。鳥取県内の山中で、縊死《いし》していたのである。

阿部には、横領金を返済できる財力などなかった。裁判では当然、厳しい判決が下される。執行猶予はつかなかった。懲役一年六月の実刑判決だ。

奈良少年刑務所に服役したのは、二三歳の時だった。受刑中はずっと、計算係を務めた。懲罰もなく、入所から一年で仮釈放される。

阿部は、身元引受人である母親のもとに帰住した。すぐに、保護司が紹介してくれた建設会社に就職。経理の仕事ではなく、作業員として現場で働いた。給料に不満はなかった。そのうえ、交際相手もできる。将来の伴侶と思い描いた彼女は、同じ会社の事務職だった。けれども、幸せな時間は、長くは続かない。阿部の前科を知った彼女が、別れを告げてきたのだ。阿部は翌日、一年半近く勤めた会社を、あっさりと辞めてしまう。

失職後、またも競輪場通いが始まる。半年ほどで貯金は底をつき、そのあとは、借金が膨らむ一方だった。そんなある日、競輪場で知り合った男と意気投合する。有島という名の宝石商で、レース後には必ず、一緒に飲み歩くようになる。

有島からその話が持ち込まれたのは、一九七二年の一〇月だった。以前勤めていた質屋の鍵を自分は持っているので、簡単に侵入できる。ついては、二人でその店に忍び込み、貴金属を盗み取らないか、と言うのだ。聞けば聞くほど、完全犯罪であるように思えてきた。

決行は、二カ月後。質屋の場所は、広島県の福山市内だ。繁華街からひとつ路地裏に入ったところに店はあった。

深夜、二人は店内に入る。ところが、想定外の事態となった。二人の店員が、まだ店に残っていたのである。有島は、所持していたバールで、店員を殴りつけた。何度も何度も、バールを振り下ろす。店員が意識を失ったところで、二人は、現金一二万円と高級腕時計八個を奪う。それから、石油ストーブを蹴り倒して逃走。またたく間に、店は炎に包まれる。店員のうち一人は、自力で外に脱したが、もう一人は、焼死体となって見つかった。

事件から三日後、阿部は、広島市内で逮捕される。さらに四日後、主犯の有島も、島根県内で、身柄を確保された。

一審の地裁判決は、有島に死刑、阿部に無期懲役刑を言い渡す。もちろん、有島は控訴した。阿部も一度は控訴したものの、すぐに取り下げる。

こうして彼は、自ら無期刑を確定させたのだ。

熊本刑務所に収監されたのは、一九七四年一一月のこと。阿部が二八歳の時だった。ちなみに有島は、七年後、上告中に広島拘置所内で病死した。

熊本刑務所での阿部は、まず印刷工場への配役《はいえき》となる。当初は、奈良少年刑務所との処遇の違いをあげつらい、しきりに不満を訴えていた。当然ここは、初犯刑務所と比べれば、規則が厳しくなる。彼には、それが納得できなかったようだ。入所後一〇年ほどの間、〈抗弁〉や〈反復要求〉などの違反行為により、たびたび懲罰を科せられている。

態度に変化が現れたのは、一人の受刑者との出会いがきっかけだった。阿部本人は当時、こんな発言をしていたという。

「平岡さんゆう人は、死んだ親父とそっくりじゃ」

同じ雑居房に暮らす平岡は、印刷工場で立ち役を務めていた。彼から窘《たしな》められることも多く、その都度、阿部は大人しく言うことを聞いていたそうだ。平岡が獄死した際には、声を上げて泣いたらしい。

三七年前、阿部は、縫製工場に配役換えとなった。剣道防具の小手づくりが、与えられた刑務作業だ。三年が経過し、次に、同工場の計算係となる。

今から三一年前の一九九三年、最初の仮釈放申請がなされた。まだ有期刑の上限が二〇年だった時代で、仮釈放が許可される見込みは充分にあった。ところが、うまくいかないものである。〈同囚との口論〉によって懲罰を受けることになり、申請自体が棄却された。

それからの阿部は、めっきり口数が少なくなる。この二〇年以上は単独室暮らしで、ますます話をしない時間が増えていた。

被害者の遺族に賠償金を送り始めたのは、平岡のアドバイスによるものだった。賠償金に充てたのは、作業報奨金だ。入所から五〇年で、報奨金の総額は二八七万円に達している。うち約一六〇万円が、被害者遺族に渡っていたのだ。

遺族への発信は、一回のみ。初めて賠償金を送る際の、その旨を伝える手紙、一通だけだった。かたや、母親とは、一〇〇回以上の手紙のやり取りがある。

身元引受人である母親が亡くなったのは、二六年前だ。二度目の仮釈放申請の準備が進められていたさなかである。それを受け一旦、仮釈放に向けての手続きが振り出しに戻る。

弟が身元引受人になることを承諾したのは、一九年前だった。その後、一七年前と一〇年前に仮釈放申請が行なわれる。だがいずれも、保護司による生活環境調整の段階で、仮釈放に否定的な報告が上がってくる。二回とも同じく、〈実弟の引き受け意思が弱い〉とのことだ。確かにそれは、信書の発受《はつじゅ》状況からも領ける。阿部が計七回、弟に手紙を送っているにもかかわらず、弟の返信は一度もなかった。

阿部は、八年前、引受先を更生保護施設へと変更する。〈施設で一定期間、中間処遇を受けたのち、実弟のもとに帰住〉。もし仮釈放が許可されたとすれば、出所後は、そんな流れになる。

広島市内の更生保護法人「恵徳園」の施設長が面接に来たのは、七年前だった。続いて、保護観察官面接が四年前に、さらには、地方更生保護委員会の委員面接が一年半前に、それぞれ実施された。

現在は、〈仮釈放申請〉がなされている状態で、〈九州地方更生保護委員会において審理中〉とある。審理中といいながら、宙に浮いたまま放置されているケースが、なきにしもあらずだ。だが、阿部の場合、そうではなさそうだ。何らかの手続きが進んでいるように思われる。昨年来、〈広島保護観察所・社会復帰対策室〉と〈熊本刑務所・審査保護係〉との間で、複数回にわたり、〈連絡・調整〉が図られているのだ。

半世紀ぶりの社会

いまだに阿部孝弥は、気持ちの整理がついていない。二週間前に、白川寮への引き込みを伝えられた時、心の準備はまったくできておらず、ただただ驚くばかりだった。何が何やら分からぬまま、釈放前教育が終わる。そして、きょうという日を迎えたのである。

新幹線に乗車するのは、初めてのことだった。広島駅で降車したあと、新幹線の改札口を出た。目の前のエスカレーターを使い、一階に降りると、そこに、自由通路があった。駅ビルを南北に貫くその通路には、大勢の人々が行き交っている。

自由通路に面した洋食レストラン「ＰＡＣＨＯ」。阿部が腰かけるのは、窓側の席だった。テーブルを挟んで斜め前の席に、恵徳園の若い男性職員、笹本が座っている。施設長の下河内は、電話をかけるため、席を外していた。保護観察官への連絡らしい。

自分が今いるのは、娑婆《しゃば》の世界——。阿部はこの数時間、何度もそのことを確認していた。目に映る物すべてが、それを確認するための対象だった。

テーブルに置かれた食器を見る。鉄製の皿の上には、レアで焼かれた牛肉がふた切れと、人参のグラッセがひと欠片あった。〈牛ハラミのカットステーキランチ〉の食べ残しだ。生焼けの肉が、刑務所の食事に出るわけがない。間違いなく、ここは外の社会である。

今度は視線を、ガラス越しに見える自由通路のほうに向けた。観光客とおぼしき白人系や黒人系の外国人が、たくさん歩いている。熊本刑務所には、外国人受刑者はいなかった。けれども今は、目の前に外国人の姿がある。やはり自分は、熊本刑務所から釈放されたのだ。

まさかこんな日が訪れるとは、夢にも思わなかった。今も、信じられない。実のところ、これは夢なのかも……。いや、違う。先ほども確かめてみたが、出所時に授与された〈仮釈放許可決定書〉が、しかと鞄の中にあった。自分が仮釈放された身であることは、疑いようもない事実だ。

店内に、下河内が戻ってくる。最初の挨拶で分かったのだが、彼は阿部よりひとつ年上の、七九歳だった。そのわりに、背筋がぴんと伸びた、若々しい歩き方をしている。

阿部の向かいの席に座るなり、下河内は、話し始める。

「なんじゃ阿部さん、肉、残しとるんね。遠慮せんで食べんさいや。まあじゃが、出てきてすぐじゃと、こげな肉料理は、胃もたれするかもしれんのう。やっぱし、胃がえらいかのう？」

阿部としては、胃の具合というより、体全体の調子がすぐれなかった。あれだけ猛スピードで動くものに乗ったのは生まれて初めてで、いまだ頭がのぼせ上がっている感じだ。

やや間が生じたが、阿部は、はっきりと声に出し、「少しえらいです」と答える。

「ほじゃったら、食べんでもええけ」

下河内は、そう言ったあと、手にした書類に目を落とす。

言葉のやり取りは続かなかった。阿部は、ひとまず助かった、と思う。顔を合わせて以降、あれやこれやと質問され続け、それが苦痛で仕方なかった。四時間ほど前から、ずっとそうだったのである。

熊本刑務所の庁舎棟は、五〇年前とは違い、オフィスビルのような建物に変わっていた。

その正面玄関を三人で出たのは、午前一〇時過ぎだった。下河内と笹本は、わざわざ熊本刑務所まで迎えに来てくれたのだ。昨夜は、熊本市内のホテルに宿泊したという。

釈放後、タクシーに乗り、熊本駅に着いたのが午前一〇時四〇分頃。それから午前一一時一六分発の新幹線「みずほ」に乗車し、一時間半ちょっとで広島駅に到着する。五〇年前、阿部が熊本刑務所へと連れて行かれた時は、まだ、この区間に新幹線が走っておらず、移動に、一〇時間以上かかったように思う。広島駅から熊本駅までの間、列車を乗り継ぎながら移送されたのだった。

大幅に短縮した移動時間。だが阿部には、あの当時よりも長い時間に感じられた。新幹線の車中で、隣のシートに座る下河内から、のべつ話しかけられ、答えも求められる。「うちでの集団生活は、大丈夫じゃろな?」「免業日は、何しようたん?」「最近、関心があるんは、どがーなことじゃろうか?」などなど、次々と質問が寄せられた。「はい」と返す以外は、答えに窮《きゅう》してしまう。長期間の刑務所生活を通じ、完全に会話能力が衰えていたのだ。予想していた以上の退化だ。今後が思いやられる。

「食器のほう、お下げしてもよろしいでしょうか」

目の前に立つウェイターに、そう尋ねられた。

阿部は、頷いて応えた。それから、「水はそのまま」と、どうにか伝える。

水を飲もうと、コップに手を伸ばした。と、やにわに、我慢していた尿意がぶり返してくる。熊本刑務所を出発後、一度も用を足していなかったのだ。そろそろ限界である。

阿部は、釈放前に白川寮で教わった〈社会内作法〉を思い起こした。そのうえで、下河内のほうを向く。挙手はせずに、言葉だけで申し出なくてはならない。

「用便願《ようべん》います」

言って、すぐ気づく。無自覚のうちに、刑務所用語を口にしていた。

下河内は笑顔を見せる。

「ここはもうあそことは違うけ、そがいな言い方はせんでええんよ」横を向いた下河内が、笹本の肩を軽く叩く。「トイレまで、阿部さんを連れて行きんさい」

自分一人でも、案内板を見れば、トイレに行ける。阿部は、そう思う。だが、そうはさせないようだ。笹本を監視役につける、ということなのか。

笹本が、すっと立ち上がった。

歩きだした彼を見て、阿部は、急いでその背中を追う。

思いのほか、笹本の身長は高かった。一八〇センチは軽く超えていそうだ。

時刻は、午後二時を少し回ったところである。すでに昼時は過ぎているが、まだレストラン街は、多くの人でごった返していた。

なんとか阿部は、笹本のあとについていく。

不規則に動く人々の群れに、目が眩《くら》んだ。これだけの雑踏を縫って歩くのは、五三年前の夏祭り以来かもしれない。あの時は、彼女も一緒だった。互いが逸《はぐ》れないよう、しっかりと手をつないでいたのだった。いや……、もう彼女とのことは思い出すまい。

阿部の前を歩く笹本だが、上背《うわぜい》があるだけに、その姿を見失うことはない。彼は、監視役などではなかった。先導役を務めてくれているのだ。笹本は、下河内とは対照的で、ほとんど言葉を向けてくることがない。阿部としては、大いに助かっている。加えて、この先導役だ。のちほど、あらためて礼を言おうと思う。

二人は、〈廣島ぶちうま通り〉という小路に入った。ますます人込みが激しくなり、なかなか前に進めない。阿部は、強い尿意だけでなく、船酔いに近い感覚にも襲われる。進行方向の右手には、お好み焼き店がずらりと並んでおり、ソースや青海苔の香りが漂っていた。懐かしい匂いである。だが今は、吐き気を誘導するような、不快な臭いとしか感じられない。


ようやく二人は、男性洗面所の入口に着いた。

「あそこの自動販売機の前で待ってますので」

言った笹本が、踵《きびす》を返して歩いていく。

阿部は、洗面所に入った。

洗面所の中もかなり混雑していた。壁際には、大便待ちの人が、五、六名並んでいる。小便器は六つあった。


すぐに順番が回ってきて、阿部は、右から二番目の小便器の前に立つ。

迸《ほとばし》るそれを目にしながら、思い出していた。白川寮での、釈前担当刑務官の話だ。

「外の公衆トイレはな、小便ばしたあと、自動で水の流れてくる便器があるけんね、自分で流さんで良かとよ。手ば洗う時も、そぎゃんたい。蛇口の下に手ば入れるだけで、センサーちゅうやつが反応して、自動で水の出てくるとたい」

なるほど、彼の言う通りだった。「科学技術の進歩」とやらで、世の中、想像以上に便利になっていた。用を足し、手を洗ったのち、阿部は、感心しながら洗面所をあとにする。

確かに笹本は、自動販売機の前で待ってくれていた。

彼の横に立った阿部は、自動販売機に目をやる。何が売られているかを確認するためだ。

新幹線のホームで自動販売機を見た時、不思議に思ったのだが、やはりそうである。今という時代は、本当に、「水」が商品として売られているのだ。以前、なんとか天然水と称して、テレビCMで流れていたような気もするが……。

「さあ阿部さん、戻りましょう」

歩き始めた笹本の後ろに続く。

歩を進めるなか、自動販売機の料金表示が、阿部の頭に浮かんだ。

水が一本一三〇円。非常に、もったいないのではないか。受刑者の作業報奨金は、段階的にアップしていくが、服役後しばらくは、時給七円五〇銭だ。ということは、あの水を購入するには、丸二日以上の労働が必要になってくる。思えば、先ほどの〈牛ハラミのカットステーキランチ〉だと、ひと月働いても口に入らない、という計算になる。

帰りの通路も、人込みが続いた。だが、我慢から解放された阿部は、気持ちに余裕ができたのか、厭《いと》わしさを感じることもなく、あっという間にレストランに戻ってきたように感じる。

阿部の席の隣に、見知らぬ男性が座っていた。彼は、下河内と何か会話をしている最中だった。

下河内と目が合う。その途端、彼は、大仰な素振りで、掌を椅子のほうに向けた。

「おお阿部さん、お帰り。まずは座りい、大事な人を紹介するけ。さあさあ、早よ座りんさい」そうせっつく下河内が、阿部の着席を待たずに、もう話し始める。「このかたが、阿部さんを担当なさる主任官じゃけ。名前は秋吉さんゆうて、拝命後二三年のベテラン保護観察官さんじゃ」

「私、秋吉です。よろしく」

彼は、会釈をすることもなく、抑揚のない口調で言った。

阿部は、深くお辞儀をする。

「阿部と申します。今後、しっかりと更生に励んでまいりますので、何卒、ご指導のほど、よろしくお願いいします」

仮釈放前に、何度も練習した台詞だ。けさ恵徳園の二人と対面した際にも、寸分たがわぬ言葉を述べていた。

阿部は、席に着き、秋吉のほうを見た。

同じ法務省の職員でも、刑務官と比べ、外見はソフトな感じがする。しかし、よく見れば、その眼差しは刑務官よりも厳しい。どことなく、検察官が見せる、あの独特の目遣《めづか》いを連想させる。静かながらも、冷たさを帯びた目つきだ。

下河内の視線が、阿部のほうに注がれていた。

「阿部さん、あんた、挨拶は立派にできるんじゃのう。ええことじゃ。これから広島保護観察所に出向いて、保護観察開始の手続きがあるんじゃが、秋吉さんはここまで、車で迎えに来てくださっとるんよ。ようお礼をせな」

阿部は、間を置かずに「はい」と答える。そして、左隣にいる秋吉のほうに上半身を向けた。

阿部が頭を下げかけた時、秋吉の声がする。

「お礼は結構です」

秋吉は、阿部に向かい、A４判の紙を差し出した。

「これ、事前に恵徳園さんとすり合わせてつくった、中間処遇の内容です」

阿部は、その紙を受け取った。見ると、日程表のようなものがプリントされている。表題は、〈保護観察対象者・阿部孝弥の処遇実施スケジュール表〉とあった。表の中に、びっしりと箇条書きの文字が並ぶ。

第一週の欄には、①として〈導入面接とオリエンテーション〉、②に〈生活計画の作成〉、③に〈日誌の作成〉、④に〈最終帰住先や親族への通信・連絡〉、⑤に〈被害者遺族に対する慰謝〉と、それぞれ項目立てされており、右側にその内容についての細かい記述があった。第二週以降も、〈ソーシャルスキル・トレーニング〉や〈社会性涵養教育〉、〈被害者の視点を取り入れた教育〉などの項目が続く。

刑務所内での阿部は、ただひたすら計算係としての作業に従事してきた。難しい教育プログラムなど受けたためしがない。そんな人間が、このような課題にきちんと取り組んでいけるのか。阿部には、自信がない。〈処遇実施スケジュール表〉に記された文字を追うにつれ、その語句のひとつひとつが重く圧《の》しかかり、気持ちが萎えていくようだった。

「どうですか、阿部さん」秋吉がスケジュール表を指さしてくる。「まあ、それくらいのことすら、やっていけないようでしたら、社会の中での生活を続けさせていくわけにはいきませんからね」

次に秋吉は、一枚の紙を阿部に見せた。

〈仮釈放中の遵守《じゅんしゅ》事項〉と書かれた通知書で、阿部自身も出所前に、同様の書面を渡されていた。

秋吉が、睨むような目を阿部に向ける。

「あなたは有期刑ではなく、無期刑の保護観察対象者ですからね。おのずと、私ら保護観察官の指導監督、それに、この遵守事項を守っているかどうかの判断も厳しくなります。どうか、刑務所に連れ戻されることがないように、心して日々を過ごしてください。喜び浮かれている場合じゃないですよ」

標準語での、丁寧な話し方だ。だが、かえってそれが冷淡な響きとなって、刃《やいば》のごとく、阿部の心の中に切り込んでくる。

もとより阿部は、浮かれるような気分では、まったくなかった。白川寮への引き込みを伝えられた瞬間から、胸中、不安だらけだ。そして今は、不吉な予感が広がっていた。

手錠に腰縄《こしなわ》姿で移送された、あの五〇年前の自分が、脳裏にくっきりと蘇る。

更生保護施設での日々

「仕事探しは大変じゃが、まあ、頑張りんさい」

下河内正二がそう声をかけると、二十代半ばの男性が、笑顔を見せて頷く。彼は、恵徳園の在園者で、これから求職活動に出るところだった。

更生保護施設の恵徳園は、広島市役所から程近い場所にあった。元安川の堤防沿いに続く住宅街の中だ。築三二年の古い建物ではあるものの、一八の居室に加え、会議室や集団処遇室なども備えていた。きょう現在、ここで暮らすのは、一五名の出所者だ。一階の個室に四名、二階の個室に一一名である。阿部を除けば、短期刑の者ばかりだった。

恵徳園が、阿部を被保護者として迎えてから、一〇日が経つ。今のところ彼は、順調な社会生活を送っているように思う。少なくとも下河内の目には、そう映っていた。

「じゃあ、ハローワークに行ってきまーす」

恵徳園の玄関に、若やいだ声が響いた。

「ああ、行ってかえり。きょうは仕事が見つかるとええがのう」

下河内が、その言葉とともに、若者を送り出す。恵徳園では、在園者が外出する際、必ず職員が、こうして声がけをするようにしている。

若い在園者を見送ったあと、下河内は、急いで事務室に戻る。

他の日勤職員は、皆、出払っており、事務室内には下河内一人だ。自分のデスクに着くとすぐ、通話中だった受話器を手に取った。耳に当てると同時に話しだす。

「どうも秋吉さん、お待たせして、すまんことでした」

「いいえ、まったく構いません。どうぞ、見送りのほうを優先させてください」

「恐れ入ります。で、被害者の身内のかたは、どがいな話を?」

先ほどまでのやり取りは、阿部に関することだった。彼が一昨日、三原市に赴き、被害者の墓参をしていたところ、現れた男から、激しく罵《ののし》られたという。その男性というのが、被害者と血のつながった、唯一の身内で、甥《おい》に当たる人物らしい。彼はこれまで三十数年間にわたって、阿部からの賠償金も受け取っていたようだ。阿部が仮釈放されることに対しては、〈賛成でも反対でもない〉という意見だったと聞いている。阿部を面罵《めんば》するほどの、強い悪感情を抱いているとは思えなかったのだが……。それに、今回の墓参については、保護観察所の被害者担当官が、事前に、了承を取りつけてくれていたはずだ。にもかかわらず、どうしてなのか。

「うちの被害者担当官によりますと、甥御さんは、阿部さんの顔を見たら、無性に腹が立ってきて、思わず怒鳴りつけてしまった、と話されたそうです。今は、大人げない対応だったと反省しているし、阿部さんに対して、申し訳なかったと伝えてほしい、とも言ってくれてるらしいんです。それで一応、謝罪の気持ちも受け入れてくれたみたいで、もう三原には来なくてもいい、とのことです」

「ほうですか、そりゃぁ、えかったですわ。早速、彼に伝えにゃ」

「そうですね、阿部さんに伝えておいてください。それから、早く弟と会うように、ということも、忘れず催促しておいてください」

「はい、そうしますけん」

「では下河内さん、引き続きよろしくお願いします」

「こちらこそ、よろしゅう頼みます」

電話を切った下河内は、「よしっ」と、勢いをつけて立ち上がる。

阿部はまだ、二階の居室にいると思う。出かけるのは、三〇分後くらいだ。毎日の提出を義務づけている日誌に、確か、そう書いてあった。

下河内は、事務室を出て、階段のほうに急ぐ。

階段を上がろうとした時だった。一階の奥に、怪しい人影が見える。さては、内山ではないかと思う。

内山というのは、二階に住む、六二歳の在園者だ。空き巣の常習犯で、松江刑務所からここに来て、すでに三週間が過ぎていた。職員の笹本が言うには、「もしかすると内山さん、ほかの在園者の所持品を物色しているかもしれません」とのこと。目撃したのは、四日前だという。阿部の居室から出てきた彼を見つけ、それを咎《とが》めたそうだ。しかし内山は、単に部屋を間違えただけ、と、頑なに言い通したらしい。「鍵は開いとりました」と主張したようだが、笹本は、「施錠はされていた」と断言する。

下河内は、忍び足で、一階の奥へと向かった。

隠れ損ねたのか、内山が、何食わぬ顔で、下河内のほうに歩いてくる。

向き合った瞬間、下河内の口から言葉が出た。

「内山さん、あんたの部屋は上じゃろが。こがなとこで何しょんなら？　怒らんけ、正直にゆうてみ」

内山が、下卑《げび》た笑いを浮かべる。

「藪《やぶ》から棒《ぼう》に、なんですかいな。ただトイレを探してただけやおまへんか」

「あのな内山さん、変なこと考えたら、つまらんけのう」

目を合わせようとするが、内山は、顔を背けた。

下河内は、横を通り過ぎていく彼に、忠告する。

「くれぐれも、わやにならんように」

内山が、振り向くことはなかった。彼は、ぼやきながら、この場を去っていく。

「人聞きの悪いこと、言わんといてほしいわ。まるで、犯罪者扱いや。まったく、かなわんのう」

階段を上がる内山の姿が、二階へと消えていった。

二階に行くのは、少し時間を空けてからにしよう。そう思った下河内は、とりあえず、すぐ横にある部屋に入った。

　誰もいない会議室だ。壁には、施設や下河内自身が頂戴した、いくつもの表彰状が並んでいる。中央にあるのは、長年の公務を称えて贈られた勲章「瑞宝章」だった。

　下河内は、法務教官として三七年間、広島矯正管区内の少年院で勤務し続けた。転機は、五九歳の時に訪れる。この恵徳園の前施設長に懇願され、結果的に、あとを引き継ぐことになったのだ。あれから約二〇年の間、様々な出所者を受け入れてきた。なかには内山のように、癖が良くない者もいる。それに比べてどうだろう。阿部はまさしく、模範的な在園者だった。率先して、施設内の清掃や、食堂での配膳に手を貸してくれる。黙々と体を動かすその姿は、修行僧のようでもあった。

　阿部は恵徳園に帰住後、二日間で、諸々の手続きを済ませている。健康保険証の作成や、銀行口座の開設などだ。

「何か、仕事とか社会奉仕活動に携わることはできんでしょうか」

　そう阿部が申し出てきたのは、出所後三日目の夕方だった。両親の墓参から帰ってきたあとだ。

　下河内は、阿部に対し、ふたつの話を併せて提案してみた。協力雇用主が経営する会社でのアルバイト、それともうひとつ、障害者施設でのボランティアという話だ。

　翌日になって、阿部からの答えが返ってくる。協力雇用主の会社のほうは、近くに広島競輪場があるので遠慮したいという。なるほど、彼は、射幸心《しゃこうしん》を煽《あお》る場への立ち寄りが禁じられているのだった。具体的には、特別遵守事項として〈競馬場、競輪場、競艇場等のギャンブルが行なわれる場所に出入りしないこと〉と、明記されていた。「君子危うきに近寄らず」ということだろう。見上げた心構えである。

阿部が四日前から足を運ぶ、障害者の福祉作業所。恵徳園の評議員を務める人が運営する作業所であり、そこでの阿部は、ダイレクトメールの発送作業を手伝っているらしい。

会議室の外で、物音がする。聞こえてきたのは、階段を下りてくる足音だった。

ただちに下河内は、階段のほうに移動する。

玄関に向かう阿部の姿があった。その背中に声をかける。

「作業所にお出かけかい?」

一瞬びくりとしたように見えたが、そのぁと阿部は、振り返るとともに、「はい」と頷いた。

「そうか、ご苦労さんじゃのう。そうそう、阿部さんに大事な報告があるんじゃ。秋吉さんが電話を寄越してきんさってな、彼の話じゃと、被害者の甥御さん、あんたに謝っといてくれ、ゆうとったそうじゃわ。おとといの件は、もう気にせんでええらしいけ」

「はっ」

阿部は表情を変えることもなく、ただひと言、そう発した。

靴を履こうとする彼に、下河内は、棒状の靴べラを渡す。

「まあ、これを使いんさい」

阿部が頭を下げて、靴べラを受け取った。

「で、阿部さん。わしゃのう、やっぱし、ずっとあの件が気になっとるんじゃ。この恵徳園にはあんた、いつまでもおられはせんのじゃけのう。わしゃ、弟さんとの関係を心配しとんじゃが、引き受けは、大丈夫なんじゃろうな」

三日前にも阿部に確認したが、その時点では、まだ弟とは連絡も取れない、という報告だった。

阿部が珍しく、下河内の目をしっかりと見据える。そして、おもむろに口を開いた。

「週明け、弟が広島まで出てきよります」

「おっ、そうか、倉敷の弟さん、おうてくれるんか。良かったのう。わしも嬉しいわ。うん、良かった。良かったのう」

頬を緩ませた下河内が、大きく頷きながら言った。

だがやはり、阿部のほうは無表情のままだった。

靴を履き終えた阿部が、下河内を見る。

「ほじゃ、行ってきます」

「ああ、行ってかえり」

〈行ってかえり〉は、〈行ってらっしゃい〉という意味の広島弁だ。もうほとんど使われなくなった方言だが、下河内は、好んで用いている。「行ったあと、どうか無事に帰ってきてください」という、送り出す側の願いが込められた言葉だと思うのだ。

送り出す側といえば、ある光景が目に浮かぶ。一〇日前の、阿部が熊本刑務所から出てきたあの場面である。とりわけ、最後までついてきた刑務官の姿が印象的だった。きっと、我がことのように喜んでいたのだろう。目の内に涙を滲ませて、激励してくれていたのだ。あの姿を見ただけでも、いかに阿部が模範囚であったかが分かる。

彼が刑務所に戻るようなことは、絶対にないだろう。だが、いかんせん、無期刑の仮釈放者を受け入れるのは、下河内にとって初めての経験だ。とにかく、秋吉からの助言通りに処遇を続けていけば、間違いはないと思う。

普段は被保護者に対し、柔らかな物腰で接する秋吉だった。けれども、阿部を見る目に関しては、かなり厳しいように感じる。

秋吉は、こうも話していたのだ。

「刑務所側が管理するのに都合の良い模範囚は、そうであればあるほど、社会性をなくしてしまっていて、失敗するケースも多いんです。それが長期刑の人だったら、なおさらでしょうね」

阿部のことを示しているに違いない。しかし下河内には、彼が失敗するとは、とても思えなかった。

今が耐え時

今、阿部孝弥が座っているのは、絶景を望む場所だ。

眼下に広がる、瀬戸内の碧い海。多くのフェリーが行き来しており、それぞれの船が、海《うな》原《ばら》というキャンパスに、白く光る波の線を描いているようだった。海の向こうには、厳島神社の鳥居も見える。

阿部はまたも、大きな溜め息を吐いた。もう何度目の溜め息だろうか。穏やかな瀬戸内海とは違い、心の中は、激しく波立っていた。

結局、弟との話は、物別れに終わる。彼からは、責められ通しだった。

「兄ちゃんがおったばっかしに、わしとお袋がどんだけ苦しめられたんか、分かっとんのか」「ちゃんとした詫びもないんか。どうなんや、あんた、なんとか言わんかい」「おめー、何考えとんじゃ。黙っとったら、なーんも分からんじゃろ」「わしゃ、おどれのせいで、何回転職したと思うとんじゃ」などなど、次から次に批判を浴びせられ、最後は罵声に近かったのではないか。だが、そうした仕打ちを受けるのも、無理からぬこと。すべては、自業自得だ。

被害者の甥と会った時も同じだった。なにせ、普通の会話ができないのだ。予期せぬ場面に遭遇すると、さらにそれが酷くなる。体が固まり、頭も回らなくなる。普通の会話どころか、まったく言葉が出てこない状態になった。

獄中で過ごしてきた、これまでの生活が災いしていると思う。振り返ると、何十年もの間、社会から隔離され、狭い空間に閉じ込められてきたのである。独房内にいるか、もしくは、計算係の席に着いているか、という毎日を送ってきた。決してイレギュラーなことは起きない単調な日々だった。そんな生活が死ぬまで続くと思っていた。まともに考えたら、正気ではいられなくなる。だからだろう、極力、思考を働かせないようにしていた。精神の安定を保つための一番の方法が、思考を停止させておくことだったのだ。だが、何もせずにいると、つい何かを考えてしまう。そう思うと、最も精神衛生上、良かったのは、単純作業を繰り返している時ではなかったか。計算係の仕事は、その典型だった。難しいことは考えず、ただ単純計算を続けていただけだ。食事の配膳や工場内清掃を手伝うこともあったが、ああした肉体労働も、ちょうどいい気分転換になっていた。

稀に刑務所内でも、非日常的な出来事が起こる。しかし、特段、頭を使うことはない。そうした折には前もって、刑務官による懇切丁寧な説明と指導がある。保護観察官面接などの場合が、そうだった。事前に、何度も何度も模擬面接をしてくれるのだ。

とにかく獄中では、刑務官の指示に従ってさえいれば、何も問題は起きない。となれば必然的に、受刑者のほとんどが「指示待ち人間」になる。もちろん阿部も、そうなっていた。現在は、その延長線上での、更生保護施設暮らしである。

被害者の墓参をしたのも、弟と会ったのも、結局は、下河内の指示に従ったまでだ。行動を起こしてはみたが、その先どうしていいのか、まるで分からない。弟や被害者の甥が怒るのも、仕方ないのではないか。

中間処遇のひとつとして、専門家によるソーシャルスキル・トレーニングも受けた。だが、何かスキルが身についたような手応えは一切ない。すでに自分という人間は、社会で生きていくうえでの機能を失ってしまっているのではないか。今さら訓練しても手遅れなのではないか。そんなふうに、日々、諦めの気持ちが増していく。

阿部は、完全に自信を喪失していた。情けなくもあり、腹立たしくもあった。胸中には、憤懣《ふんまん》やるかたない思いが鬱積《うっせき》している。そんな思いの捌《は》け口を探していたのかもしれない。無意識のうちに、間違った行動をとってしまった。

あれは、三原から帰ってきたあとだった。罵倒されたショックを引きずりながら、広島市内を彷徨《さまよ》い歩いた。墓石を前にして思い浮かんだ「被害者の焼死体」。法廷で見せられたことのあるその映像が、広島に戻っても、ずっと瞼の裏にこびりついていた。そして、はたと気づいた時に、大きな衝撃を受ける。自分が座っていたのが、パチンコ台の前だったのである。我知らず、パチンコ店に吸い込まれていたようだ。球を購入していないことを確認して、慌てて店を出たのだが……。

そして今――。またしても阿部は、一線を越えようとしていた。ここは、なんとしても踏みとどまらなくてはならない。

阿部は、空を見上げた。雲の中に、ぼんやりと人の形が浮かんでくる。

輪郭《りんかく》がついたそれは、今は亡き平岡の姿だった。平岡は、熊本刑務所の印刷工場時代に世話になった人だ。己を犠牲にして、阿部のことを守ってくれた恩人でもある。何度、身代わりで懲罰を受けてくれたことか。

「阿部ば見よると、自分の息子のごと思えてくるばい。お前はな、必ず外に出らにゃいかんぞ」

それが、彼の口癖だった。きっと平岡が生きていたら、今回の仮釈放を心から祝福してくれたと思う。

阿部にとって、「祝福」という言葉で思い出されるのは、なんといっても、工場担当の緒方だ。白川寮への引き込みを伝えてきた際の、あの緒方の喜びようはなかった。

やはりそうだ、緒方の思いに応えるためにも、絶対に、刑務所に戻るわけにはいかない。

刹那《せつな》、阿部は、我に返ったような気がする。あたりの喧騒《けんそう》が、耳に入ってきた。けたたましいモーター音が響き、場内アナウンスも聞こえてくる。

「ただ今よりボートレース宮島、第九レースのスタート展示航走を行ないます。一番、山下隆吉、前半二コース四着。ふた番、吉沢二郎、前半一コース一着。三番、白石豪……」

急いでこの場を離れよう。そう考え、阿部は、観客席から立ち上がる。

「阿部はん。わし、ずぅーと、ここにおったんでっせ」

声のほうに目をやると、そこに内山がいた。恵徳園の二階で暮らす在園者仲間だ。五日ほど前に、いきなり金の無心をしてきたが、それはどうにか断った。しかし、その後も内山は、「無期の仮釈やし、がっぽり作業報奨金もろうてまっしゃろ」などと、さかんに言い寄ってくるのだった。

なぜ彼が今、ここにいるのだろうか。阿部には、さっぱり理解できなかった。

内山は、薄ら笑いを浮かべていた。

「阿部はんは、舟券買わんのですかい。第九レース、結構おもろそうですやん。ええ配当になるんちゃいますか」

阿部は、声を絞り出して言う。

「わしゃ、もう帰るとこじゃ」

内山の顔から、笑みが消えた。

「ほーう、帰るんかい。けどあんた、分かっとるんやろな。舟券買わんでもな、立派な遵守事項違反やで。競艇場に出入りした時点で、もうアウトやろが。これがばれたら、遵守事項違反ちゅうこって、ムショに逆戻りや」

阿部は、何も答えられない。立ち尽くしたまま、体も動かなかった。

内山が、小さな機械を翳《かざ》す。

「この使い捨てカメラに、ばっちり証拠写真が残っとるんや。ここが宮島競艇場やて、ちゃーんと分かるアングルで撮らしてもろうたわ」

カメラをポケットにしまった内山が、意味ありげに、にやりとする。

「ほんで阿部はん、相談なんやが……。そうそう、これは、ほんまに相談やからな。強請《ゆす》りなんかやあらへんで。お互いプラスになるこっちゃし……」

お互いプラスになる――。それは、阿部が、遠い昔に聞いた言葉だった。間違いない。あの二人の言葉である。一人は、高校卒業後に就職した会社の上司であり、もう一人は、玉野競輪場で知り合った宝石商だ。いずれも、こちらを共犯者として犯罪に巻き込む時、「お互いプラスになる」という言葉を、誘い文句として使ってきた。だとすると、まさしくそれは、自分を破滅の道へと向かわせた言葉でもあるのだ。

内山はまだ、喋り続けている。

「で、どやろ、五〇万円でフィルムを買うてもらうゆうことで。ムショに連れ戻されて、一生出られへんようになるか、それとも、ずっと娑婆にいてられるか。そのふたつの選択やけど、まあ、考えんでも分かるやろ。五〇万円は安いもんやで。なっ、阿部はん」

迷うことはない。その言葉を受け、阿部は、怒りを込めて内山を睨みつけた。わけの分からない取り引きには応じられない。

しかし……、どうしたことか。阿部の意思が伝わらないらしく、内山は、軽薄な笑みを浮かべたままだった。

彼が、そのにやけた顔を、阿部の顔に近づけた。

「ほな、五〇万円、今週中ぐらいには用意してや」

内山の顔を見ているうちに、良からぬ感情が鎌首《かまくび》をもたげてくる。阿部の胸中に広がっていくのは、激しい憎悪、そして、殺意だ。

死に場所はどこか

もうすぐ着くのではないか。阿部孝弥は、川沿いにある公園を突っ切り、さらに奥へと進む。目指すは、あの人の魂が眠る場所だ。

頬に、虻《あぶ》のような虫がぶつかってきた。足元は少しばかり、ぬかるんでいる。滑らぬよう注意しながら、繁った木々の間を通り抜ける。

広島駅から新幹線に乗って一時間三九分、先ほど阿部は、熊本駅に着いた。駅の公衆電話から、恵徳園に電話を入れてみた。笹本が出たのだが、まだ何も気づかれていない様子だった。とりあえず、安心する。最後に、帰りが遅くなる旨を伝え、電話を切った。それからタクシーに乗り、この近くまで来たのである。

けさ下河内には、「また弟とおうてきます」と、嘘の報告をしてきた。彼は、こう励ましてくれたのだった。

「弟さんには、とにかく誠心誠意、謝ることじゃ。今度は大丈夫じゃろうけ、頑張りんさい」

申し訳ない限りである。下河内と笹本には、落ち着いたら、お礼とお詫びの手紙を書こうと思う。

腰の丈ほどに伸びた草をかき分け、ようやく阿部は、目的地に着いた。時刻は、午後二時五分だ。

入口のブロック塀に、〈熊本刑務所之廟《びょう》〉と書かれた表札がある。

ここは、熊本刑務所が管理する墓地なのだ。熊本市内を流れる、一級河川「白川」。その川を挟んで、東側に刑務所があり、西側に墓地はあった。

阿部は、鉄柵の扉を開けて、敷地内に入る。草いきれのこもった風が、肌を撫《な》でた。

シャツについた葉っぱを、手で払う。葉っぱが落ちた地面を見ると、部分的に苔が生い茂っていた。苔の一部は墓石にまで拡がり、そこに緑色の模様をつくる。しかし、ほかに目を移せば、墓地内のどこにも、雑草やゴミは見当たらなかった。おそらくは、刑務所関係者が定期的に訪れ、手入れをしているのだろう。

五メートル四方くらいの敷地に、十数基の墓石が立っていた。いずれも、墓碑銘などは彫られていない。各墓石には、〈合葬之碑〉との刻字があった。

合葬であるから、不特定多数の遺骨を一緒くたにしての埋葬、ということになる。ここに葬られているのは、すべて、引き取り手のない元受刑者たちの遺骨だという。そのなかに、亡き平岡の遺骨も納められているはずだった。だがこれでは、どれが平岡の墓であるかは分からない。

阿部は、全体が見渡せる位置へと移動した。

目の前にある香炉に、持参してきた線香を立てる。

線香に火を点けたあと、阿部は、立ったままの状態で合掌し、こうべを垂れた。

生前の平岡の、あの言葉を思い出す。

「俺の嫁と息子は、もう亡くなってしもうとるけんな、俺が死んだっちゃ、だーれも遺体ば引き取ってくれるもんはおらんたい。だけん当然、火葬されたあとは、ここの刑務所の墓場に行くことになるて思う。もしなあ、阿部が外に出られたとすんなら、そん墓に、線香の一本もあげに来てくれるやろか？」

　縁起でもない話をしないでほしい。そんなふうに答えたと記憶するが、平岡が心筋梗塞で急逝したのは、その二カ月後だった。阿部の父親と同じ亡くなり方だ。あのあと阿部は、心に誓った。必ず手を合わせに行くと、そう固く誓ったのである。けれども、出所後は、すっかりそのことを忘れていた。秋吉に指摘された通りかもしれない。どこかで、喜び浮かれていたのではないか。いや、どうだろう。そんなつもりはなかったが……。

　突き詰めて考えれば、こうなる。自分という人間には、「意思」というものが、ほとんどないのだ。他人からの指示に、唯々諾々と従うのみ。服役中だけでなく、出所後もずっとそうだ。両親の墓参は、下河内の勧めによるものだったし、福祉作業所に通うことになったのは、笹本の助言を受けた結果だった。施設内の掃除や配膳を手伝ったのも、笹本のアドバイスに従っただけである。

　亡くなる前の平岡からは、こんなアドバイスがあった。

「俺たちは、罪ば償いよるとばい。苦しかったり、辛かったりするとは当たり前やないか。いちいち不満ば口にすんな。ここは、貝になるしかなかとぞ」

　じっと我慢して、貝のように口を閉じよ、ということだったのだろう。だが、阿部が閉じたのは、口だけではなかった。思考まで閉ざしてしまったのだ。実はそのあと、急に気持ちが楽になっていったのを覚えている。要するに、逃避していたのである。罪と向き合うことからも、内省を続けることからも逃げていた。そして今、被害者の墓参をきっかけに、そうした服役生活のつけが、一気に押し寄せてきている。

阿部の頭の中には、焼死体の映像が貼りつきっ放しだった。睡眠中も、夢に出てくる。特に食事の際には鮮明に思い出し、肉を一切食せなくなっていた。ストレスが溜まる一方だった。精神的圧迫を受け、それが結局、競艇場へと足を運ばせる結果になったのではないだろうか。内山から金銭を要求されることになったのも、己の心の弱さが招いた、当然の報《むく》いだったのである。

「阿部はん、五〇万円、早よな」

昨夜、内山はそう催促してきた。彼は今も、口止め料が手に入ると信じている。それもそうだろう。阿部自身の意思をはっきりと伝えていないのだから、そう捉えられても不思議ではない。

主体性がなく優柔不断な自分――、心が弱い自分――。このままだと今後、より大きな災いが待っているような気もする。たとえば、内山との間で、何か取り返しのつかないことが起きる、とか……。そうならないためには、どうすべきなのか。やはり、自分自身を変えていくしかないのだろう……。

この数日の阿部は、必死に思考を巡らせた。これから進むべき道について、熟考を重ねた。何度ももがき苦しみ、時には、思考の壁にぶち当たる。だが、そうこうしながらも、なんとか結論を導き出すことができた。人に指示されたり、人の意見に左右されたりすることなく、自分自身の自由な思考のもと、結論を出したのである。それが、現在の行動につながっていた。

線香の煙を前にして阿部は、平岡に語りかける。

「わし、間違っとりました。逃げちゃならん、正面から罪と向き合わなならん。それが平岡さんの言いたかったことや思います。わし、今頃になって、ようやっと分かってきました。けど、まだ遅うないですよね。間に合いますよね」

草が擦れ合う音がした。背後に人の気配を感じる。

阿部は、体ごと振り返って、そちらを見た。

「あらっ、あんた、阿部さんやなかね？」

現れたのは、顔見知りの人物だった。以前、縫製工場の助勤《じよきん》で来ていた刑務官で、確か名前を、河合といった。彼は今、手にバケツを下げて立っている。

河合と視線を合わせたあと、阿部は、深く頭を下げた。

「はい、阿部です。ご無沙汰しとります」顔を上げて、ひと言つけ加える。「墓へのお気づかい、ありがとございます」

河合は、首を横に振った。

「なーん、仕事で来ただけたい。今は俺、処遇から別んとこさ移ったけんね。まあ俺んこつは、どぎゃんでん良かばってんさ」

バケツを地面に置いた河合が、一歩二歩と阿部に近寄っていく。

「俺んこつより、阿部さんたい。さすが、仮釈放ばもろうただけのことはあるよね。ここさい墓参りに来るとだけけん、まうごつ感心させられるばい」

手を左右に振りながら、阿部は答える。

「とんでもありません。わしなんて、ほんま反省ばかりで……」

「あっ、まず、これば言わんとでけんやったばい」河合は、軽く手を打ち、それから話を続ける。「そうそう、緒方さんたい。あん人な、よっぽど嬉しかったとだろうね。今も、毎日のごつ工場で、『阿部さんば手本にして頑張れ』て、そぎゃん訓示ば垂れよらす。あんたは、緒方さんにとっちゃ、自慢の人だけんね」

その話を聞き、阿部は、つい意思がぐらつきそうになる。だが、もう後戻りはできない。

阿部の目の前まで迫ってきた河合が、阿部の顔を凝視する。

「それにしたって、あーた、たいがい表情の明るうなったごと見ゆるばい。そんことも含めて、よーう緒方さんに伝えておくけんね」

阿部は、迷わずに言う。

「いや、ええです。緒方さんには、自分が直接話しますけ」

「えっ、直接？　そりゃ、どぎゃん意味ね？」

首を捻る河合に向かって、阿部は、隠すことなく話す。

「近いうち、またみなさんに面倒かけることになるんやないでしょうか。また受刑者として世話にならなあかん思うんです」

河合の表情が、目を見開いたまま固まってしまう。

阿部は、一応の説明をしておくことにする。

「正直に言いますが、わし、遵守事項に違反することをやってしもうたんです。せやから、この足で熊本保護観察所に出向いて、その違反を報告するつもりなんですわ」

「はあ？」河合が呆《あき》れ顔をつくった。「遵守事項に違反したこつば、自ら言いに行って、そいで自ら刑務所さ戻るとかいね。そぎゃんた、聞いたことなかばい」

自分の思いが伝わるかどうかは分からないが、阿部は、とにかく話してみる。

「まあ、これは、誰かから指示されたわけでものうて、自分自身の自由な思考のなかで導き出した結論ですけね、後悔はあらせんですわ。死に場所が熊刑になることも、覚悟しとります」

「うーん、自由な思考で導き出した結論が、不自由な生活ば選ぶってことかい。俺にゃ、さっぱい分からんばい。でくんなら、考え直したほうが良かごと思ゆるがねぇ。まあ、俺ん立場じゃ、それ以上のことは言われんばってんな」

阿部はふと、天を見上げた。考え直したほうが良か、という言葉が、心に引っかかる。もしや、平岡もそんなふうに考えているのでは……。

深く息を吐いた河合が、置いていたバケツのほうに戻っていく。

阿部も、そろそろここから退去することにする。

「ほな、河合さん、わし、これで失礼させてもらいます」

立ち去る前に、もう一度阿部は、それぞれの墓を見た。この光景を、目に焼きつけておこうと思う。自分の死後、遺骨が、ここに葬られる可能性だってあるのだ。いや、可能性どころではなかった。焼かれたあとの自分は、ここで合葬されるに違いない。

「おい、阿部さん」河合の声が、あたりに響いた。「また刑務所に戻りどんしたって、今度も絶対に諦めたらでけんばい。一陽来復だけんな」

一陽来復か。それもあるかもしれない。だが、あるとしたら、次は、しっかりと罪と向き合い、心を鍛え直した、そのあとだ。

阿部は、河合に向かい、丁寧に腰をこごめた。

「お言葉、ありがとございます」

礼を言い、前に進みだしたところで、背中に風を感じる。樹木を揺らすほどの風が、後ろから吹きつけてくる。強い風だが、温かい風だ。

瞬間、阿部は、はっとする。これは、平岡が吹き起こした風のように思えるのだ。きっとそうだ。自分自身が決めたこの行動を、後押ししてくれているのだろう。

第三話　福祉よりも男のもとへ

和歌山刑務所と和歌山定着

和歌山市中心部の緑溢れる公園内に、白亜の城が聳え立つ。紀州徳川家の居城として知られる和歌山城だ。城から程近い場所に、「和歌山県地域生活定着支援センター」はあった。天守閣を思わせるような、最上階が三角に尖ったビルの中だ。

地域生活定着支援センターというのは、障害のある受刑者や高齢受刑者を福祉につなげるためのコーディネート機関である。二〇〇九年の七月に、厚生労働省によって事業化され、二〇一二年までに、全都道府県で設置し終えた。地域生活定着支援センターという長い名称だが、関係者の間では、都道府県名を前に付して、略称で呼ばれることが多い。たとえば、「和歌山県地域生活定着支援センター」の場合は、「和歌山定着」だ。

二〇〇九年の一〇月末、私は、和歌山市内にいた。

女子刑務所のひとつ、和歌山刑務所を訪ねたあと、そこから直線距離で四キロほどのところにある和歌山定着に立ち寄った。九月に開所したばかりの真新しい事務所に案内してくれたのは、松本一美所長だ。彼女と初めて会ったのは、その三年半ほど前だった。笑顔を絶やさない人だが、非常に芯の強い人でもある。

顔を綻ばせた松本所長が、いつものように関西弁のイントネーションで話す。

「山本さんとこに押しかけるように訪ねて行った、あの時ですが、まさかほんまにこうして、正式な形で出所者支援事業やれるようになるとは、思うてもいませんでした」

「そうですよね。五年ぐらい前までは、塀の中のこの問題は、福祉関係者から総スカンを食らってましたからね」

私は、あの頃を思い浮かべ、感慨無量という心境になっていた。振り返れば、たった五年の歳月でしかないものの、その間の変化は隔世《かくせい》の感がある。

確か、二〇〇四年の年明けくらいからだと思う。私のもとに、たびたびクレームが寄せられるようになった。前年の暮れに出版した拙著『獄窓記』についてである。

「あの本ですけど、ちょっと酷いと思います。犯罪被害に遭った障害者のことを書くならまだしも、犯罪者になった障害者を取り上げるとは、一体どういうつもりですか」

「山本さんには福祉を語る資格はないですよ。あんな危険な本を出すんですからね。あの本は、『知的障害者や精神障害者は罪を犯しやすい』っていう、そんな誤解と偏見を、社会に与える恐れがあります」

そうした声の多くは、福祉関係者からのものだった。

私は毎度、こう答えていた。

「ご指摘は甘んじてお受けしますが、刑務所の中に障害のある人がたくさんいたのは、紛れもない事実です。彼らの多くが、福祉や地域社会から見捨てられて、挙句の果てに、罪を犯すようなことになっています。その現実に蓋《ふた》をしたままだと、いつまで経っても日本の障害者福祉は、二流、三流のままなんじゃないですか」

相手方の反応は様々だった。黙りこくってしまう人もいれば、こうした言葉を突きつけてくる人もいた。

「受刑者だった人が、偉そうなことを言いなさんな」

そんなある日、都内の福祉事業者から問い合わせがあった。

「うちの施設にいた知的障害のある人なんですが、今、刑務所にいるはずです。黒羽刑務所で、山本さんと一緒じゃなかったですか」

服役中であろう人物の名前を聞いたが、記憶にない人だった。私は即、その福祉事業者に感謝の気持ちを伝え、それとともに、こんなふうに話していた。

「わざわざ連絡をいただいて、ありがとうございます。でも残念ながらそのかたは、私の知らない人ですね。黒羽刑務所の寮内工場にはいませんでした。でも、そうやって受刑中の人を心配していただけるのは、本当にありがたいことです。出所後は、また支援をしてもらえるんですね」

間髪《かんはつ》をいれず返事がある。

「支援なんて、とんでもない。あいつが出所する前に、施設の警備を厳重にしておこうと思って、それで、いつ頃出てくるのかを知りたかっただけです。あんな不良とは、もう関わりたくありませんからね」

これが福祉事業を営む人の発言か。そう啞然とさせられた。批判の言葉を返そうと思った。だが、やめておく。自分自身、福祉の現場を熟知しているわけでもないし、まさしく、「偉そうなこと」は言えない立場なのだ。

二〇〇四年の二月から、私は、障害者福祉施設の支援スタッフとなる。

人里離れた山奥にある、知的障害者の入所施設――。そこは、黒羽刑務所の受刑者仲間が、出所後に支援を受けたいと希望しているところだった。その施設で、福祉を学びながら、彼の出所を待つことにしたのである。生まれながらに染色体異常のある彼は、父親が寝たきり状態、母親が行方知れずで、出所後の帰住先が定まっていなかった。私がスタッフとしていることで、施設側が、彼の受け入れに前向きになれば、との思いがあった。

支援スタッフになって以降、知的障害のある人たちと密接に関わる日々が続いた。入浴や食事の介助をし、一日に一回は、同行して街へ出かける。一緒に、養鶏やキノコ栽培などの作業にも取り組んだ。

福祉の現場にいればいるほど、疑問が膨らんでいく。目の前の人たちと同じように、本来なら福祉で支えるべき人たちがなぜ、あんなにも多く刑務所の中にいたのか。福祉の支援を受けている人たちと同等の、あるいはそれ以上のハンディキャップを持つ人たちが、どうして罪を犯すようなことになってしまうのか。

まずはこの現実を、厚生労働省や地方行政の障害福祉担当者に伝えなくてはならない。そう考えていた矢先だった。一本の電話がかかってくる。相手は、法務省矯正局の総務課長だ。のちに第四九代の検事総長となる林眞琴氏、その人である。

当時の矯正局は、前年に発覚した「刑務官による受刑者暴行死傷事件」の後始末に追われていた。事件は名古屋刑務所で起き、二人の受刑者の命が奪われたのだった。「刑務所改革待ったなし」という状況で、急遽、その取りまとめ役に抜擢されたのが林氏だ。

電話の向こうの林課長は、意外にも気さくな感じで話し始めた。

「実は私、ご著書の『獄窓記』ですが、出版直後に読ませていただいたんです。それでですね、本の中で触れられているような山本さんのご意見を、私ども矯正に携わる者に直接お聞かせ願えないかと思って電話をさせてもらった次第です。話をしていただく相手は、法務省の幹部職員、それに全国の刑務所、拘置所のすべての所長です。是非、ご講演をお願いします」

「私なんかが、おこがましいですよ」それが、率直な気持ちだった。「まだ私は、刑期満了から一年ちょっとしか経っていませんし……」

林課長が、私の言葉を遮《さえぎ》ってきた。

「そう言わずに、どうかお願いします。山本さんが矯正施設の中で感じられた、ここがおかしいというような点について、忌憚《きたん》のないご意見をお聞かせください。ご提案、あるいは厳しいご批判でも結構ですから、何卒お願いします」

「いやー、ちょっと遠慮させてもらいます」

「電話ではなんですから、近々お目にかかれませんでしょうか」

この電話から三日後の土曜日だった。林課長が、私の自宅を訪ねてきた。休日にもかかわらず、都心から遠く離れた我が家まで、わざわざ出向いてきてくれたのだった。実にアクティブな人だと思う。

矯正局のナンバー2と、最近まで受刑者だった人間が、二人きりで、四時間ほど語り合うことになった。林課長は終始、熱っぽく話す。

「日本の刑務所は、生まれ変わらなきゃならないんです。矯正に関わる人間の意識も変えていかなきゃならんと思います。私は、受刑経験をされた山本さんの話をうかがうことが、現場の人間の意識改革につながると考えているんです。どうか山本さん、力を貸してください」

その真剣な口ぶりから、刑務所改革にかける切迫した思いが伝わってくる。根負けした私は、渋々ながらも、講演依頼を承諾したのだった。それが結果的に、障害のある受刑者たちの処遇改善や社会復帰促進につながればいい。内心、そんな期待もあった。

法務省の幹部職員および全国の刑事施設の長が参集した会は、二〇〇四年六月四日、法務省地下一階の大会議室で開かれた。多くのメディアも詰めかけている。

講演のなかで私は、思いの丈を語らせてもらった。最初のほうは、「僭越《せんえつ》ですが」と断りを入れつつ、「現場刑務官の人権意識の希薄さ」や「刑務所運営の不透明性」など、かなり辛辣《しんらつ》な意見を並べ立てた。後半は、福祉に携わる者としての見地から、障害のある受刑者について、その「社会復帰に資する処遇の必要性」を訴える。薬漬けによる単なる隔離処遇はやめるよう、さらには、福祉の専門職を「ソーシャルワーカー」として日常的処遇や社会復帰支援に当たらせるよう、強く申し入れる。そして最後は、すべての矯正職員に対する期待を述べて、話を締めくくった。

この会のあと、私は折に触れて、林課長をはじめ、法務省の人たちと意見交換をするようになる。

講演の様子は、新聞各紙と各局のテレビニュースでも取り上げられ、想像以上の反響があった。

「最初に『獄窓記』を読んだ時は、障害者がこんなに刑務所の中にいるなんて『嘘だろ』っていうのが、率直な感想でした。でもそれを、法務省も認めていることが分かり、本当に衝撃を受けています。衝撃だけじゃなくて、障害者福祉に長い間携わってきた者として、責任も感じているんです」

それは田島良昭さんという、当時、宮城県福祉事業団の理事長だった人が寄せてきた言葉だ。福祉関係者なら誰もが知る、障害者福祉のオーソリティー。それが田島理事長だ。実践家であると同時に、福祉の世界において、常にその発言が注目される理論家でもある。そんな人物が、ともにこの問題に取り組むことを約束してくれたのだった。

早速、田島理事長は動きだす。意識を共有する福祉関係者を集め、「触法《しょくほう》・虞犯《ぐはん》の障害者」に関する私的勉強会を発足させた。当然私も、勉強会のメンバーとなる。厚生労働省の障害福祉担当者も会に参加してくれた。

私は、会の活動の一環として、厚労省の障害福祉課長を連れ、いくつかの刑務所や少年院を回ることとなる。ある少年院を訪れた際、課長は、驚きを隠せぬ様子で語った。

「正直いいまして、こうした矯正施設の中に、染色体異常の人が収監されているとは、考えてもいませんでした」

障害福祉課長の目には、うっすらと涙が浮かんでいたように思う。

勉強会には、弁護士グループも加わるようになった。会の名称も「触法・虞犯障害者等の法的整備のあり方検討会」となる。厚労省からの参加者も増えていく。

かたや法務省関係でいうと、二〇〇五年に大きな動きがあった。一九〇八年に施行された「監獄法」が見直され、新法が提出されることとなったのだ。

二〇〇五年の五月、私は、国会の法務委員会に招かれ、刑務所の現状について話をする機会を得た。もちろん、障害のある受刑者についても意見を述べさせてもらった。

その国会の会期中に、新法「刑事収容施設法（刑事収容施設及び受刑者の処遇に関する法律）」が、全会一致で成立。全国の刑務所は、二〇〇六年の五月から、刑事収容施設法によって運用される運びとなる。これまでのような刑務作業中心の画一的な処遇を改め、矯正教育を重視する姿勢へと転じたのだ。

二〇〇六年に入ってからのことである。一人の女性が突然、私の前に姿を現した。場所は、霞が関にある全国社会福祉協議会の会議室。触法・虞犯障害者等の法的整備のあり方検討会の会合中だった。会の終了後、彼女があらためて、挨拶をしてくる。

「私、和歌山県の福祉事業団で、支援員してます松本と申します。是非山本さんとお会いしたい思うて、和歌山から出てきました」

続く話によれば、彼女はこの数年にわたって、犯罪歴のある知的障害者の支援に当たってきたという。その人たちの罪名は、窃盗や器物損壊、売春など様々だそうだ。彼ら彼女らと関わるようになったのは、ある事件がきっかけとなっているらしい。「和歌山毒物カレー事件」の被告人宅に何者かが火をつけ全焼させる、という事件があったが、その放火犯が、実は以前、福祉事業団が支援していた知的障害者の男性だったのだ。

「もっと粘り強う彼を支え続けとったら、放火事件、起こさへんかった思うんです。結局、あのあと彼、刑務所行くことになってしもうて、それが悔しゅうて仕方ありません」

松本さんは、そう言って臍《ほぞ》を噛む。だが、彼女の言葉は、すぐに前向きなものへと変わった。

「でも、私は諦めません。これからも、彼らみたいな人、支援し続けるつもりです。それで彼らとの関わり方について、山本さんにお教え願いたい思うて、厚かましくもお邪魔したわけなんです。特にですが、つい最近、少年院から出てきた人の支援についてアドバイス願えないかと……。山本さん、『獄窓記』の中で、殺人事件起こした知的障害者のこと書かれてますよね」

そのあとの話を聞き、私は驚きとともに、頼もしさを覚える。

松本さんは、保護観察所からの相談を受け、ある重大事件を起こした人物の支援を引き受けることにしたのだそうだ。少年院に六年間いたその知的障害のある男性は、二二歳になったばかり。これまで福祉事業団とは、なんの関わりもなかった人だという。当たり前のように、福祉事業団内で反対の声が上がった。だが彼女は、それを押し切り、彼への支援を実現させた。事業団には、入所施設やグループホームなど、いろいろな形態の居住施設があるが、それらの施設を受け入れ先にすることはなかった。彼が犯したのは、成人ならば死刑もあり得たような罪だ。そうした面から、他の利用者のことを考慮する必要もあった。利用者の家族からの反発も予想される。

事業団内で、議論を重ねるなかで、ようやく帰住先が決まった。事業団の職員住宅の一室が、彼の社会復帰後の住まいとなったのである。

管理職でもない松本さんが、よくぞそこまでの受け入れ態勢をつくったものだと、感心させられる。敬服すべきは、彼女だけではなかった。のちに何度も会うことになるが、事業団の理事長や他の幹部職員も、誠に、肝が据わった人たちだったのだ。

二〇〇六年の五月、いよいよ新法によって刑務所が運用されるようになる。その翌月、私たちの勉強会が、厚生労働省の正式な研究班として認められた。研究班の研究者は、計六名。田島理事長と私、それに福祉関係者からの二名に加え、新たに、犯罪学の泰斗《たいと》である中央大学教授の藤本哲也さんや、日本更生保護協会常務理事の清水義悳さんが参加してくれることになった。引き続き、厚労省の担当者も、研究助言者の立場で参加する。さらには、林課長に調整願い、法務省からも研究助言者を出してもらう。

研究班の正式な名称は、「罪を犯した障害者の地域生活支援に関する研究」だ。そのキックオフの会が、二〇〇六年の七月一三日に開催された。場所は、東京地方検察庁の三〇一会議室である。思えば、私は六年前、この同じ建物内で、特捜部検事によって逮捕されたのだった。何か不思議な巡り合わせを感じる。

三〇一会議室には、四〇人を超える参加者がいた。六人の研究者は、それぞれ何人かの研究協力者をともなって参加している。私が研究協力者としてお願いした四人のうちの一人が、松本一美さんだった。会議室の中で、見るからに、やる気を漲《みなぎ》らせていた彼女の姿が、今でも印象に残っている。

研究班は、罪を犯した障害者についての調査研究はもちろん、二年後に国に対して政策提言することを目標に、活動を始めた。まずは法務省矯正局に対し、知的障害のある受刑者について、その細かい実態調査を依頼する。受刑者個々が知的障害を有するかどうかは、刑務所に勤務する医師および心理技官に判定してもらった。

そこで分かったのだが、知的障害のある受刑者のうち、障害者手帳を所持していたのは、わずか六パーセントに過ぎなかった。要するに九四パーセントが、福祉とつながっていなかったのである。さらに浮かび上がってきたのは、知的障害者の場合、ほとんどが「出所後の帰住地がない」という事実だった。このふたつの点については、早急に解決しなくてはならない課題である――。そうした共通認識のもと、私たち研究班は、二〇〇七年の七月に、第一弾の政策提言をした。そのひとつが、〈矯正施設にいる者については、障害者手帳の交付基準を緩和すること〉。そして、もうひとつ、〈矯正と福祉をつなぐ架け橋として、都道府県単位で「社会生活支援センター（仮称）」を設置すること〉という提言も盛り込んだ。

その提言を実際に事業化した「地域生活定着支援センター」。二〇〇九年から、各都道府県で設置が進められ、和歌山県では、福祉事業団が事業を受託した。そして、所長に就いたのが、松本一美さんだったのである。

地域生活定着支援センターの主な業務は、障害のある受刑者や高齢受刑者の帰住環境調整と、出所後のフォローアップだ。各地域生活定着支援センターは、〈当該都道府県にある矯正施設から出所する者および、他の都道府県にある矯正施設から当該都道府県に戻る者〉を支援の対象とする。業務上、県外の刑務所にも足を運ぶことになる。だが当然、頻繁に往訪《おうほう》するのは、地元の刑務所のほうだ。

和歌山県は、全国の都道府県で唯一、女子刑務所しかない県である。必然的に和歌山定着では、女性受刑者を支援対象とするケースが多くなる。

「女性の受刑者の支援は、ほんまに、しんどいです。男性の受刑者とはまた別の大変さがあります」

松本所長が、何度も口にする言葉だ。

彼女の説明によると、女性受刑者の場合、異性関係において問題を抱えている人が多いという。被虐待経験や性被害から、異性への不信感や恐怖心を持ち続ける人がいる。その一方で、異性への依存心が強く、騙された相手であるにもかかわらず、その男を追い続ける人もいるそうだ。松本所長は、溜め息まじりに言う。

「とっくに捨てられとんのに、いつまでも『あの人のとこ帰る』ゆうて、帰住環境調整を全然進められへんこともあります」

私もこれまで、女性出所者の社会復帰支援にたびたび関わってきた。そうしたなかで、いつも思う。彼女らの多くが、「要保護性が高い」との観点から、服役することになっているのではないか、と。彼女らは、実刑判決を受けた時点で、すでに社会の中での居場所を失ってしまっていたのだ。

窃盗罪で実刑を下されたある女性は、こう話す。

「おまわりさんの世話になったんは、もう一〇回以上やわ。家族がおる頃は、始末書提出するだけやったり、処分保留やったりで済んどったんやけど……。家族に捨てられてもうたあとは、すぐに裁判かけられるようになったんよ。せやけどね、はじめのうちは執行猶予やった。ほんでな、ホームレスになってもうたら、もうあかんわ。即、ムショ送りや」

彼女は、どん底の状態になって、ようやく服役となったのである。生活基盤がしっかりしていた時は、裁判にもかけられなかった。

男性ならば実刑が当然と思われるような罪状でも、女性なら執行猶予がつく。あるいは起訴さえされない。そんなケースは、たくさんある。『犯罪白書』や『矯正統計年表』を見れば、その実態が分かる。毎年、刑法犯で検挙される人のうち、女性の割合は、二割以上を占める。だが、実刑判決を受けた人の割合となると、一割程度となるのだ。

その一割のなかで、かなりの人が、服役前は、劣悪な環境下での生活を強いられていたのだと思う。見方を変えれば、こうも考えられる。彼女らは罪を犯すことによって、厳しく冷たい外の社会から、塀の中へと避難してきているのだ。

和歌山刑務所のあの塀の外観が、思い浮かぶ。

塀の高さは、三メートルだった。私が服役した府中刑務所の塀が五・五メートル、黒羽刑務所の塀が五メートルであるから、比べれば、相当低く見える。それに、コンクリート打ちっ放しの男子刑務所の塀とは違い、和歌山刑務所の塀には、淡い色合いのモダンな模様が描かれていた。まるで、公園や遊園地を囲む塀のようだ。

その柔らかいイメージと塀の低さは、一見、社会との距離の近さを感じさせる。

ところが、あの塀の中にいる人たちは、そうではない。男子刑務所よりもずっと、社会との関係を断たれた人が多いのだ。

知的障害者だった彼女

協力雇用主との面談を終えた宇佐見恵子は、受刑者収容区域へと向かっていた。

重い扉を開け、庁舎棟の外に出る。

屋外は、眩《まぶ》しい日差しが照りつけていた。

よしっ——。鉄扉を閉めたあと、心の中でそう叫び、気合を入れる。収容区域に足を踏み入れる時は、いつも、こうして気持ちを切り替えてきた。それが、長い間、処遇部門の刑務官として働いてきたなかでの習慣となっている。

歩きだすとともに宇佐見は、奥歯を噛み締め、厳しい顔をつくった。が、すぐにまた、表情を元に戻す。

今はもう、処遇の刑務官ではなかったのだ。一昨年までは、加古川刑務所において、処遇統括の職にあった。だが去年からは、この和歌山刑務所の企画部門に所属し、分類業務に当たっている。審査保護係という、受刑者の社会復帰に向けての「地均《じなら》し」をする仕事だ。

宇佐見は、目的の第四工場を目指し、屋根のかかった通路を前に進む。

左手奥に見える「希望寮」。一般住宅を模したつくりのそこは、受刑者が釈放前の二週間を過ごすところだ。玄関から、はしゃぐような声が聞こえる。

「うちなぁ、外出たら、まずタコ焼き食べんねん」

「タコ焼きとはあんた、小そう出たもんやな。もっと豪勢なもん、思いつけへんの」

「まあ、ええやない。刑務所から出るだけで幸せなんやさかい、何食べても幸せやわ」

受刑者同士のその会話を耳にし、宇佐見は、ふと思う。自分は、いつまで刑務所の中にいるのだろうか。

拝命時は、まさか六二になるこの歳《とし》まで、刑務官を続けているとは思わなかった。けれども、一〇年ほど前からだ。年金の支給開始年齢の引き上げにともない、六〇歳定年後の再任用が、当たり前のようになってきた。特に女性刑務官の場合、極めて離職率が高く、女子刑務所の現場は、深刻な職員不足状態が続いている。そうした事情もあり、宇佐見も定年後、なんの迷いもなく、再任用という道を選んだのだった。ただし、給料の減額は仕方ないとしても、二階級の降格は、やはり、やり切れない思いがする。今は、一人の部下も持たないヒラ刑務官だ。そろそろ辞め時なのかもしれない。寄る年波には勝てないというが、最近は、シニアグラスをかけねば仕事にならない場面も多くなっている。

宇佐見の正面から、処遇統括の波多野美紀が歩いてきた。現在五四歳の彼女は、大阪拘置所において、宇佐見の部下だった時期があるのだが……。

思った通り彼女は、宇佐見のほうに目を向けることもなく、通り過ぎていく。

この和歌山刑務所の幹部職員のなかには、ほかにも、かつて宇佐見の部下だった刑務官が数名いる。毎日、誰かしらと顔を合わせるのだが、皆、波多野と同じく素っ気ない対応だった。これまで、三カ所の刑務所と二カ所の拘置所で勤務してきた宇佐見だが、どの施設においても、勤務中は、かなり厳しい態度で部下や後輩に接していた。その意趣返しなのかもしれない。

宇佐見にとって、和歌山刑務所での勤務は、これが三度目だった。二十代後半の頃が一度目。五〇歳を過ぎた頃が二度目だ。

一度目の勤務は、中等科研修を終えたあとである。看守部長に昇任後の、初めての勤務先だったので、宇佐見自身、よく覚えている。当時の和歌山刑務所は、まだ古い建物だった。所内の中心に高い塔があり、そこから二階建て獄舎が四棟、放射状に伸びていた。外塀も、赤い煉瓦《れんが》づくりだったように思う。

今は全面的に改築され、すべてが、近代的な建物に変わった。収容区域の真ん中部分に講堂や中庭があり、そこから東に三列、西に三列、それぞれ工場棟と居室棟とが並行して建っている。

変化したのは、建物だけではなかった。昔と比べ、所内の雰囲気を一変させたものがある。それは、男性刑務官の数が増えたことだ。こうして歩いている今も、彼らの姿が目に映る。現在は、女子刑務所においても、男性刑務官が数多く勤務するようになったのだ。彼らは、居室棟の巡回も行なう。その際には、不要のトラブルを避けるため、「ウェアラブルカメラ」という、耳掛けタイプの小型カメラで、常に動画を撮り続けていた。

これから宇佐見が会いに行く受刑者は、昨夜も第三寮で、男性刑務官を困らせていたという。

その受刑者の名前は、浅村知恵子。齢《よわい》三八にして、前科四犯である。今回の罪は、詐欺罪だ。詐欺といっても、狡猾《こうかつ》な手法で何かを騙し取ったわけではない。詐欺罪に問われたその犯行というのは、無銭飲食だった。

実のところ、宇佐見と知恵子の間には、因縁浅からぬ関係がある。この和歌山刑務所における二回目の勤務となった一二年前のことだ。受刑者である知恵子の姿を目にし、宇佐見は、愕然とした。純真無垢《むく》な笑顔を見せていたあの子がどうして――、と思った。そして、今回もまた、彼女がいたのである。しかも、三回目の服役。今度は、本当に悲しくなった。知恵子には幸せになってほしい。ずっと宇佐見は、そう願っていた……。でも、まだ遅くはないのかもしれない。

すでに選定手続きは終わり、彼女は現在、「特別調整」の対象者となっている。特別調整というのは、高齢受刑者や障害のある受刑者が、出所後に福祉の支援を受けられるよう、地域生活定着支援センターと連携して帰住環境調整を行なう特別な手続きのことだ。

特別調整に向けての最初の面接時、福祉専門官の市川倫子、それに和歌山定着の竹本和子所長が、知恵子に対し、口を揃えて言ったのだった。

「これからは浅村さん、福祉の支援受けて、幸せに暮らしましょ」

福祉サービスを利用するにあたっては、まず初めに、知的障害者であることを認めてもらわなければならない。障害の有無やその程度を判定するのは、知的障害者更生相談所というところだ。そこが、障害者認定することによって、県から、手帳が交付されるのである。知的障害者の場合、その手帳のことを、「療育手帳」というらしい。

療育手帳の取得に向けては、二カ月ほど前から、和歌山定着がいろいろと動いてくれている。

きょうはこれから知恵子に会い、何点か確認しておかなければならないことがあった。どれもが、和歌山定着からの問い合わせ事項だ。先ほども宇佐見のもとに連絡が入ったのだが、電話が切られる前、和歌山定着の若い男性スタッフは、おもねるような口調になった。

「和歌山定着のスタッフ一同、宇佐見さんのこと、ほんま頼りにしてます。たぶん、私たちだけやのうて、浅村さんも、宇佐見さんのこと、一番、頼りにしとん違いますか。宇佐見さんご自身、浅村さんについて一番分かっとるかたや思いますので、どうぞ、よろしくお願いします」

彼からは、知恵子の生い立ちについて、いくつか確認することを求められたのである。

宇佐見は、今さらながらに思う。知恵子に、生まれながらの知的障害があるとは、これまで考えもしなかった。外見上、知的障害者とは思えないどころか、どちらかというと「見目《みめ》麗《うるわ》しい」部類に入る女性だ。見かけでは、分からないものである。知的障害に関する知識に乏しかったことを恥じる。もっとも、矯正の世界だと、福祉に疎いのは、自分だけではないと思うが……。

彼女のあのこだわりの強さも、知的障害があるがゆえのことなのだろうか。単に「我《わ》が儘《まま》なだけ」と捉えていたのだが、そうではなかったようだ。

知恵子は、もともと洋裁工場にいた。エプロンをつくる工場だった。ところが、先月あたりから、工場内で揉《も》め事を起こすようになる。工場だけではなく、居室でも、素行が悪くなった。本人に訊いたところ、理由はすぐに分かる。先月のはじめ、刑務官の配置転換が行なわれたのだが、それがどうしても受け入れられないようだ。

「宇佐見せんせ、聞いてぇーな。エプロンつくる工場の担当さんはな、橋本せんせや決まっとんのに、なんで交代するん。うち、橋本せんせやないと嫌なんや」

新しい工場担当にも、毎日、同じようなことを訴えていたそうだ。結局、知恵子は、立ち役の受刑者と諍《いさか》いを起こしてしまい、洋裁工場から出されることになった。新しい工場は、第四工場だ。それにともない、居室も変えられた。開放的な処遇が行なわれている第二寮の共同室から、閉鎖的処遇の第三寮単独室に移されたのである。第二寮では、工場から還室《かんしつ》後も、部屋の外に出て、寮の中を自由に行き来することができた。けれども、第三寮だと、部屋は外から施錠され、狭い単独室内にずっと閉じ込められっ放しだった。

昨夜も知恵子は、その処遇について、さんざん不満を述べたらしい。巡回中の男性刑務官に対してだ。きっと彼女は、相手の反応などまったく構わず、一方的に捲し立てていたのだと思う。

困惑する男性刑務官の姿が頭に浮かび、宇佐見は、つい笑ってしまいそうになる。

もうすぐ工場棟、というところで、中庭にある母子像が目に入った。日に照らされ、白く光っているように見える。

母子像は、女子刑務所なら、どの施設にもある。宇佐見にとっては、それを目にするのが辛い時期もあった。だが今はもう、普通に見ることができている。

ここ和歌山刑務所の母子像は、三、四歳くらいの女の子と母親とが手をつなぐ姿だ。それが、モニュメントとして設置されていた。台座に彫ってある文字は、〈母の愛〉。なるほど、母親の顔は、慈愛に満ちた笑みを浮かべている。

この母子像を見て、必ず連想するものがある。それは……、三五年前に名古屋の百貨店で会った、あの親子の姿だ。

前方の工場棟から、人が出てきた。企画部門に所属する刑務官である。

「宇佐見さん、お疲れ様です」

宇佐見に挨拶した彼女は、杉尾瞳といい、同じ企画部門でも、教育のほうを担当する刑務官だ。

「どうも杉尾さん、お疲れ様」

宇佐見は、杉尾の腹部に目をやる。彼女は現在、妊娠中だった。マタニティ制服を着ている。自分が若い頃には、こうした制服はなかったのだが、今は警察も消防も、同様の制服があるらしい。

「教育専門官の落合さんを捜してるんですが、宇佐見さん、落合さんのこと見かけませんでしたか」

「いいえ、見てないわ」

「そうですか」

宇佐見は、去っていく彼女の背中に声をかける。

「くれぐれも仕事で無理はしないようにね」

杉尾が振り返って、会釈をした。

宇佐見も頭を下げ、それからまた歩き始める。

第四工場の扉の前に着いた。工場内を覗きながら、観音開きの扉の片方を開ける。

この工場には、養護的処遇を要する者が、五〇人ほど集められている。七五歳を過ぎた高齢者、もしくは、体に障害があったり、精神に障害があったりする受刑者だ。彼女らは、ここで一日に七時間ほど、刑務作業に従事する。作業といっても、体力をほとんど使わないような、簡易な手仕事である。きょうは、紙袋をつくっているらしい。工場に足を踏み入れた途端、糊《のり》の臭いが、つんと鼻をついた。

担当台と向き合うかたちで、広い作業机が、十数脚並ぶ。それぞれに、三人から四人が着席していた。車椅子に座っている人もいる。横に、「シルバーカー」といわれる、歩行補助車を置いている人もいた。彼女たちは移動の際、それを押して歩くのだが、皆、亀の歩みで、なかなか前に進まない。シルバーカーを押しているにもかかわらず、転んでしまう人もいた。そういう人は、寮に帰る前、頭を守るためのヘッドギアをつける。

宇佐見は、工場の後方に立ち、受刑者たちを見回す。全員が、淡いピンクの作業着を身につけ、白い衛生キャップをかぶっていた。これでは、誰が誰だか、よく分からない。

宇佐見の耳に、聞き覚えのある声が響いてくる。嫌な予感がしたが、やはりそうだ。担当台の前に立つ知恵子が、工場担当に向かって、何かを言い募っている。工場担当は、それをじっと聞いているようだ。

工場担当は、柴原梓という、柔道四段の猛者《もさ》である。全国矯正職員武道大会で優勝するなど、柔道でならす彼女ではあるが、性格は、至って温厚だったと思う。

宇佐見が担当台のほうへ近づいていくと、はっきりと知恵子の声が聞こえてきた。

「せやから、うち、嫌やねん。ここにいてはる年寄りの人たちは、ええねんけどな。ほかは、変な人ばっかりや。なんで、うち、こんなアホみたいな人たちと一緒におらないかんのん。理解でけへんわ。困っとんのは、うちだけやないで。うちがおらんようになって、二寮の雑居にいてる人たち、絶対、寂しがっとんで。なあ、柴原せんせ、お願いやから、エプロンの工場に戻してぇ。うち、一生懸命働きますぅー。喧嘩も、しーしません」

担当台に立つ柴原が、困ったという表情を浮かべて言う。

「あのな浅村さん、前にも言うたやろ。今年の四月から、いろいろ変わったんよ。今はもう、私らのこと『先生』呼ばんでええの。『職員さん』でええんよ」

拳を握り締めた知恵子が、手を激しく振る。

「うぅー、もー、そないなこと、どうでもええわ。ちゃんとうちの話、聞いてや。なぁー、エプロンの工場に戻してぇーな。お願いやわ、柴原せんせ。独居やのうて、雑居に戻してぇーな」

柴原が、宇佐見をちらりと横目で見て、目礼した。

すぐに彼女は、視線を前に戻し、知恵子に話す。

「あんた、そない大きな声出したら、ほかの人の作業の邪魔なるで」

知恵子は手だけではなく、今度は、足もばたつかせる。床を踏み鳴らしながら、声を上げた。

「もぉー、何が『作業の邪魔』や。ここの工場にいてる人たち、だあれも作業なんかしてへんわ。見てぇ。材料、ようさん積み上げられたままや。もー、うち、こないなアホ工場、嫌やー。だあれも、まともな人おらへん」

柴原の顔に怒りが表れた。目を吊り上げた表情になり、担当台から降りてくる。

「今の言葉はなんなん？　あんた、いい加減にしーや、『他人への誹謗中傷』や、遵守事項違反やで」

柴原が胸を突き出し、知恵子に迫った。

知恵子が後ずさりしつつ、両手を左右に振る。

「柴原せんせ、やめてや。恐ろし顔して、こっち来んといて」

「あんたが、いらんこと言うからや」

なおも柴原は、知恵子に近づいた。

それを拒絶するように、知恵子が激しく手を振る。

「あっ」ひと言発した柴原の表情が、いっそう険しくなる。「あんたなー、今、暴力振るうたな。懲罰、覚悟しとんのやろな。待っとき、『暴行』ゆうことで、調査に上げさせてもらうさかい」

どうやら、知恵子の手が、柴原の体に当たったらしい。

知恵子が座り込み、泣くような声で叫ぶ。

「嫌やー、懲罰は嫌やー」

首を横に振る知恵子と目が合った。宇佐見は、彼女に向かって、少し微笑んで見せる。

「あっ、宇佐見せんせ。助けてぇーな」

立ち上がった知恵子が、宇佐見に近寄ってくる。

宇佐見は、彼女に対し、分かった、というように頷いた。このまま知恵子が連行されてしまうと、こちらが困るのだ。特別調整にあたっての聴き取りができなくなる。

二人の間に割って入った宇佐見は、柴原に目を向ける。

「柴原さん、ちょっとよろしいですか」とにかく下手に出る、そして、敬語を使って話そうと思う。「柴原さんもお分かりの通り、偶然、手が体に当たっただけじゃないですか。わざとじゃないんですから、今のは、許してあげてもいいと思うんですけど」

「いや、許せません」柴原は、言下《げんか》に断ってきた。「宇佐見先輩が処遇におりはった頃は、もっと厳しかったんとちゃいますか。あっ、せやった、宇佐見先輩はこの人のこと、特別気にならはるんですよね」

宇佐見は、何も言い返せない。けれどそもそも、受刑者の前で刑務官同士、こんな会話をすべきではなかったのである。

柴原が、知恵子のほうに目を移した。

「あんた、そこに立っとき。警備担当呼ぶよって」

命ぜられた知恵子の頬に、なぜか、えくぼが浮かんだ。彼女は、その嬉しそうな表情で言う。

「警備担当？　警備の人、男、女、どっち？　うち、男がええわ。あの田中さんゆう、新しゅう来た人」

「もー、黙っとき。しぃーや」

柴原が自分の口の前で、人差し指を立てる。

「黙らんわ」知恵子は、柴原を睨みつけた。「うち……、黙らんわ……」

見る見る知恵子の顔が歪んでくる。完全に泣き顔になった。

「うち……、子供の時から、ずぅーとな、『あんた、黙っとき、黙っとき』、そう言われ続けてきたんや……。うぅー、もー、うちなんか生まれてこーへんほうが良かったんや。お母ちゃんにはな……、すぐ捨てられてまうし……。もううち、死んでまいたいわ……」

泣きながら彼女は、体を大きく震わせていた。その姿に、宇佐見の心も揺さぶられる。

しゃくり上げる知恵子に、宇佐見は、そっと話しかけた。

「死にたいなんて、そんなこと言っちゃ駄目。あなたのお母さんも、あなたが産まれた時は、とっても嬉しかったはずよ」

「嘘や」叫んだ知恵子が、宇佐見を見る。「嘘言わんといてや。うち、産まれてすぐ、捨てられたんやからな。せやからうち、自分がどこで産まれたのかも知らんのんよ。産まれてから一〇歳なるまでは、ずぅーっと施設暮らしやもん」

「いいえ……」

宇佐見の言葉は続かなかった。

受刑者から産まれた子――。今は、ただちに母親から引き離され、乳児院や親族に預けられるが、昔はそうではなかった。出産後の一定期間、刑務所内の育児室で、母親とともに暮らすことができたのである。

笠松刑務所の妊婦たち

一九八六年の二月二八日、岐阜県美濃地方は、強い寒波に覆われていた。笠松刑務所の敷地内にも積雪が見られる。

高田恵子はこの日、午前中に妊婦健診を受けてからの出勤だった。健診の結果、お腹の子は、問題なく順調に育っているという。エコー検査により、初めて、性別も分かった。女の子であるらしい。帰ったらすぐ、夫に報告しようと思う。けさ岐阜刑務所の官舎から出る際、夫の高田良吾は、心配そうな顔で見送ってくれた。

「雪道は危ないもんで、滑らんよう気いつけてよ」

夫婦の仕事は、いずれも刑務官である。二人が出会った頃、良吾は、東京の中野刑務所に勤務していた。当時、恵子は大学生だったが、卒業後、自身も刑務官となり、その翌年に結婚。恵子は、旧姓の宇佐見から、高田姓になる。

良吾は、中野刑務所の閉庁にともない、すでに結婚時、岐阜刑務所へと勤務先が変わっていた。恵子も入籍前に、勤めていた東京拘置所から、岐阜県の笠松刑務所に転勤する。

二人は、岐阜刑務所の官舎で新婚生活を送ることになった。そして、妊娠が分かったのが半年ほど前である。

妊娠前の恵子は、笠松刑務所の処遇部に所属し、四日に一度の夜勤もこなしていた。だが、妊娠判明後は、医務課へと異動する。医務課は、医師である医務課長のもと、看護婦一人と准看護婦の刑務官二人、それと事務仕事全般を担当する恵子がいて、計五人の体制だった。医務課の部屋は、医務病舎棟の中にある。棟内には、ほかに、清掃や配食などの作業に従事する「看病婦」と呼ばれる受刑者もいた。

恵子の勤務中の服装は、市販のマタニティウェアだ。「異装願い」が許可されてはいるものの、なるべく地味なウェアにするよう心掛けている。医務病舎棟には、もう一人、妊婦がいた。病舎内の夜間独居で過ごす受刑者、浅村花江だ。出産予定日が迫っている彼女だが、恵子よりもお腹は目立たない。着用するのも、大きめの舎房衣だった。昼間は出役《しゅつえき》し、やはり、ゆとりのある工場衣を着て、高齢受刑者たちと軽作業をやっている。

先週までは、同じように過ごす妊婦が、もう一人いた。だが、そちらのほうは、「刑の執行停止」がなされ、五日前から、実家へと帰住中だった。〈信用できる保護引受人の存在〉が前提だが、検察は案外あっさりと、「里帰り出産」を認める。しかし逆に、頼れる身内がいないような受刑者に対しては、決してそれが許されることはない。浅村花江の場合がそうだ。

花江の犯した罪は、覚醒剤取締法違反。彼女は事件当時、風俗店で働いていた。その仕事仲間と一緒に覚醒剤を使用したということで、大阪府警に逮捕されたのだった。二人とも二回目の逮捕である。検挙されたもう一人の女性の服役先は、和歌山刑務所だ。そのため花江のほうが、笠松刑務所に回されたのだと思う。

花江の年齢は、二七歳。婚姻歴はなく、同棲経験もなかった。胎児の父親については、「誰か、よう分からへんのです」と言う。それどころか、妊娠していたこと自体に、まったく気づいていなかったようである。入所後の婦人科健診で懐妊を知った時、かなりの動揺ぶりだったらしい。それでも今は、自身の出産を楽しみにしていた。

ここのところの彼女は、いつも、お腹をさすりながら幸せそうな笑みを浮かべている。「うち、お父ちゃんに暴力振るわれとったりして、ろくな子供時代送ってこーへんかったよって、自分の子供は大切に育てるわ。父親がいてへんほうが、ええくらいや思う。ほんま、予定日の三月一四日が楽しみやわ」

ところが出産日は、「三月一四日」ではなかった。一週間も早まることになる。

恵子が妊婦健診を終え、出勤してきた時である。診察室に顔を出した途端、医務課長の万波克代が駆け寄ってくる。

「高田さんのこと、待ってたのよ。どうだった？　あなたの体は安定した状態なんでしょ。今からすぐ、浅村さんを病院に連れて行ってもらいたいんだけど、大丈夫よね。もう彼女、陣痛が起きてるの」

万波の説明によると、花江が痛みを感じ始めたのは、この日の未明からだという。今は陣痛の頻度が、一〇分に一度くらいになっていて、そのたびに、強い痛みを訴えているのだそうだ。

看護婦の土屋美幸が、庁舎棟のほうを指さして言った。

「もうみんな、玄関に一番近い部屋で待機してみえるでね、急いで」

恵子は、自分の腹を気にしつつ、やや速歩きで、そちらに向かう。

自分なりに、このあとの段取りを考えながら歩いた。たぶん、入院手続きなど、事務的な仕事をするのが自分の役目なのだろう。が、なにぶん初めてのことなので、勝手がよく分からない。
四、五分ほどで部屋の前に着いた。入室する前に、玄関のほうに目がいく。
玄関前で、用度課の男性刑務官が、車のタイヤにチェーンを着けている。横に立つ准看護婦の刑務官、小沢久子が何か声をかけ、彼を急《せ》かしているように見えた。

恵子は、視線を部屋のほうに戻し、ドアをノックする。

「はい」中から声がした。「どうぞ入って」

「失礼します、高田です」

部屋に入ると、二人がソファーに並んで座っていた。花江本人と、処遇部の刑務官である四ツ谷秀美だ。

恵子にとって四ツ谷というのは、苦手なタイプの先輩だった。処遇部にいた頃、何度も叱責されたことがある。表情を変えぬまま、「それぐらいできないんだったら、刑務官辞めちゃいなさい」などと、厳しい言葉を突きつけてくるのだ。思い出しただけで、体がすぼんでしまう。

あらためて挨拶しようと、四ツ谷の正面に立った時、花江の体が大きく揺れ動いた。

「うっ、痛っ、うぅわー、うわー」

叫び声を上げた花江が、上半身を横に倒す。彼女の腹の部分を覆っていた赤いダウンコートが、床に落ちた。

その姿を目にして、恵子は、複雑な思いに駆られる。手錠がかかった花江の手は、腰に巻きつけられた捕縄《ほじよう》とつながれ、腹の前あたりで固定されていた。腰の後ろから延びた捕縄は、四ツ谷がしっかりと握り締めている。決まりとはいえ、こんな時にまで……。

「車の用意、できました」

ドアが開き、小沢が部屋に飛び込んできた。

「うぅー、痛いわ……」

花江が、呻《うめ》きながらも、なんとか上体を起こす。

花江の後ろに回った小沢が、両脇に手を差し込んで、彼女を立ち上がらせた。

そのまま小沢は、花江の肩に手を当てて歩きだす。当然、捕縄を握る四ツ谷も、一緒についていく。

恵子は、急いで車のほうに移動した。

車は、官用車であるが、見た目は、個人所有の乗用車と変わらない。その黒いセダンの車内では、すでに、用度課の彼がハンドルを握っており、発車に向け、四人の乗車を待つばかりだった。

三人が車に近づいてきた。恵子は、後部座席のドアを開ける。

花江を真ん中にして、左側に小沢、右側に四ツ谷が座った。

恵子が助手席に着くと、ただちに車は動きだす。向かう先は、隣接する自治体の市民病院だ。雪は降りやんでいたものの、街は一面の銀世界である。普段なら三〇分もせずに着くのだが、きょうはその倍近くかかるかもしれない。

木曽川と並行して走る県道一八三号線は、通常よりも車の量が少なかった。官用車は、チェーンの音を響かせながらも、思いのほかスムーズに走行し続ける。

恵子だけでなく、女性刑務官は三人とも、私服姿だった。病院側から、「ほかの患者さんに、刑務官と受刑者であることを、なるべく気づかれないようにしてほしい」と、そんな要望があったためだ。花江の服は舎房衣だが、大きめのダウンコートを羽織らせているので、大丈夫だろう。

「うぅー」

後部座席の花江が、数分に一度は呻き声を上げる。声を上げるその間隔は、確実に短くなっていた。

小沢が、花江に話しかけている。

「ナプキン当てるで、ちょっと待っといて。いや、もうタオル当てんといかんわ」

たぶん、破水《はすい》したのではないかと思う。小沢は、何か処置をしながら話している。

「よーし、足閉じてええよ。すぐに到着するで、もうちょこっとの辛抱だわ。病院の入口で、助産婦さんが待機してみえるでね」

彼女の言う通り、間もなく病院に着いた。けれども、入口に、助産婦は待機していない。

四人が降車すると、車は、駐車場のほうに向かった。

病院の中から、白衣の女性が、ストレッチャーを押してやってくる。

女性が、恵子を見て言う。

「看護婦の平野と申します。笠松からの方ですね。さあ、こちらに横になってください」

恵子は、手を横に振った。

「いや、私じゃないんです」

小沢が進み出て、看護婦と向き合う。

「きょうお願いするのは、赤いダウンコートを着たこの人です。どうぞよろしくお願いします。陣痛が始まって一一時間以上経ってますし、もう破水もしています」

その話の途中、四ツ谷が、花江をストレッチャーに横たわらせていた。

「うぅわー、痛ぁー、助けてー」

花江が、激しく首を振って叫んでいる。これまでとは違い、泣き喚《わめ》くような声だ。恵子は、自身の出産時の姿を想像してしまい、瞬間、自分の腹部にも疼《うず》きを覚える。

見れば、花江が体をくねらせ、ダウンコートが腰のところまで捲れ上がっていた。腰から捕縄が出ており、四ツ谷の手が、それをがっちりと掴んでいる。花江のズボンは、体内から出た羊水《ようすい》のためだろう、太股《ふともも》あたりが濡れた状態だった。

横に目をやると、小沢と看護婦が、互いに顔を近づけ、何か会話をしていた。

話が終わるとともに、看護婦は動きだす。ストレッチャーに手をかけた彼女が、四ツ谷のほうを見た。

「これからすぐ、分娩室に入ります」

小沢のほうは、恵子に目を向ける。

「陣痛室には行かんらしいわ。まっすぐ分娩室に行くようだで、高田も一緒に入りぃ。私はこれから、いろんな手続きせなあかんでね」

「えっ、私が分娩室の中に……」

「さあ、ぐずぐずしてないで行くわよ」

四ツ谷が、恵子を急き立てた。

「はい」

返事をして、行動を開始する。恵子はまず、自分が着ていたジャケットを脱ぎ、それを花江の体の上にかけた。これで、手錠と腰縄が見えなくなる。

看護婦がストレッチャーを押し、歩きだした。ストレッチャーの両側に、恵子と四ツ谷がつく。

花江は、移動中も、ずっと唸り続けていた。

この病院の午後の診察は、まだ始まっていないようだ。病院内の人影はまばらだった。もしかするとそれは、天候が影響しているのかもしれないが……。

ますます呻き声が大きくなるなか、分娩室に到着する。

分娩室の中で待っていた女性が、花江に呼びかけた。

「私、助産婦の田中です。消毒だとか、いろんな処置をさせてもらいますんで、分娩台のほうに移動してください。頃合いを見て、医師を呼びますからね」

花江は、悶《もだ》え苦しんでいる。自力で分娩台に上がるのは難しそうだ。

四ツ谷が、恵子のほうを指さして言う。

「あなたは、そっちのほうから抱えて」

彼女の指示に従い、恵子は、花江の左側から、その背中と腰の部分に手を入れた。

四ツ谷の「せぇーの」のかけ声に合わせ、両側から花江を抱え上げる。

ぴたりと息が合い、うまく分娩台に寝かせることができた。

すぐに四ツ谷が、手錠と腰縄をつないでいた捕縄を解く。そして、左手首にかけられた手錠も外した。だがやはり、右手首は、手錠がかけられたままである。腰縄もそのままだ。

花江が苦しそうに呻き続けている。そんな状況も関係なく、四ツ谷は、花江の手錠から延びる捕縄を、素早く、分娩台の鉄枠に括りつけた。

この場での逃亡など、考えられないだろう。それでも、自由を奪い続けなければならないのだ。恵子は、右手を縛りつけられているその花江の姿を見て、なんともやる瀬ない思いがした。

助産婦が、ズボンとパンツを脱がせた。腰に巻きつけられた縄があらわになる。

少し緩めてやろうと、恵子は、手を腰縄のほうに伸ばした。

即座に、その手が、四ツ谷に振り払われる。同時に、怒気《どき》を含んだ声がした。

「あなた、何やってんの。腰縄は、そのままにしてなさい。もともと緩めに結んであるんだから」

思わず恵子は、睨みつけるような目で、四ツ谷を見てしまう。

「規則だから仕方ないでしょ」

四ツ谷は無表情のまま、そう冷たく言い放った。

携帯乳児

あの子がこの世に誕生した時――。それは、何度思い出しても、感動的な場面である。高田恵子は、今もその出産時の情景が、頭から離れない。

分娩室に入ってから、一時間ほど経ってからだった。花江が凄まじい形相になって、必死に息む。上半身を半分起こした姿勢で、分娩台の両脇にあるグリップを握り締める。右手の手錠はかけられたままだが、その自由を奪っていた捕縄は、鉄枠から外され、四ツ谷が手にしていた。

開いた足の間から、赤ん坊の頭の一部が出てくる。頭が、ゆっくり右回りに回転し、だんだん大きくなっていく。おでこが見え、鼻が見えてきた。その瞬間、飛び出てくるようにして全身が現れる。助産婦が抱き取った時、産声が聞こえてきた。

ハサミを持った医師が、臍帯《さいたい》の二カ所を留め具で挟み、その間を切断する。

恵子だけでなく、助産婦も看護婦も、そして四ツ谷も、赤ん坊と花江の様子を交互に見ていた。

助産婦が、赤ん坊の顔を、花江のほうに向ける。

「元気な女の子ですよ」

花江は、今にも泣きだしそうな顔をしていた。

「お母さん、抱っこしてみてください」

助産婦が、赤ん坊を花江に抱かせようとする。

しかし四ツ谷が、手でそれを制した。

産まれたばかりの子を母親に抱かせることも規則違反なのか。

いや、違った。四ツ谷は、花江の右手にかけられた手錠を外している。そちらのほうが規則違反なのかもしれない。けど四ツ谷は、子供を抱かせる前に、あえて、そうしているのだ。

花江は、手錠も捕縄もない手で、包み込むようにして我が子を抱いた。えくぼが浮かぶ頬には、大粒の涙が伝う。

「浅村さん、おめでとうございます」

四ツ谷が言った。恵子も慌てて言う。

「花江さん、おめでとうございます」

突然、花江が声を上げて泣きだした。

彼女は、しゃくり上げながら話す。

「うち、人生の中で……、人から『おめでとう』ゆわれたことなんか、なんぼも……、なんぼもない……。まさか……、受刑中に『おめでとう』ゆわれるとは、思わへんかった。せやけどな……、それもな……、この子のおかげや。うちな……、この子に感謝して、ほんま、一生懸命育てるわ」

その言葉に嘘はなかった。

本当に花江は、一生懸命だったようだ。入院中は、ひたすら育児関係の本を読んでいたらしい。子供と一緒にいる時は、絶えず話しかけていたという。

産まれた子は、「知恵子」と命名される。花江が名づけたのだ。

恵子にとっては、こそばゆさを感じるような話だが、あとで花江に、こう打ち明けられた。

「高田先生みたいに綺麗なってもらおう思うて、『恵子』の字、いただいたんよ。それから『知』の字は、こうゆうことなんやわ。うちって、ほんまアホやろ。せやからね、うちみたいにならんよう、『知』の字つけて、賢うなってもらおう思うて、知恵の子にしたんや。ええ名前やろ」

出産から六日目だった。花江は知恵子を連れて、ともに健康な状態で、笠松刑務所に戻ってきた。

笠松刑務所の分類と岐阜県の児童相談所が話し合った結果、〈最低ひと月は、刑務所内で子供を育てること〉という方針が示されたのである。乳児をすぐに母親から引き離すのは、〈母子両方にとって好ましくない〉との判断があったらしい。

笠松刑務所の所長は、それを受け入れ、〈一カ月間だけ許可する〉と、乳児の携帯を認めたのだった。

知恵子の立場は、いわゆる「携帯乳児」だ。それは、監獄法一二条の一項と二項に規定されている。

〈一項・新たに入監する婦女その子を携帯せんことを請うときは必要と認むる場合に限り満一歳に至るまでこれを許すことを得〉

〈二項・監獄において分娩したる子についてもまた前項の例による〉

このように法律上は、満一歳まで、刑務所内で子供を育てることができる。けれども、現実的には不可能だった。なぜなら、受刑者のほぼすべてが、懲役刑を受けた者だからだ。先進国の中では、日本や韓国など、ごく一部の国でしか取り入れられていない懲役刑。それは、刑務作業に従事することによって罪を償《つぐな》う、という刑罰なのだ。したがって我が国の受刑者は、免業日以外は必ず、刑務作業に就かねばならなかった。ただし例外として、病人の場合は、作業を免除されることもあった。たとえば、それを出産後の受刑者に適用させるとどうなるのか――。残念ながら、その期間は、一カ月が限度だ。ひと月もすれば、充分に健康体に戻り、作業にも就けると、そう看做《みな》されるのである。刑務所内には、作業中の母親に代わり、子供の面倒を見てくれる人などいない。結局、携帯乳児は生後ひと月で乳児院に預けられる、というのが実態だった。

一九八六年の三月も、後半に差しかかり、知恵子がここにいられる時間も、あとわずかになった。恵子が産休に入るのも、もうひと月後だ。

育児室は、病舎内に設けられていた。その六畳の部屋には、いろ紙やちり紙でつくった飾りつけが、いくつもあった。花や動物の形をした折り紙など、どれも、看病婦の受刑者がつくったものだ。

恵子が、育児室内で、知恵子を抱かせてもらっていると、看病婦たちが冷やかしてくる。

「高田先生が、育児の練習してみえるわ。でも、抱き方へたくそで、見てられんわ」

「ほんまや。なあ知恵子ちゃん、本物のママのほうがええな」

一カ月近く、母と子が過ごしてきた育児室。そこは、笑いの絶えない場だった。頻繁に人が訪れ、赤ん坊の様子をうかがうだけでなく、オムツ替えのアドバイスをしたりもしていた。

刑務所の中で「笑い」というのは、不謹慎かもしれない。でも、皆が笑顔を見せ、てきぱきと作業をこなすようになっていた。看病婦たちは、早く赤ん坊を見たいがために、怠業どころか、休憩すらもせずに、掃除や洗い物を済ませる。受刑者だけではない。職員たちも、気持ちに「張り」のようなものが生まれ、いつもより、仕事が捗《はかど》っていたのではなかったか。

そうしたなかで、またたく間に、時が過ぎていく。

花江が出産したあの日から、すでに一カ月が経っていた。

育児室に入ると、小さな命を育んできたその神聖さのようなものを、部屋全体に感じた。

恵子がこうしてこの部屋で、浅村親子と会うのも、これが最後だと思う。知恵子は、二四時間以内に、岐阜市内の乳児院に入所することになっていた。

恵子の前で、花江は、知恵子に母乳を与えている。明日からは、母乳を止める薬が処方されるそうだ。

先ほど来、花江は、ずっと明るく振る舞っていた。今も笑みを浮かべるが、それは見るからに、硬くてぎこちない笑顔だった。

「あしたになっても、幸せが終わるわけやないもんね。離れて暮らすようになっても、親子は親子、ずぅーと、うちら親子や。なあー、知恵子ちゃん」

子供のほっぺを指でつつく花江が、不意に顔を上げ、恵子を見る。

「そうそう、四ツ谷先生は、ほんま、ありがたい人やわ。あの先生な、最低でもひと月に一回は、知恵子に会いに連れて行ってくれはるんやて」

確かにそのようだ。〈子供との定期的な面会〉というのは、分類からの提案だが、それを処遇部長に認めさせたのは、四ツ谷だったらしい。

「そんでな、うち、あしたからの仕事も楽しみなんや。もともとおった経理工場に戻るんやけどね。高田先生も知っとんちゃう？　養豚場で先週、子豚が何匹か産まれたんやてな。うち、その子らを、めっちゃ可愛がってやんねん。一匹には、『トン子』ゆう名前つけてあげるんや。歌手の雪村いずみの愛称と同じやもんね」

豚は、残飯整理役も兼ねて、ほとんどの刑務所で飼われている。ここには十数匹いたが、その豚たちの世話をするのは、係の刑務官および、所内清掃などの自営作業に従事する「経理工場」の受刑者たちだった。

「そうよね、花江さん。知恵子ちゃんの代わりにって言ったらなんだけど、その愛情を、子豚ちゃんたちに注ぐのもいいわね」

花江が、笑顔で頷く。が、急に、顔全体が歪む。そして、知恵子を抱き締めたかと思うと、その尖った眼差しを、恵子に向ける。

「先生のアホ。知恵子と子豚が一緒なわけないやろ」彼女の目から、涙が零《こぼ》れ落ちる。「うち、やっぱり、知恵子と別れんの嫌や。嫌や、嫌や、絶対嫌やー。なあ知恵子、あんたも嫌やろ」

花江は、知恵子に頬ずりしながら、なおも「嫌やー、嫌やー」と叫び続ける。

それまで大人しくしていた知恵子が、突然、火がついたように泣きだした。それに合わせて、恵子のお腹の子も暴れだす。

「先生はええなー、ずっと子供と一緒におられるんやろうから。うちは、どないすればええねん。なあ先生、教えて」

恵子は、黙ったままである。

みんなが、幸せになりますように――。心の中で、ただただそう願っていたのだった。

再会

一九八九年は、大きく時代が移り変わった年だが、宇佐見恵子にとっても、今後の生き方を変えるような大きな出来事があった年だ。

この年は、元号が昭和から平成に変わっただけでなく、国際的にも、ベルリンの壁が崩壊するなど、歴史を揺るがす事件が起きた年だった。

国内は、景気拡大が続いていた。いざなぎ景気以来の好景気だといわれている。つい最近も、日本の大手不動産会社がアメリカのロックフェラーセンターを買収したという、まさに景気のいいニュースが飛び込んできた。

世の中全体が好況の波に乗るなか、師走の名古屋の街も、大いに賑わっていた。特にこの日は、日曜日である。名古屋市中心部の栄は、公園や歩道にも、老若男女が溢れている。

老舗百貨店「松坂屋」の名古屋本店――。店内は、お歳暮商戦たけなわで、どのフロアも、ラッシュ時の電車並みの混みぐあいだ。贈答品売り場をいくつか回り、すでに、この日の恵子の目的は達せられていた。歳暮の贈り先は、去年と比べ、三分の一ほどに減った。高田良吾と離婚したためだ。

夫婦の間に隙間風が吹き始めたのは、三年前のあの悲劇が起きてからである。

一九八六年の四月。産休に入る前の恵子は、仕事に忙殺されていた。所内で感染症が流行し、医務課職員の誰もがてんてこ舞いだった。整理すべきカルテやその他書類も、溜まっていく一方である。恵子自身、残業のみならず、休日出勤が当たり前になっていた。

良吾からは、何度も忠告を受ける。恵子が病舎内で倒れてしまう、その前夜もそうだった。彼は、憤怒《ふんぬ》の顔を向けてきた。

「仕事、無理したあかんわ。ほかの職員のことは関係ない。恵子はもう、産休に入ったほうがええ思うぞ。病気うつされたら、お腹の子供にも危険が及ぶでな」

「大丈夫よ。あと六日間だから、私、頑張る」

恵子がそう答えた途端、良吾は、大きな溜め息を吐いた。

そして翌日、恵子は救急車で、外部の病院に緊急搬送されることになる。疲労で体力が落ちているなかでの、インフルエンザウイルスへの感染だ。高熱が続き、しばらく出勤できなかった。そのまま産休に入ったのだが、一三日後、子供は「死産」という結果になった。原因は「常位胎盤早期剝離」ということである。どうしてそうなったのか。はっきりとは分からないが、過労との因果関係が疑われなくもなかった。

ショックだった。恵子は、三日三晩、泣き続けた。

以後は、精神的に辛い毎日を過ごすことになる。なかなか心の整理がつかず、結局、三カ月間の病気休暇を取得し、引きこもりのような生活を送る。はじめのうちは、そばに寄り添ってくれた良吾だった。だが、それも煩わしくなったのか、だんだん帰りが遅くなる。毎晩、酔っ払っての帰宅だ。当然、夫婦の会話も少なくなっていく。

まだまだ精神的に不安定な状態が続くなか、九〇日が過ぎた。職場復帰か、それとも休職に移行するのか、そのどちらかの選択を迫られる。前者を選んだ結果、休暇明けの配属先は、笠松刑務所の庶務課となった。恵子は、職場復帰とともに、刑務官組織の中での出世を目指すことにした。それを、立ち直りに向けての発奮材料にしようと考えたのだ。より多くの決定権を持つ立場になったほうが、仕事へのやり甲斐、そして生き甲斐も感じるに違いない。ところが、その考えに、良吾が異を唱える。高等科研修を修了した幹部刑務官にでもなれば、二年に一回くらいの頻度で、転勤を繰り返すことになる。しかも、全国各地をだ。それが、良吾の一番の反対理由だった。恵子としても、なるたけ丁寧に、自分の思いを伝えた。けれども、もともと出世欲のない彼には、到底理解できない話のようである。酔いにまかせて、「俺の上司になりたいゆうんか」などと、くだを巻いてくることもあった。

中等科研修入所試験に合格した時点で、離婚が決定的になる。恵子は、矯正研修所の名古屋支所において、三カ月間にわたる寮生活を送ることになったのだ。

研修寮への入寮直後、良吾から、一方的に離婚届が送付されてくる。手紙も同封されていた。彼は、刑務官を辞め、実家の仕事である「金物店」のあとを継ぐらしい。

恵子は、研修所から帰って以降、笠松刑務所の官舎で一人暮らしをしている。けれど、もうすぐ和歌山刑務所に転勤する予定になっていた。離婚を機に、名古屋矯正管区以外の施設への異動を申し出ていたのだが、それが受け入れられたかたちだ。着任日は、年度途中の一月半ばだった。

思い出したが、きょうはこの松坂屋で、転勤に備えての買い物もできればと考えていたのである。

買い物をする前に、少し休もうと思う。混み合う店内を歩き続け、かなり足が疲れていた。

何か飲み物でも口にしようと、本館八階のカフェの前に来た。

やはり満席だった。とりあえず恵子は、順番待ちの列に並ぶことにする。一人席は、一〇分もすれば空きそうだ。

「高田先生、久しぶりです」

声に振り返ると、そこに、懐かしい顔があった。

浅村花江、そして彼女と手をつなぐ女の子だ。その子はきっと、あの知恵子なのだろう。花江とよく似た顔になっている。

「あなたは、浅村花江さんね。それに、そちらは知恵子ちゃん」

花江が笑顔を見せながら、首を横に振る。

「いや、もううちらね、浅村ゆう苗字やないんです。すぐに辞めはったあの総理大臣と同じ、宇野ゆう苗字になったんです」

「宇野さんか。じゃあ、宇野花江さんと宇野知恵子ちゃんね。そうか、結婚したのね」

花江が照れるように肩をすくめた。

「一〇歳年上やけど、ほんま、ええ旦那なんです。おうてもろうたら、高田先生も気に入ってくれはる思うわ」

「そう」

恵子の返事は、素っ気なかった。が、花江が、それを気にしているふうでもない。

花江は、屈託のない笑顔になって話す。

「あのな先生、知恵子なぁ、もう三歳九カ月過ぎたんよ。先生とこも三歳半くらいやわね」

恵子は、質問には答えず、知恵子のほうに視線を移した。

腰を屈めて、知恵子に話しかける。

「こんにちは、知恵子ちゃん。きょうはお買い物ですか」

人混みの中で、しっかりと母親と手をつなぐ知恵子だが、反対側の手に、小さな紙袋を下げていた。彼女は、その紙袋を持ち上げ、恵子に見せる。

「これ、お人形」

そう言ったあと知恵子は、にっこりと笑った。

透《す》き通るような、無垢な笑顔だ。

恵子は、その顔に見入ってしまい、なかなか言葉が出てこない。

省《かえり》みれば、良吾との離婚後は、人と接する時、不信感や猜疑心を抱くことが多くなっていた。後輩刑務官への叱責回数も増えた。自分の心はすさんでいる――。そう感じることがしばしばだ。そんな自分ではあるが、知恵子のその笑みを見ているだけで、まさしく、心が洗われるような思いがするのだった。

恵子の口から、ようやく言葉が出る。

「良かったわね、知恵子ちゃん。お人形さん買ってもらって」

「うん、良かった」

知恵子は、えくぼを浮かべ、また、その澄んだ笑顔を見せる。

花江が、知恵子の頰を指先で軽くつついた。

「なあ知恵子、あんたな、人形さん買うてもろうただけやのうて、この世に産まれたこと自体が、ええことなんやで」

その言葉を聞き、恵子は思う。

では、死産に終わった我が子はどうなのか……。いや、考えないようにしよう。自分で自分を責める「負のスパイラル」に陥ることが、目に見えている。ともあれ、今現在、断言できるのは、知恵子が産まれてきて、本当に良かったということだ。

知恵子と目が合い、恵子の顔が自然と綻ぶ。

「ねえ、知恵子ちゃん。あなたはね、あなたのお母さんが望んだ通り、『知恵の子』なのよ。将来は、絶対に賢い人になるわ」

恵子は、花江に目を移した。どうやら彼女は、こちらの話を聞いていなかったようである。

「あっ、せやせや」いきなり花江が、高い声を上げた。「養豚場のトン子のことや。なあ先生、トン子やけど、元気しとるやろうか？」

「まあ、そうね」

短い答えになったが、その件についての花江への説明は、よしておこうと思う。

昨年の秋頃だった。豚を売ったその収益が、刑務官の福利厚生費や交際費に回されていたことが明らかになる。飲み代などに使われていたのだが、それは、全国の刑務所で昔から行なわれていた慣習だった。しかし結局、国会での追及にも遭い、刑務所内の豚は、すべて処分されることとなったのである。

花江が急に落ち着かない様子になり、まわりを見回す。

「せやったわ。刑務官の先生たちは、元受刑者と外でおうたら、あかんのやったね。先生に迷惑かけんよう、うちらこれで失礼させてもらいます」

　確かにそうである。元受刑者から金品を受け取った刑務官が、刑務所内の情報を漏らしたり、特定の受刑者に便宜を図ったりする不祥事が、過去に何度か発生していた。

　恵子としても、きょう花江と偶然会ってしまったことは、上司にきちんと報告するつもりだった。

「あっ、そうや先生、最後にひとつだけ言わせて」

　立ち去ろうとしていた花江が、もう一度、近づいてきた。なにやら、真剣な表情だ。

　向き合うとすぐ、深々と頭を下げてきた。

「ほんまに、ありがとうございました」

　顔を上げた彼女は、にこやかな表情になっている。

「知恵子が産まれてから一カ月間やったけど、ずっと一緒におれたこと、ほんま感謝しとんのです。なんか、『親子の絆』ゆうんか、そんなもんができた思うんです。きっと知恵子もそう思うとるはずです。なあ、知恵子、そうやろ」

　手をつなぐ母と娘が、お互い微笑んで、見つめ合っている。まるで、刑務所にある母子像のようだ。

「ほな先生、失礼します」

「ちょっと待って」

　恵子は、花江を呼び止めて、今の率直な思いを伝える。

「二人とも、幸せになってちょうだいね。絶対よ」

　心の中で、さらに言葉を重ねる。特に知恵子ちゃんは、亡くなった私の娘のぶんまで幸せになってね。

花江は、大きく頷く。そして、ゆっくりと体を反転させた。

恵子の前から、二人が去っていく。

二人とも洒落《しゃれ》た身なりをしていた。それに、こうして百貨店で買い物をするくらいだから、ある程度恵まれた生活をしているのだと思う。

人混みの中に消えてゆく二人の姿を見ながら、ひとまず安心する。

受け皿は

宇佐見恵子は、手元にあるA４判の資料に目を通していた。

〈特別調整対象者・浅村知恵子（38歳）について〉

室内は、外からの明るい光が溢れ、シニアグラスは不要だった。

和歌山刑務所の処遇管理棟には、処遇部の部屋や会議室と並んで「面接室」があった。そこは通常、地方更生保護委員会の委員面接や保護観察官面接のために使われる。しかしこの時間は、〈浅村知恵子の特別調整〉に関わるメンバーによる打ち合わせが行なわれていた。

参加者は、刑務所側から、分類職員の宇佐見恵子、そしてもう一人が、福祉専門官の市川倫子だ。和歌山定着からは、所長の竹本和子、それに男性スタッフの玉置貫太である。

スチール製の長机を挟んで、双方に、三脚ずつ椅子が並べられていた。宇佐見が座る側には、真ん中の椅子をひとつ空け、右端に市川が座る。対座するのは、宇佐見の前が玉置、市川の前が竹本だった。そちら側も、真ん中が空席である。その席には間もなく、「曙の家」の施設長が来ることになっている。知的障害者の入所施設である曙の家は、現在、浅村知恵子の受け入れを検討してくれているところだった。その施設長と知恵子が、きょう初めて、この面接室で顔を合わせるのである。知恵子は到着し次第、宇佐見の横に座る予定だ。

今は、面接を前にした打ち合わせだったのだ。開始から一時間近く経っており、懸案事項についての協議は、もうすべて終わっていた。話は続いているが、先ほどからは、雑談が中心だった。この四人が集まる機会は多く、今ではそれぞれが、かなり打ち解けた関係になっている。

「あのー、宇佐見さん」市川が、時計を見ながら宇佐見に話しかける。「連行のほう、時間通り大丈夫ですよね」

宇佐見も腕時計を見て、時間を確認する。

「ええ、迎えの職員だけど、もう第四工場に着いてる頃ね。浅村さんがごねたりしない限り、予定通りの時間に来ると思うわ」

市川が、笑顔を見せて頷いた。

彼女は、四年前からこの和歌山刑務所に勤務する福祉専門官である。

障害のある受刑者や高齢受刑者の社会復帰を支援するソーシャルワーカーは、二〇〇五年から配置され始め、二〇〇九年に全刑務所での配置が完了する。しかし、当時の身分は、週に三日ほど稼働する非常勤職だった。それが二〇一四年からは、名称が福祉専門官に変更され、週に五日勤務の国家公務員となる。厳密な採用条件も設けられた。〈五年以上の相談援助経験がある社会福祉士か精神保健福祉士〉との規定が加わり、そうでなければ、応募すらできなくなったのだ。

市川の年齢は、知恵子と同じく三八歳。福祉専門官に採用されるまでは、高齢者福祉の現場において、十数年にわたり実務経験を積んできた「社会福祉士」である。

笑みをたたえた市川が、和歌山定着の二人に向かって話す。

「そういえば、そうでした。こちらに届いた療育手帳を浅村さんに見せたらですね、彼女、いきなり怒りだしちゃったんですよ。写真の写りが悪いってね。自分の顔はこんなんやない、なんて言って、ぶんむくれでした。まあ、それにしてもですね、今回は、手帳を取るため、和歌山定着のみなさんには、本当にいろいろと面倒をおかけしました」

玉置が、頷きながら市川に答える。

「いやー、今回は大変でした。でも、宇佐見さんのおかげで、ほんま助かりました」

和歌山定着のスタッフは、非常勤の二人を含め、六人の体制だという。二五歳の玉置は、まだ二年目のスタッフで、それまでは、福祉事業団本部で総務系の仕事をしていたのだそうだ。一昨年、竹本のところで鍛えられてこい、と上司に送り出され、和歌山定着へと異動してきたらしい。

「その通りですよ、玉置さん」市川が玉置に話を合わせて、相槌《あいづち》を打つ。「やっぱり浅村さんが一番心を開いている人は、宇佐見さんですからね。小学校時代の担任教諭の名前も、宇佐見さんじゃなければ、聞き出せなかったと思います」

同じ刑務所の職員を持ち上げても仕方ないと思うのだが、とりあえず、褒めそやされた当人としても、何か発言しなくてはならないだろう。宇佐見は、三人に向かって話す。

「今回の件でですね、福祉行政に知的障害を認めてもらうのも結構大変なんだってことが分かりました。玉置さんが聴き取ってきてくれた、あの担任の先生の証言がなかったとしたら、療育手帳、取れてなかったんですもんね」

知的障害というのは、精神障害とは違って、生まれながらに有する障害である。だからだろう、成人後に手帳を取得する場合は、幼少期から知的な遅れがあったという、その証明が必要となってくる。一番簡単な証明方法は、小学校時代の成績表を見せることだ。でも当然ながら、知恵子本人が成績表を保管しているはずもなかった。こういう場合は、本人が在籍した学校に、直接問い合わせて話を聞くことになる。学校教育法施行規則によると、〈成績に関する記録〉についての、学校側の保存義務は五年間だ。以前は二〇年間だったが、個人情報保護の観点から、期間が四分の一に短縮されたという経緯がある。それだけに学校側は、卒業生の成績記録を、なかなか教えてくれようとはしない。今回は、玉置が学校に問い合わせたところ、「成績記録は保存していません」のひと言だけで、まったく取りつく島がなかったようだ。そうなるともう、個別に当たるしか方法はなくなってくる。かつての担任教師を捜し出し、その人のもとを訪ねるのだ。

知恵子は、小学校五年時の担任教師の名前を、どうにか思い出してくれた。宇佐見は、聞き出した名前を、すぐさま玉置に伝えた。彼が調べたところ、その女性教師が現在、ある自治体の議員を務めていることが分かる。玉置が訪ねると、彼女は、非常に協力的だったという。

手元の資料の中に、彼女の証言が、要約して記載されている。

〈浅村知恵子さんのテストの点数は、毎回最下位くらいでした。通知表の数字も「1」が並んでいたと記憶しています。彼女は、同じクラスの子たちから、いつもいじめられており、

「知恵遅れの知恵子」「浅知恵の浅村知恵子」などと揶揄《やゆ》されていました〉

宇佐見は、これを読むと、本当に悲しくなる。知恵子という名前が、どういう理由でつけられたのかを知っているからだ。できれば、名前をからかわれていたというくだりは載《の》せないでほしいと思った。だが玉置は、「手帳を取るには、これぐらいの証言は必要」と話す。

もちろん、元担任教師の証言だけで、療育手帳が交付されるわけではない。和歌山刑務所には非常勤の精神科医がいるが、その医師による検査結果も、知的障害者更生相談所に提出していた。

〈ウェクスラー成人知能検査（WAIS-Ⅳ）におけるIQ相当値は62（言語性IQ65動作性IQ57全検査IQ60以下）であり、軽度の精神遅滞が疑われる〉

これら証言や検査内容を受けて、福祉行政の担当者が、本人面接や障害支援区分認定調査のため、たびたび来所するようになる。その結果は、意外と早く出た。〈B2〉なる判定が下され、軽度知的障害者としての療育手帳が交付されたのだった。

知恵子を特別調整対象者とするにあたっては、最初に本人から、同意書を提出してもらっている。市川が懇切丁寧に説明し、それを本人が受け入れたかたちだ。手帳を取得する際にも、市川による事細かなレクチャーが行なわれた。でも残念ながら、知恵子がその内容を理解しているとは言い難かった。彼女は、手帳の取得前、こんなふうに話していたのだった。

「宇佐見せんせも、それがあったほうがええ言うんやろ。うち、よう分かってへんのやけど、いろいろ便利になるんやったら、まあ、それでええ思う。なんちゃら手帳ゆうやつ、ひとつ、もろうとくわ」

考えてみれば、このように、よく理解できないところが、知的障害者たる所以なのかもしれないが……。

宇佐見の正面に座る玉置が、しっかりと目を合わせてくる。

「まあ宇佐見さん、大変であろうとなかろうと、必ず療育手帳は取らなあかんのです。ゆうたらあれは、福祉の支援を受けるためのパスポートですからね。持っとかな話になりません。手帳がないんやったら、福祉事業者も支援対象やと見てくれませんしね」

「手帳がないと福祉サービス受けられへんゆうのが、問題や思うんねんけどな」竹本が横から、口を挟んできた。「ほんまは福祉の支援が必要なんやけど、手帳持ってへんて人、世の中に、ぎょうさんいてはるわ。玉置君、あんたな、福祉に関わるもんが、はじめから支援対象者を絞り込むような考えで、どないするん」

その言葉に気圧《けお》されたように、玉置は首をすくめる。

「いや、私はただ、制度上のことをゆうただけで……」

「まあその話は、いずれゆっくりな」竹本は、正面に視線を戻す。「それにしても、浅村知恵子さんも、知恵子さんのお母さんも、男に利用されたり、騙されたりの繰り返しやったんですね。どこかで誰かが気いついて、ちゃーんと救いの手を差し伸べとったら、こんなことにはなってへん思うんですけどね」

市川が、首肯《しゆこう》しながら応じる。

「本当にそうなんです。特に母親のほうですよ。いわゆる『クスリ漬け』にされてたようですしね」

「知恵子さんも、しょうもない男に騙されてな。ほんま、男たちには腹立つわ」

竹本は、口を尖らせて怒っていた。

二人のやり取りを聞き、宇佐見は、自責の念を覚える。花江はあの時、「ほんま、ええ旦那なんです。おうてもろうたら、高田先生も気に入ってくれはる思うわ」などと、のろけていたのだった。彼女の言葉を受けて、実際に自分がその男と会っていたとしたら、どうなっていたのか。事態は変わっていただろうか……。いや、刑務官の立場で、そんなことはできようもなかった。

「せやけど、竹本さん」玉置が、何か反論するようだ。「知恵子さんに関しては、自業自得な面もあるん違いますか。自分から男を誘っとったり」

玉置がそこで話をやめた。扉のほうから人の声がする。

ノックの音がした。

宇佐見が振り返ると、ちょうど扉が開き、そこに、連行係の刑務官と、知恵子の姿があった。

「失礼します」連行係の女性が入室してきた。「第四工場の浅村さんを連れてきました」

連行係は、知恵子のほうに目をやる。

「さあ、前に出て」

歩いてくる知恵子と、宇佐見の視線が交わった。その途端、知恵子の顔に笑みが広がる。

「はい、止まれ」連行係が、知恵子に対して号令をかけた。「気をつけ。礼」

適当にしか体を動かさない知恵子だが、連行係は、特に注意することもなく、「ほな、こっち側の真ん中の椅子に座り」と、着席を促す。

四人はそれぞれ、手元にあった資料を、ファイルにしまった。連行係が退室していく。

知恵子は、腰を下ろすとともに、玉置のほうに顔を向けた。

「玉置さんも来てくれたんやね。きょうはうちな、面接やゆうんで、ごっつい緊張してんねん。なあ玉置さん、変なことにならへんように、うちのこと助けてな」

「もちろんええですよ。でも大丈夫やないですかねぇ。これからおうてもらう施設長さんは、大岡さんゆう人なんやけど、ほんま優しい人やから、心配いらん思いますよ」

その大岡施設長と玉置は、二年ほどのつき合いらしい。知恵子が特別調整対象者に選定された時、受け皿として真っ先に思い浮かんだのが、大岡が施設長を務める曙の家だったと、玉置は言う。曙の家は、職員も皆、「ガッツがあってええ人たち」なのだそうだ。

宇佐見も一度、大岡施設長と会っている。二週間前、市川とともに、庁舎棟の応接室で、三〇分くらい話をした。その時の印象だが、玉置の言葉通り、とても優しそうな人だった。

「ほんで、そのなんちゃらの家ゆうんは、どこにあるん？」

知恵子の問いに玉置が答えようとした時、彼のすぐ横の電話から、呼び出し音が鳴りだした。

市川が急いで、その壁かけ電話のほうに行く。

受話器を耳に当てた彼女は、他の四人に聞こえるような声で話す。

「はい、お着《つ》きになられたということですね。では、こちらのほうにお連れ願います」

受話器を戻した市川が、竹本と玉置のほうを見る。

「もうすぐ大岡施設長がこちらに来られます」

玉置は頷いたあと、また知恵子に目を向けた。

「曙の家がある場所なんやけど、大阪府と接しとる町で、自然がいっぱいのとこです。知恵子さんがおばあちゃんと一緒に住んどったあの町と、よう似たとこや思いますよ」

「なんや、あんなとこ」知恵子が眉根《まゆね》を寄せる。「うちな、おばあちゃんは好きやねんけどな、あそこは嫌いなんや。いっつもまわりから、いじめられとったし……。うーん、うち、またその曙の家ちゅうとこで、いじめられるかもしれんな」

玉置は、大きく首を横に振った。

「いいや、曙の家にはですね、知恵子さんをいじめる人なんか、誰もおらへんですよ。それに職員もみーんな、優しい人ばっかしやし」

「玉置さんな、うち、職員ゆう言葉、大嫌いなんや。うちな、若花におった時は、毎日、職員に叱られとったんよ」

若花というのは、かつて知恵子が入所していた児童養護施設「若花学舎」のことだ。

玉置が、少しむっとした表情になる。

「せやからな、知恵子さん。曙の家ゆうところは、職員さんも含めて、みんな優しい人なんやて。いじめたり叱ったりする人はおらへん」

「私は、知恵子さんの言うこと、よう分かるわ」

竹本が、執《と》りなすようにして話に加わった。彼女は、知恵子の目を見て、話を続ける。

「職員が偉いわけなんか、全然あらへんもんな。同じ人間やのに、人のこと叱ったりしたらあかんわよね」

「あかんわよね」

知恵子が同じ言葉で応じた。それから彼女は、竹本に笑顔を見せる。

「そうか、竹本さんもそう思うてくれるんや。ふーん……、あっ、そうや、そういえばな、竹本さんがおる会社はどのへんにあんのん？」

「会社やのうて、事務所やね。和歌山定着ゆう、その私らの事務所やけど、和歌山城の近くにあるんよ」

「へぇー」

知恵子が竹本のほうに、上半身を傾ける。

「うちな、小学生の頃、おばあちゃんにな、和歌山城連れてってもろうたことあんねんで。横に動物園もあったな。可愛い熊がおったし……、うち、またあそこ行きたいわ。あっ、せやせや、あのお城、暴れん坊将軍さんが住んどったとこなんやろ」

「そうそう、正解」

「失礼します」

その声が、扉が開く音とともに聞こえた。

「大岡先生をお連れしました」

案内役の女性刑務官が言う。

彼女が扉の外に出ると、入れ替わりに、大岡が姿を現した。

「みなさん、こんにちは。お暑うございますね。あっ、席、あそこですな」

竹本の隣を指さした大岡が、大きな体を揺すりながら、席のほうに向かってくる。

年齢は四十代後半だそうだから、中年太りといってもいいだろう。太っているだけでなく、彼は上背もある。威圧感を覚える体形だが、反面、顔のほうは童顔に近かった。丸くて大きな目に、愛嬌《あいきょう》を感じる。

彼が着席すると、竹本と玉置は、それぞれが座る椅子を、大岡とは逆のほうにずらした。

知恵子は、これまでとは違い、両膝を揃え、畏《かしこ》まった座り方をしている。彼女なりに緊張しているようだ。

宇佐見はこの二年あまりの間、こうした場面に、何度も立ち会ってきた。特別調整対象者となった受刑者を、福祉関係者が面接する場面だ。受け皿となってくれるのは大変ありがたいのだが、なかには、三、四人の職員が対象者を取り囲み、「本当に反省してますか」などと問い詰めるケースもあった。まるで査問委員会を思わせる光景で、詰め寄られたほうは、完全に黙り込んでしまうのだった。

きょうは果たして、どんな面接になるのだろうか。

「本日はお出でいただき、ありがとうございます。では大岡さん、早速ですが、よろしくお願いします」

その市川の言葉に合わせて、それぞれが大岡に対し、頭を下げた。

大岡が、体を前に出して、両肘《りょうひじ》を机の上につく。

「浅村知恵子ちゃんやったな。僕、曙の家ゆうところの大岡いいます。よろしゅうね」

知恵子は、俯《うつむ》いたまま、わずかに頷いただけだ。

「僕とこはね、入所施設なんやけどね、ほかの施設とは全然違うて、めっちゃ自由なんやで」

その言葉に知恵子が少し反応する。上目遣いで、大岡のほうを見た。

「自由？」

「そうや知恵子ちゃん、自由や。好きなこと見つけて、それやっとったらええんや」

意図的に彼は、フレンドリーな雰囲気を出そうとしているのだろうか。けれど、宇佐見にとっては、その「ちゃん」づけ呼びや、妙に砕けた話し方が気になって仕方ない。

「ねえ、知恵子さん」今度は玉置が話しかける。「大岡さんのこと、親しみやすい人や思いませんか」

ややや間が空いたが、知恵子が「うん」と答えた。彼女は、顔を上げる。

「質問なんやけどな、曙の家ゆうとこ、うちのこといじめるような人おらへん?」

大岡は、一瞬吹き出すように笑い、それから、「おらへん、おらへん」と、手を大きく横に振って否定した。その横で、玉置も笑っている。

知恵子も笑顔を見せた。

「そんならうち、曙の家でお世話なりたいわ」

「ちょっと待って知恵子さん。違うんよ」竹本が腰を浮かせて、身を乗り出す。「勘違いせんといてね、知恵子さん。お世話になれんのか、なられへんのか、それ決めるんは大岡さんのほうなんよ。たぶん、このあと質問をしはるやろうから、しっかりとそれに答えなあかんの。事件についてもね」

大岡が顔を横にして、竹本を見る。

「いや、うちは、そんなんええんです」

それから彼は、知恵子に言葉を向ける。

「曙の家はやね、入所者の過去、まあ要するに、昔いろいろあったことには触れんようにしとるんよ」

「えー、ほんま。なら、うち安心やわ」

知恵子が、弾《はず》んだ声で言った。

大岡が、少し表情を引き締めて話す。

「知恵子ちゃんも、ちゃんと職員の言うこと聞いてくれるんやったら、曙の家に、来てもろうて構わんのやで」

「職員……」

つぶやく知恵子の横で、玉置が満足そうに笑みを浮かべている。竹本のほうは、無表情なままだった。

宇佐見は、つい首を捻ってしまう。

支援する相手の過去を問わないとは、理解に苦しむ話だ。本来なら、その人が罪を犯すに至った経緯や背景を、支援者として、きちんと把握しておくべきなのではないか。そうでなければ、生き直しを支えるうえでの課題も見えてこないだろうし、援助の仕方も見出せないだろう。大岡という人は、一体どういう方針で、施設を運営しているのか。大きな疑問である。

過去

宇佐見恵子が、花江の末路について知ったのは、一二年前だった。娘の知恵子が、この和歌山刑務所に服役していることを知り、急いで彼女の身分帳に目を通したその時からである。

花江に関する記載はすべて、栃木刑務所に保管されていた花江自身の身分帳を参考にして書かれたらしい。そこには、二回の受刑歴が載っている。もちろん、受刑者が自分の身分帳を閲覧することなどできないし、知恵子には当初から、母親が服役囚だったという事実は伏せられていた。本人は「親に捨てられた」と信じているし、彼女の更生を考えたうえでも、真実を伝えないほうが良い、との判断があったようだ。

身分帳によると、花江が結婚した宇野という男も、元受刑者だった。花江と同じく、覚醒剤取締法違反による服役だ。花江自身、そのことは、宇野から聞かされていたようである。けれども、出所後の彼の生業《なりわい》については、詳しく知らなかったという。ただ漠然と、金融関係とだけ教えられていたらしい。

宇野というのは、裏稼業に生きる男だったのだ。暴力団の正式な構成員ではなかったものの、いわゆる「フロント企業」の一員として、主に高利貸しをやっていた。さらには、株取引にも手を出していたようだ。一時期は、バブル景気にも支えられ、かなり羽振りは良かったという。ところが一九九〇年の一月に、突如として、株が暴落する。以降、たちまちにして金を借りるほうへと立場が逆転し、やがて、借金返済に追われるようになる。やり繰りがつかぬなか、手を染めるようになったのが、覚醒剤の密売だった。

宇野は、花江にも密売を手伝わせようと、こんな言葉で、彼女を誘い込む。

「金がのうて、知恵子を育てられんわ。もうあいつは、養護施設に入れなあかんな。それが嫌やったら、金を稼ぐしかないもんでな。花江もちょこっとでええから、俺の仕事、手伝ってもらえりゃありがたい思う」

花江は、娘と離れたくないという一心で、宇野の話に乗ってしまう。知恵子が連れ子だという負い目もあった。さらに花江は、宇野に覚醒剤を打たれ、それによって、精神もコントロールされていた。

最初の仕事はうまくいったものの、悪事はそうは続かない。すでに宇野は、警察からマークされていたのだろう。密売のために向かった静岡県で、夫婦して逮捕される。覚醒剤を営利目的で大量に所持していた二人だが、ともに累犯者だった。当然、重罰を受けることとなる。宇野には懲役一二年、花江には懲役八年の判決が下った。

こうした経緯をたどり、皮肉にも、知恵子を児童養護施設に入所させざるを得なくなったのである。当時、花江の実母が、和歌山県にいた。だが、花江と実母は絶縁状態で、とても知恵子を預けられるような関係ではなかった。

花江の子宮癌が見つかったのは、栃木刑務所に服役後、五年が経過したのちである。その時点で、癌は相当進行しており、手の施しようがなかった。そして翌年、花江は、八王子医療刑務所において息を引き取る。

結果としてそれにより、実母の気持ちに変化がもたらされた。実母は、娘の遺骨とともに、孫の知恵子も引き取ることにしたのである。

知恵子が、大阪の児童養護施設「若花学舎」を退所したのは、小学校五年生の時だ。和歌山の小学校に転校した彼女だが、家では、祖母のそばからいっ時も離れないほどの「おばあちゃん子」になる。しかし、学校生活は、まったく楽しいものではなかった。毎日のように、クラスメートから足蹴《あしげ》にされていたのである。虫を食べさせられたり、川の水を飲まされたりという、酷い仕打ちにも遭った。そうしたいじめは、中学校を卒業するまで続く。でも、決してそれを、祖母には話さなかった。祖母が悲しむ姿は見たくなかったのだ。

中学卒業後は、祖母の従妹の口利きで、繊維関係の会社に雇われた。だがそこは、過酷な労働環境で知られ、外国人技能実習生の失踪《しっそう》も相次いでいるような会社だった。それに加えて知恵子は、まわりから、「アホウ」や「キショイ」などの言葉を浴びせつけられる毎日である。悔しかったし、悲しかった。だけど、それも我慢するしかないと思い、仕事には通い続けた。そのほうが祖母も喜ぶと考えたからだ。

祖母が亡くなったのは、就職してから三年が過ぎた頃だった。死因は、脳梗塞である。突然の祖母との別れに、知恵子は混乱した。役所の世話になり、簡単な葬儀を上げてもらったが、その席でも、「おばあちゃんは、死んでへん」と、繰り返し叫んでいた。祖母の死という現実を、なかなか受け入れられなかったのだ。

葬儀のあと、知恵子は、仕事をやめる。多少の貯えはあった。

一九歳になったその頃からだった。大阪の繁華街などを、当てもなく徘徊し始める。そして、たどり着いたのが夜の街だった。飲み屋の厨房でのアルバイトもした。しかし、ある時から、その体で男の相手をするよう命じられ、以後、売春によって食《く》い扶持《ぶち》をまかなうようになる。さらに彼女は、客の一人に言い包《くる》められ、アダルトビデオに出演させられることになった。出演作は多数あり、耳にするのもおぞましいが、SMとか、スカトロとか、そういった類のビデオ、あるいは、幼さを感じる彼女であるだけに、セーラー服などを着せられて、ロリコンもののビデオに出演することもあった。

二五歳の時、初めて警察の世話になる。「監禁罪」の容疑で逮捕されたのだ。たこ部屋のようなところで一緒に暮らしていた女性がいたが、その彼女に行方不明者としての捜索願が出されたのだった。捜索の結果、二人は警察に保護される。一旦は保護だったのが、知恵子に関しては逮捕に切り替わる。部屋に二人を住まわせていた男たちの存在が明らかになり、彼らも警察の捜査を受けた。そのなかで彼らは、知恵子が監視役だったと供述。それを受けての逮捕だった。送検もされたが、結局のところ、男たちも含め、この件に関わった者すべてが、嫌疑不十分で不起訴となる。

釈放から数日後、知恵子は、濡《ぬ》れ衣《ぎぬ》を着せられた男のもとへ向かった。だが、男を見つけ出すことはできない。腹いせに、男が所有していたバイクに火をつけた。目撃者の通報によって、またも逮捕されることになる。容疑は、「建造物等以外放火罪」だ。

知恵子は、刑事被告人として法廷に立たされる。判決は、初犯であることも踏まえ、執行猶予つきの有罪だった。それから間もなくである。売春容疑で逮捕され、その結果、執行猶予が取り消されてしまう。

和歌山刑務所への初入《しよにゆう》は、知恵子が二六歳の時だった。受刑中の行状は、決して褒められたものではない。懲罰の常習者だった。一週間程度の閉居罰を、何度も受けている。当然、仮釈放の恩恵には与《あずか》れず、二八歳で満期出所する。

出所した彼女だが、またビデオ女優に戻ろうとしても、二十代後半になると、その需要がなくなっていた。夜の街で知り合った男たちに、薬物を運ぶように依頼されたりもした。だが、さすがにそれが危険であることは分かっていて、きっぱりと断る。

そうしたなか、NPO法人などの手助けを受け、生活保護受給者の施設に入所することになった。半年後には、就労支援の団体から、仕事を紹介してもらう。職場は、高齢者福祉施設だった。そこでの清掃や洗濯などの仕事を任されたのだった。

職場の居心地は悪くなかった。三年半近く働いたのだが、突然、その高齢者福祉施設が閉鎖されてしまう。不正な会計処理が発覚したためだ。

貯金を取り崩しながらの生活となった。だが、それも長くは続かない。居酒屋で出会った男に騙され、ありたけの金を持って行かれた。

知恵子はまた、生活保護受給者の施設に戻ることになる。ところが、ひと月もせずに、そこから退所させられる。職員とトラブルを起こしたことが原因だった。

食べていけなくなった知恵子は、食パン一斤《いっきん》の窃盗に及ぶ。犯行はすぐにばれて、即、警察に逮捕された。

犯行時は、刑期満了から三年八カ月。出所後、まだ五年が経過しておらず、刑法五六条に規定された累犯者扱いとなる。累犯者の場合は、軽微な罪であっても執行猶予はつかない。そのうえ、二倍の刑期が科せられるのだ。

知恵子は三二歳で、二度目の服役となった。和歌山刑務所への再入である。

前回、出所する際の知恵子は、「もう絶対戻らへんから」と、涙を流して誓ったのだった。そんな彼女が、笑みを浮かべながら戻ってきた。「せんせ元気？　またお世話になります」と。受刑生活に入っても、まったく反省が見られず、前回同様、懲罰の常習者となる。

二回目の出所後は、職に就くことはなかった。

しばらくは、大阪で生活保護を受給しながら、大人しく暮らしていた。ところが、たまたま足を踏み入れたホストクラブにはまってしまう。あとは、お決まりのコースだ。莫大な借金を背負うこととなる。知恵子は、逃げるようにして大阪から姿を消したのである。

そして、やはり出所から五年も経たない頃だ。無銭飲食で逮捕された。

またも知恵子は、明るい笑顔で、和歌山刑務所に戻ってくる。その姿を見て、現場刑務官の皆が、無力感に捉われた。

ただし、今回は、前回までと違う点があった。入所後の「観察工場」におけるスクリーニングの結果、知恵子を特別調整対象者の候補とすることにしたのである。その判断は、福祉専門官の市川倫子によるものだった。

現在の知恵子の処遇指標は、スモールMといわれる「m指標」だ。

福祉施設へ

竹本和子は、知恵子の姿を思い浮かべ、暗い気分になっていた。あれでは、単なる隔離ではないか。果たして、このまま彼女をここに入所させておいていいのか。そんな疑問も広がる。

森の中から、鳥のさえずりが聞こえる。

「なかなかええシチュエーションですね」

横を歩く玉置からの言葉に、竹本は、「たまに来るには、ええとこやけどな」と答えた。

竹本と玉置は、三〇分ほど前から、曙の家に来ていた。地域生活定着支援センターの業務のひとつである「出所後のフォローアップ」のためだ。

曙の家は、木々に覆われた山懐《やまふところ》にあった。

二人の三〇メートルくらい先に、ペンションのような建物が三棟並んでいる。そこが入所施設であり、建物内には、多目的ホールや事務室もあった。

先ほどまで二人は、「離れ」と呼ばれるプレハブ小屋にいた。入口近くに建つその小屋は、現在、知恵子が住み、独りで寝起きをしている。

彼女の仮釈放が許可されたのは、三週間前だった。懲罰の多さから、満期出所が確定しかけていたが、せっかく受け皿が決まったのだからと、地方更生保護委員会が、三二日間の仮釈放期間を与えてくれたのだ。保護司はつかず、保護観察官が直接担当する「直担《ちょくたん》」といわれる制度が用いられることになる。

曙の家に入所後、まずは、他の利用者と同じ建物内で暮らし始めた知恵子だが、二日もせずに、「うち、ここ嫌や」と、不満を口にしだす。食堂での食事も拒否するようになった。そこで、施設側が用意したのが、プレハブ小屋の中にある部屋だった。

知恵子が暮らす部屋には、テレビゲームがたくさんあった。漫画の本も積み上げられていた。それを横目に知恵子は、こう話したのである。

「竹本さん、聞いてや。ここの職員な、『あれで時間つぶしとき』ゆうんよ。うち、あんなもん、全然興味あらへんのにな。こんなとこおっても、なーんもすることないわ。もう、うち、嫌やわ。入所しとる人たちは、一人で風呂も入れんような人ばっかしやしな」

曙の家では現在、五三名の入所者が暮らしているのだそうだ。重度の障害者がほとんどで、寝たきりに近い人もいるらしい。確かに、知恵子の言う通りかもしれない。入所者への身体的介助が、ここの職員の一番の仕事になっているのではないだろうか。

二人は今、事務室がある建物へと向かっている。歩を進めるなか、敷地内のあちこちで、地面に横たわる人の姿を見かけた。それぞれの人が、外見からして、重度の障害を負っていることが分かる。横には、職員がつき添い、いろいろと世話を焼いていた。

「さすがにここは、さっき竹本さんが言いはったような施設とは違う思いますよ。職員はみんな、ほんま、よう頑張っとるみたいですしね」

玉置が歩きながら、そう言ってきた。

竹本は、即答する。

「この曙の家が、悪徳施設とはゆうてへんわ」

ここに来る道中、車の中で話した内容は、こうだった。

最近は、「触法加算」といわれる特別報酬を得るためだけに、出所者を迎え入れる施設もある。当たり前だが、そういう施設では、まともな出所者支援は行なわれていない。出所者を、どこかに閉じ込めておくか、あるいはその逆に、まったく放置状態にしておくか、だ。いずれにせよ、そういう施設には、絶対に、出所者を受け入れてほしくない。ほかにも、とんでもない施設関係者がいた。先日のことだが、和歌山定着の事務所を訪ねてきたある福祉事業者が、こんな発言をする。

「和歌山定着さんの手ぇ煩わせせんのもなんやし、出所者の受け入れ、刑務所側と直取《じか》り引きしてよろしおますか」

直取り引きとは、なんたる表現かと思う。障害のある受刑者を、商品のように考えている。こうした福祉事業者は、なおさらだ。出所者には、指一本触れさせたくない。

二人は、目指す建物の前まで来た。

男性が玄関から出てくる。

「お待ちしとりました。私、ここで総務係長しとります吉村いいます。もうすぐ施設長の手が空きますよって、どうぞ中にお入りください」

玄関のドアが開けられた途端だった。異臭が鼻を突く。大便の臭いだ。

三和土《たたき》に続くロビーに、二人の人物が座り込んでいた。一人は、ジーンズ姿の若い男性。

もう一人は、入所者とおぼしき男性で、年齢はよく分からない。下半身のかなりの部分が露出しており、たぶん状況的にいって、若い職員が、便失禁したその男性の下の世話をしようとしているところではないか。

吉村という職員が、二人分のスリッパを床に並べた。

「ひとまず事務室に入ってもうて、施設長が来るのをお待ち願います。さあ、どうぞあちらに」

スリッパに履き替えた二人は、吉村のあとに続く。

事務室に向かう途中、建物内のほうぼうから、叫び声が聞こえてくる。どれもが、入所者が発していると思われる声だ。何を叫んでいるのかは、よく聞き取れない。

事務室の前に着いた。

入口には鍵がかかっていて、吉村が、「入所者の人に、勝手に入られんようにです」と説明しつつ解錠《かいじょう》する。

三人揃って入室した。室内では、若い女性職員が机に着き、何か事務仕事をしていた。

「お邪魔します。和歌山定着の竹本と申します」

竹本がそう挨拶したのだが、女性職員は、軽い会釈で応じたのみ。すぐに彼女は、手元の書類に視線を落とした。どうやら、あまり歓迎されていないらしい。竹本は、直感的に、それは知恵子の受け入れと関係しているのではないか、と思う。

部屋の隅に置かれた応接セット。そのソファーに、竹本と玉置が並んで腰かけた。吉村がそこに座ることはなく、結局彼は、案内をしてくれただけのようだ。

女性職員が醸し出しているのか、室内には、重苦しい空気が漂う。

吉村が事務室から出て、二、三分後だった。

「お待たせしました」

部屋のドアが勢いよく開けられ、施設長の大岡が現れた。

竹本は、立ち上がって挨拶しようとする。が、彼は、「そのままでええですよ」と言い、スリッパの音を響かせながら近づいてくる。顔を見ると、大量の汗をかいているようだった。

大岡が二人と向き合ってソファーに座る。彼は、首にかけていたタオルで顔を拭ったあと、おもむろに口を開く。

「僕のほうから連絡入れさせてもろうたんやけど、そのくせ、お待たせしてもうて、ほんま、すんませんでした」

真剣な面持ちで頭を下げた彼だが、次に苦笑いを浮かべる。

「まったく、かなわんですわ。突然、暴れだしてまう入所者がおりましてな。それを宥めんのに、ひと苦労ですわ」

「ほんま、大変やったですね」

竹本が労いの言葉を口にすると、大岡は、笑顔で応えた。が、一瞬にして、彼の顔は、また真剣な表情に戻る。

大岡が、その丸く大きな目を二人に向ける。

「きょう、竹本さんたちをお呼びした理由を、単刀直入に話させてもらいますわ。実はですね、知恵子ちゃんなんやけど……、このへんにおる男の住民に、片っ端からモーションかけとるようで、困っとんのです。クレームも寄せられとりましてね。そのこと、保護観察所に報告する前に、まずは和歌山定着さんや思うて、連絡させてもろうた次第なんです」

「施設長、ちょっと」事務仕事をしていた女性職員が、いきなり立ち上がった。「モーションやなんて、そない回りくどい言い方しても、よう伝わらん思います。彼女のやっとることは、売春そのものやないですか。知らん間にお金、ぎょうさん貯め込んどんのやから」

「えっ、知恵子さんが売春？　まさか—」

思わず竹本は、大声を上げていた。女性職員の言葉が、まったく信じられなかった。今の知恵子と、その行為とが、容易には結びつかないのである。

元の木阿弥

またも竹本和子は、この山間の地に足を運んでいた。二週間前と同じく、玉置も一緒だ。曙の家から徒歩一〇分ほどのところにある小さな集落。家は六軒しかなく、そのうち三軒は、壁が朽《く》ち果て、窓ガラスも割れている。とても住人がいるとは思えない家だった。人が住んでいるであろう三軒の家。二人は今、そのうちの一軒に目を注いでいる。物置小屋の陰に身を潜め、家の様子をうかがっていた。

かなり古い家のようだが、手入れは行き届いている。玄関には、立派な盆栽が並んでいた。庭に洗濯物が干してあり、それを見ると、住人は男性だけであることが想像できた。

本当に今、この家の中に知恵子がいるのだろうか。「悪いことは、もう絶対せえへん」と約束してくれたのに……。

竹本の脳裏に、二週間前の、あのやり取りが蘇る。

曙の家の事務室で、驚きの話を聞かされたあと、二人は、プレハブ小屋に移動した。そして、知恵子本人から事情を聞いたのである。

「うち、暇やったからな、おっちゃんたちの話し相手になってあげただけなんや。ちょこっと話しただけやのに、お金くれはるおっちゃんもおったんよ。これがそのお金や」

差し出された折箱の中には、多くの紙幣が入っていた。ほとんどが一〇〇〇円札だが、五〇〇〇円札や一万円札も何枚か交ざっている。玉置がお札を数えたところ、合計で一四万二〇〇〇円という金額になった。

玉置は、紙幣の束を手にして、知恵子に問いかける。

「知恵子さんが一人で外出するようになったんは、一〇日ほど前からやそうですね。何回その人らにおうたか知らんけど、話し相手になっただけで、お金、こない貰えるもんですか。私には、信じられません。どないです、知恵子さん。ほんまのこと、ゆうてもらえませんか」

知恵子は、下を向いて、黙り込んでしまう。

「竹本さんからも、なんかゆうてくださいよ」

玉置からそう促された。竹本は、自分自身の偽らざる気持ちを、知恵子に伝える。

「私、思うんよ。知恵子さんは、ほんまに正直な人やなぁって。嘘をつけへん人や。今も、ちゃんとお金見せてくれたしな。私、正直もんの知恵子さんのこと、ほんま好きやわ」

知恵子が顔を上げた。

「えっ、うちのこと好きゆうの？」

「そうや、大好きや。せやからな、知恵子さんには、もう嫌な思いしてほしゅうないんよ。もう絶対、刑務所なんか戻ってほしゅうないんよ。刑務所に戻るような悪いこと、絶対してほしゅうないんよ」

知恵子が、竹本に顔を近づける。

「竹本さんが、うちのこと好きゆうんは、ほんまのことなんよね？」

「もちろん、そうや」

知恵子の頬にえくぼが浮かんだ。

「せやったら、うち、竹本さんと約束するわ。刑務所に戻るような悪いことは、もう絶対せえへんってね」

その言葉のあと、さらに問い質すようなことはしなかったのだが……。

大岡施設長からの電話を受けたのが、一時間半ほど前だった。

「今、近所の人から、知恵子ちゃんが男の人の家に入ったゆう連絡がきたんです。僕、ちょっと外されへん用事があるよってですね、そちらで対応、お願いできませんか」

その家の住所を聞いたうえで、ただちに竹本は、玉置が運転する車に乗った。和歌山市の中心部からここまで、四〇分弱で到着した。

目の前の家は、昼間だというのに、ガラス戸の内側からカーテンが引かれ、その隙間から、照明の光が漏れていた。中に人がいるに違いない。

「ねえ竹本さん、いつまで、待たなあかんのですか。もう、呼《よ》び鈴《りん》押して、ドア開けさせて、そんでもって、中に踏み込んだらええん違います？」

玉置が苛立った声で訊いてきた。

確かに、そうかもしれない。先ほどまでは、知恵子が一人で出てきたところを呼び止める予定でいた。けれど、考えを改めつつあった。やはり、男のほうにも責任を感じさせなくてはならない、と思うのだ。

「玉置君、あんた柔道二段って、ほんまやな」

笑顔で頷いた玉置が、即、玄関に向かって歩きだした。

玉置のあとに続き、竹本は、玄関ポーチの上に立つ。危うく、盆栽を蹴り倒すところだった。平常心のつもりでいたが、それなりに緊張しているのだろう。

玉置は、なんの躊躇《ちゅうちょ》もなく、呼び鈴のボタンを押す。同時に、家の中からチャイムの音が聞こえた。

応答はない。

玉置がもう一度、ボタンを押した。

裏のほうで、音がする。バケツか何かがひっくり返るような音だ。

玉置は、一目散に駆けていく。竹本も彼を追って走るが、足が空回《からまわ》りして、なかなか体が前に進まない。

裏口があったようだ。その扉の前で、玉置と二人が向き合っていた。知恵子は、ワンピース姿、そして、六〇歳くらいに見えるその男は、ランニングシャツに短パンという格好だ。

玉置が男を睨みつけて言う。

「あんた、法律に違反するようなことやっととったん違うか」

「すんまへん、刑事さん」

男は、その場にへたり込んだ。

「せやけど刑事さん、信じてください。誘うてきたんは、この子のほうなんです。どうか許してください」

「俺ら、刑事やない。福祉関係のもんや」

それを聞いた男は、「えっ、福祉」とひと言発し、ゆっくりと立ち上がった。

「なんや、刑事ちゃうんかい。そうか、福祉の人間か」

男は、知恵子を一瞥したあと、にやりと笑う。

「なるほどー、どうりでな。この子、障害者やろ。話しとって思うたもんな。ちょっと頭弱いんやないかって」

「黙らんかい、こら。余計なことゆうたら、承知せんぞ」

玉置が殴りかからんばかりの勢いで、男に迫った。

竹本としても、何か言葉をぶつけなければ気が済まない。

「あんたな、ええ歳こいて、何やっとん。もう二度とこの人に会うんやないで。もし、おうたりしたら、今度は、うちらやのうて、警察呼ぶさかいな。分かったか。分かったなら、とっといなんかい、このエロ親父が」

「ふん」男が鼻で笑った。「まあ、今回のことは、あんたらの管理責任が問われる問題やな」

男は、笑い声をあげて、家の奥へと消えていく。

知恵子は、無表情のまま立っていた。

目が合う。彼女は顔を伏せ、それから話し始めた。

「あのな竹本さん、うちな、寂しかったんや。うち、人に好きゆうてほしいし、可愛いゆうてほしい。喜んでもほしいんや。うちな、どないしたら男の人が喜んでくれるか、知ってんねん」

「もうええよ、知恵子さん」

知恵子は、首を横に振る。

「ようないわ。うち、竹本さんたちにも迷惑かけたんやから」

「迷惑やなんて、そんなことないわ。ただ私らは、知恵子さんを守ろう思うて」

二人の間に、玉置が入ってきた。

「竹本さん、甘いことばっかりゆわんといてください。そんなんやから、私ら、いつまでもこの人に振り回されなあかんのです。竹本さんがちゃんと注意せえへんのやったら、私が言わせてもらいます」

玉置は、いかめしい顔をつくり、知恵子を見る。

「なあ知恵子さん、社会の中には、ルールゆうもんがあるんです。世の中の一人ひとりが、それ守らんと、社会は成り立たんのですよ」

「ふん」

知恵子は一度横を向いたあと、また視線を玉置のほうに戻す。

「ほんなら訊くけど、社会って何ぃ？　世の中の一人ひとりって何ぃ？　それってな、ずっとうちのこと馬鹿にしとった相手やんか。うちのこと馬鹿にし続けとった社会や」

その言葉に竹本は、どきりとする。

そんな社会がつくったルールを、なぜ守らなくてはならないのか。彼女は内心、そう思っているに違いない。それは、知恵子だけではないだろう。人間誰しも、同じような立場になったとすれば、同じように考えても不思議ではない。

今の知恵子の言葉に、玉置はどう応じるのだろうか。

玉置が腕組みをして、知恵子を睨む。

「ゆうとくけどな、知恵子さん。あんた、三日前に刑期満了迎えたからええけどな、もし、それまでにばれとったら、刑務所に送り返されることになっとったんやで。強制的に連れ戻されとったんや」

彼は、完全に話をそらした。

知恵子の顔が、泣き笑いのような表情になる。

「何が『刑務所に送り返される』やねん。笑かさんでほしいわ。今うちがおるとこも、刑務所と一緒や。いや、ちゃうわ。刑務所のほうが、ずっと増しや。優しいせんせもおるしな」

言った彼女が、突然、道路に向かって走りだした。

玉置が追いかけようとする。

「玉置君、よしとき」

「なんでです。曙の家に連れ帰さなならんのと違いますか」

「今あんた、ゆうたやないか。三日前に刑期は終わっとるんやで。強制的にどこかに連れて行ったりするわけにはいかんわ」

玉置は、素直に従い、竹本のほうを向いた。

「ねえ、竹本さん、ええ機会やないですか。この際、もう知恵子さん、支援の対象から外してもええんやないですか」

「なんで？」

「あの人、真面目やないんですもん。もう面倒見きれません。そうでしたわ、知恵子さんが起こした放火事件を担当した、あの弁護士さんも、ゆうてはりましたよね。『浅村さんは、裁判でもふざけとった』って」

「あれ、ふざけてたんやない思うよ。正直なだけやねん」

それは、法廷における、被告人尋問の場面での出来事だったらしい。

弁護士が、「火をつけたライターは、どうして持っていたのか」と尋ねたところ、知恵子は、「タバコ吸うから」と答えたそうだ。弁護人は、「じゃあ、ライターを持たなくてもいいように、タバコをやめましょう。そうすれば火をつけたりできませんからね」と、禁煙を勧めたらしい。すると知恵子は、「はい」と即答した。次に、尋問に立った検察官が、すぐにそこを攻めてきたらしい。

裁判記録を読ませてもらったが、検察官と知恵子との間で、こんなやり取りがあったようだ。

〈あなた、本当に、タバコやめられるんですか〉

〈はい〉

〈では、確認しますが、一体どういう理由で、タバコをやめることにしたんですか〉

〈えーと……〉

〈どういう理由?〉

〈あっ、せやったわ。彼氏ができてキスした時、口臭いゆわれんのが嫌やからや。うち、前にも男の人にゆわれたことあんねん。その人、タバコ吸わへん人でな、「臭いからタバコやめえ」て、厳しゅうゆわれたんや〉

なおも知恵子は話し続け、法廷内は、皆が呆気《あっけ》に取られたらしい。

玉置の顔に、薄笑いが浮かんでいる。

「検察官も、おちょくられとる思うて、えらい剣幕やったらしいやないですか」

竹本は、玉置のその中途半端な笑顔に、指を突きつけて言う。

「そりゃあんた、弁護士さんも検事さんも、分かってへんのや。なあ玉置君、よう考えてみぃ。あないなことゆうて、知恵子さんに、なんの得があるん。裁判官の心証、悪うするだけやで。たぶん知恵子さんはな、うちらみたいに、損得勘定やら、人へのご機嫌取りで、発言したりはせーへんのよ。ほんまあの人、純粋な人なんや。せやけどな……、それが災いして、ずっーと痛い目におうてきたんやないか思うわ。知恵子さんだけやない。軽度の知的障害の人で、しかも手帳を持ってへん人は、みんなそうや。外見上、障害者には見えへんさかい、不真面目な人やとか、非常識な人やとか、そない思われて、いじめられたり、無視されたり、排除されたりするんや」

玉置は、神妙な顔つきになっていた。一度溜め息のように大きく息を漏らしてから、彼が話しだす。

「まあ、考えてみたら、そうですね。竹本さんのゆう通りなんやろう思います。私らは常日頃、人やら社会やらに対して、適当に折り合いをつけながら生きとんのですけど、知恵子さんには、それができひんのですからね、ほんま大変ですわ」

「きっと、そうやな。辛いやろうな……」

玉置が、知恵子が走り去っていったほうに目をやる。

「おそらく知恵子さん、曙の家には帰らんのでしょうね」

「たぶんな。あっ、そや。玉置君あんた、知恵子さんの代わりに、あのプレハブ小屋に住んでみるか？」

玉置は、身震いするような仕草で、「絶対、嫌です」と答える。

「なっ、そやろ」

母親への誓い

宇佐見恵子は、電話を切ったあと、しばし呆然としていた。

電話の相手は、和歌山定着の玉置だった。浅村知恵子が行方不明になってしまったという。

ショックのあまり、すぐには言葉が出なかった。

気を取り直したあと、宇佐見は、まず初めに、処遇部の部屋に行く。第四工場の柴原をはじめ、知恵子の処遇に関わった職員たちに、ひと言、その事実を知らせておこうと思ったのだ。

処遇部の部屋を出たあと、自然と足がこの場所に向いていた。ここは、収容区域に設けられた中庭だ。宇佐見の前には、母子像が立っている。

早いもので、あれから一カ月半以上が経つのだ。あの日、希望寮への引き込みのため、知恵子を連れ、この母子像の前を通った。不意に立ち止まった彼女は、思いも寄らぬ言葉を口にしたのである。

「あっ、なんや思い出したわ。これ、うちと、うちのお母ちゃんやわ」

宇佐見は、驚いた。そして、嬉しくなった。三五年前の二人を思い浮かべながら言った。

「きっと浅村さんもね、お母さんと一緒に、たくさん幸せな時間を過ごしていたのよ」

「うん、せやな」知恵子の顔に、あの無垢な笑顔が蘇ったように思う。「うち、今、幸せなんやろうな。幸せやから、幸せやった時のこと、思い出せんねん」

彼女は、歩きだしても、「幸せ」という言葉を繰り返し口にしていた。

「初めて仮釈放になるんやから、ほんま幸せや」「福祉の人が待ってくれるんやから、ほんま幸せや」「ええとこに住めるんやろうから、ほんま幸せや」

そんなふうに、歌を口ずさむように言っていた知恵子だが……。

結局、出所後の彼女に、幸せは訪れなかったのだろうか。

「ちょっとよろしいですか、宇佐見先輩」

気づくと、横に人が立っていた。

その人物を見て、宇佐見は、慌てて敬礼する。相手は、総務部長の木下妙子だった。総務部長といえば、所長に次ぐナンバー2のポジションだ。そんな彼女だが、かつて自分の部下だった時期がある。

「宇佐見先輩、二人きりなんですから、敬礼なんてよしてください」

「はあ」

「ちょっと話をさせていただいて、よろしいですか」

「ええ、まあ」

木下は、柔らかな笑顔を見せて言う。

「私、宇佐見先輩のあの言葉、今も忘れてないんですよ。『受刑者に対しては、注意するだけでなく、評価できる点は、きちんと評価してあげなさい』っていう、あの言葉です」

宇佐見は、思い出した。確かに、自分の言葉だと思う。あの頃は、イソップ童話の『北風と太陽』を例にして話すこともあった。もちろん、自分自身の経験をダイレクトに語ることもあった。ただしそれは、失敗談でもあるのだが……。厳しい処遇を徹底した結果、自分が担当する工場が、望みとは逆に、不正の温床《おんしょう》となってしまった、あの苦い経験——。自殺者まで出してしまった、あの心が痛む経験——。あれで自分は、自信をなくし、高等科に進むことも諦めたのだった。

「処遇統括の波多野も、その言葉をよく口にしてるんで、訊いてみたら、やっぱり宇佐見先輩から教わったっていうんです」

「彼女が、そんなことを……」

「そうですよ」

答えたあと、木下が思案顔《しあんがお》をつくる。

「でも……、でも私、失礼を承知で言わせてもらいますけど、最近の宇佐見先輩のやり方には、少しばかり疑問があるんです。たとえば、浅村知恵子という出所者についてです。服役中の話を、処遇のほうからいろいろ聞いてますが、やっぱり、ちょっとおかしいと思うんです」

「一体、どこが」

宇佐見は、そこで口を噤《つぐ》んだ。ここは黙って、木下の話を聞こうと思う。

「分類から、というよりも宇佐見先輩から、処遇のほうに問い合わせがあって、浅村知恵子の『生活態度』や『仕事ぶり』について教えてくれってことだったようですね」

「はぁ確かに。でも、それが何か」

少し棘《とげ》のある言い方だった。やはり、口を挟むのはよしておこう。

木下は、特に気にした様子もなく話を続ける。

「処遇からは、当然、浅村知恵子のプラスの面も報告したってことでした。具体的には、『同部屋の高齢者の面倒をよく見ている』とか、『配食の時は、一番よく働いている』とかですね。でも宇佐見先輩のほうは、それはどうでもいいから、人より劣っているところだけを報告してきてくれってことで」

「ちょっと待って。あれはね、障害者手帳を取得するための確認事項だったのよ。だから、当たり前じゃない。プラス面の報告なんていらないのよ。処遇でも分類でもない人が、よく分かりもせずに、余計な口出しをしないでほしいわ」

つい、上司の時のような物言いになっていた。

「まあ、分かりました。障害者手帳を取るためだったら、宇佐見先輩のおっしゃる通りかもしれません。でももうひとつ、浅村知恵子が、職業訓練の『ホームヘルパー科』を受講したいって願い出た時、真っ先に先輩が反対して、その願箋《がんせん》、取り下げさせたらしいじゃないですか」

「いや……、でも、浅村知恵子はね、あの人自身が障害のある受刑者なんだから」

「障害のある受刑者だから、なんだっていうんですか。昔、先輩は、こんなこともおっしゃってましたよね。『どんな受刑者であろうが、プライドは持っている』ってね。それに、『やる気をなくさせるような処遇は絶対にするな』とも言われてました」

宇佐見は、心の中で反発する。

木下は一体、何を言いたいのだろうか。知恵子への対応が間違っていたと、そう指摘されているようにも聞こえるが……。でも、こちらにも自負がある。知恵子について、自分は、誰よりも気を配ってきたつもりだ。つながりの薄い門外漢《もんがいかん》に、とやかく言われたくはない。

少し険《けわ》しい顔を見せていた木下だが、今は、また穏やかな表情に戻っている。

「なんだか先輩に対して、偉そうなこと言っちゃったみたいで、申し訳ありません」

「いや、別に……」

「でも、宇佐見先輩、やっぱり女子刑務所っていうのは、狭い世界ですよね。施設数が少ないですからね、こうして、かつての上司と部下が、同じ施設内で、立場を変えて働くことにもなります。それにですね、出たり入ったりの受刑者とは、何度も何度も、再会を繰り返すことになります。時には、母親と娘、その二代にわたって処遇に当たることもあります」

「あっ」

宇佐見は、突然、あることに思い当たった。

「総務部長、なるほど、そうだったんですね」

木下は、大きく頷いて答える。

「宇野花江は、ずっと娘のことを気に懸けてました。『知恵子は、賢い子』なんて、自慢げに話していましたよ」

相好を崩した木下だが、すぐに真顔に戻り、それから踵を返した。

背筋の伸びた美しい歩き方だった。その後ろ姿を見ながら、宇佐見は思う。

木下もまた、知恵子のことが気になって仕方なかったのだ。二十数年前、木下は、栃木刑務所、そして、八王子医療刑務所にも勤務していた。そのどちらかで、あるいは両方で、花江の処遇に当たっていたのではないだろうか。

花江のことだ。毎日のように愛娘《まなむすめ》の話をしていたに違いない。病気でこの世を去る、その今わの際にも、知恵子のことを口にしていただろう。

あの日を思い出した宇佐見の胸中に、無念さが込み上げてくる。最後に花江と会った、あの三五年前、もう少し言葉を交わしていれば良かったと思う。

宇佐見は、目の前の母子像を見上げた。

心の中で、花江に誓う。

娘さんのこと、絶対に見捨てたりしないから。

感謝

玉置寛太は、プリントした地図を片手に、ネオン煌《きら》めく通りを歩いていた。

午後八時過ぎの大阪梅田。言わずと知れた、日本有数の繁華街である。

曙の家の職員から、その連絡を受けた時は、本当に落胆した。だが、よくよく考えてみれば、居場所が分かっただけで充分なのである。まだまだ、やり直しは利く。

曙の家の若い女性職員は、こんなふうに知らせてきたのだ。梅田で浅村知恵子を見かけたので、あとをつけてみた。すると彼女は、兎我野町《とがのちよう》まで行き、ラブホテルの前で「立ちんぼ」をやっていた。勇気を出して声をかけてみる。知恵子は悪びれもせずに、「毎日、立っとんねん」と答えたという。やめるように説得したが、「うちの居場所は、ここだけや」

と、まったく聞く耳を持たなかったそうだ。

玉置はもちろん、「立ちんぼ」について知っていた。要するに、路上で客を誘う「売春婦」のことだ。

兎我野町は、ＪＲ大阪駅から五〇〇メートルほど離れた場所に位置する。ラブホテルや飲食店が密集するエリアだが、最近では、東の「新宿大久保公園前」と並び、立ちんぼの有名スポットになっていた。

玉置はきょう、竹本に、こう言って送り出された。

「あんた結構、度胸あるもんな。一人で行って、知恵子さんを連れ戻してきぃ。今やったら、それができる思うわ」

たぶん知恵子は、こちらからの提案を受け入れてくれるのではないか。玉置は、そう思っている。不安も残るが、ともあれ、それを信じて彼女と会うしかないのだ。

横断歩道を渡り、〈曽根崎東〉という表示のある交差点を過ぎる。いよいよ目的の場所が近づいてきた。

盛り場らしい騒音と、色とりどりの光が、夜の街に溢れている。

地図にしるしをつけた地点は、もう目の前だ。パチンコ店の角を左折し、左側に「知慕里」という日本料理店が見えてきた。あの手前の路地を左に曲がれば、そこが「アメリカン通り」だ。ホテルアメリカンのほか数件のホテルが立ち並び、そのホテルに面した四〇メートルほどの通りのことを、そう称するらしい。

通りに入ってみると、思ったより道は狭かった。四メートルほどの道幅だ。

早速、彼女らの姿が、玉置の目に留まる。道路の両側に、五メートル間隔くらいで女性が立っている。ところどころに、女性と向き合う男たちの姿があった。きっと、値段の交渉をしているのだろう。

玉置は、先のほうに目をやった。

あっさりとそれが目に入り、思わず「わっ」と声に出してしまう。

知恵子がいたのである。視界の中でそこだけにピントが合っているかのように、彼女の姿がくっきりと目に映る。黄色いブラウスにベージュのスカートという、意外とシンプルな服装だった。

よく見れば、三人の男が知恵子を取り囲んでいる。彼女に向かって、何か話をしているようだ。

胸が早鐘《はやがね》を打つなか、玉置は、ゆっくりと近づいていく。

あと五メートルほどのところで、一旦、足を止めた。看板の陰に隠れて、少し様子をうかがおうと思う。

玉置の耳に、男たちの声が聞こえてくる。

「なんやその厚化粧、あんた、ばばあやろ」

「これで客取ろうゆうんやから、厚かましいにもほどがあるで」

「せやせや、こんなおばちゃん、ただでも抱けんわ」

笑いを帯びたその声――。明らかに男たちは、知恵子のことを弄んでいる。すぐに、助けに行かなくてはならない。

知恵子が、腕まくりのような仕草をして、男たちに迫った。

「なんやこらっ、うちのこと舐めとったらあかんで。お前らやのうても、客はいっぱいおるわ」

　知恵子が声を張り上げた。だが、男たちは、その知恵子の言葉にも笑い声で応じる。

「客がいっぱいおる？　このおばちゃん、頭おかしいんちゃうか」

　知恵子が、一歩前に踏み出る。

「ああそうや、うち、頭おかしいんや。頭おかしいって、役所に認められとるんや」

　玉置は、急いでそこに駆け寄る。

　知恵子を背にして、男たちの前に立った。

「あんたら、男三人で女一人をからこうて、みっともない思わんのか」

「あっ、玉置さんや」

　知恵子が、玉置の腕をつかむ。

「なんや、こいつら知り合いか」

　言った男が、ほかの二人に目を向けた。そして、眉をひそめて話す。

「へんなやつが出てきよったしな、ややこしなんの嫌やから、もう帰ろうや」

「おう、せやな」

「帰ろ、帰ろ」

　男たちが、目の前から消えていく。

　玉置と知恵子の目が合った。

「なんで玉置さん、ここに来たん？　はは−ん、そうやな、曙の家のあの女職員から聞いたんやろ」

「そうです」

「で、うちのこと、また福祉に連れ戻すつもりなん？」

「そうです」

知恵子の表情が険しくなる。

「ほな帰って。うち、曙の家なんか、二度と戻らへんわ」

「いや、あそこやないんです」

「ほな、どこやゆうねん」

玉置は、カモンというように右手を動かし、それから歩きだした。知恵子が、後ろからついていく。

アメリカン通りを通り抜けた。

明るい照明の下で立ち止まる。

玉置は、鞄の中から、パンフレットを取り出した。表紙には、〈特別養護老人ホーム「活水園」〉という文字がある。

知恵子にそのパンフレットを渡した。

彼女は、手に取った途端、叫ぶように言った。

「なんや、こりゃー。ここに写っとんの、年寄りばっかりやない。こんなとこに、うちを入れるつもりなん」

「そうですよ」

知恵子が玉置を睨みつける。

「玉置さんも、さっきの男たちと同じじゃや。うちのこと、ばばあ思うとるんやろ。もー、馬鹿にせんといて」

「馬鹿にはしてへんですよ。このパンフレットのとこはですね、和歌山刑務所の市川さんが関わっとった施設なんですよ。場所は和歌山市内やけど、今ね、ここ、職員を募集しとんのです」

「それがどうしたん」

「知恵子さんに、職員になってもらうつもりです」

「えっ、うちが職員？」

知恵子は、目を丸くする。

「そうです。あっ、そやった。知恵子さん、職員ゆう言葉、嫌いやったんですよね」

「まあ、そんなことあらへんけどな。でも、うち、ちゃんとやれるんかな」

「大丈夫、ずっと和歌山定着がサポートさせてもらいますよって」

「なんで、うちのことそこまで……」

「みんな知恵子さんのこと、ほっとけんのですよ。それに私ら、知恵子さんのおかげで、いろいろと福祉について学ばせてもろうたように思うとんのです。感謝しとんのですよ」

「へぇー、そうなんや。よう分からんけど」

「そうやった、感謝といえば、知恵子さん、宇佐見さんには感謝してくださいよ。この活水園ゆうとことは、宇佐見さんがいろいろと話をしてくれはったみたいですからね」

「宇佐見せんせ……」

泣き顔になりかけていた。が、すぐに知恵子は、「よし、うち頑張るわ」と言い、顔いっぱいに笑みを浮かべた。

「そう、頑張りましょう」玉置の顔も綻ぶ。「それで、知恵子さん、活水園の人、こうゆうてはります。最初は雑用から入ってもろうて、そのうち、できればヘルパーさんの資格なんかも」

話の途中で、知恵子が玉置の腕を引っ張る。

「なあ玉置さん、こないなとこでぐずぐずしとる場合やないで。早よ電車乗って、和歌山に帰らな」

「そうですね。あっ、そうでした、活水園やけど、あそこからは、きれいに和歌山城が見えますよ」

「えっ、ほんま？」

「ほんまです。そうや、今度一緒に、和歌山城公園の動物園行きましょう」

子供のような笑顔になった知恵子が、「ありがとう」と言った。

彼女からその言葉を聞くのは、初めてだった。

「ほら玉置さん、急ぐで」

知恵子が駅のほうに向かって歩きだす。

あとに続く玉置の耳に、歌声が聴こえてきた。知恵子が口ずさむ『上を向いて歩こう』だった。

上空を見上げると、まん丸な月が、黄色い輝きを放っている。ネオンの灯りがかすむほどの鮮やかな光。それは、地上のすべてを分け隔てなく平等に照らす光だと、玉置は思った。

第四話　アフリカの海賊とヤギ

府中刑務所の外国人受刑者

あれは、腹に響く音だった。当時の府中刑務所で聞いたあの音は、今も、はっきりと耳に残っている。

府中刑務所というのは、私が、受刑生活のスタートを切った場所だ。考査期間を過ごしたのだが、日々、独房内で、屋外からの音に圧倒されていた。聞こえてくるのは、行進する受刑者たちのかけ声と、彼らの足音だった。朝夕の決まった時間に、それが、地鳴りのように響くのである。窓から覗いてみると、精悍《せいかん》な面構《つらがま》えの受刑者たちが、隊列を組んで移動している。一〇〇人以上が歩調を合わせての、「勇壮」ともいえる行進だった。入れ替わり立ち替わり現れる受刑者たちの隊列。その数は、優に二十を超えていた。

今となっては、もう目にすることができない光景だ。

我が国最大の刑務所である府中刑務所は、収容定員が二六六八人となっている。二〇〇六年のピーク時には、定員をはるかに上回る、三二〇〇人以上の受刑者が収容されていたのだった。だが現在は、その半数にも満たない。

昨今は、日本全国どこの刑務所も、収容者数が減少し続けている。黒羽刑務所に至っては、二〇二二年をもって閉庁される次第となった。一時は、二四〇〇人近くの受刑者がいたにもかかわらずだ。府中刑務所においても受刑者数は減り続け、二〇二四年一一月末時点での収容率は、約六四パーセントにとどまる。それでも、全矯正施設のなかでは、まだ収容率が高いほうだ。

二〇〇〇年代に入って以降、我が国では、犯罪や非行の数が大きく減少している。警察庁が毎年発表する「刑法犯の認知件数」によると、二〇〇二年には全国で年間約二八五万件の犯罪が確認されたが、二〇二一年には六〇万件を割り込む。およそ五分の一に減ったのだ。当然それは、刑務所内の受刑者数に反映される。全国に七万人以上いた受刑者も、今ではその五割以下である。

ある刑務官が、こんな思いを打ち明けてくれた。

「いくら仕事を受注しても、工場で働く受刑者がどんどん減ってきて、なかなか作業が回らないんです。しかも、今いる受刑者のなかには、病気とか障害があって、働くことができない者もたくさんいます。そんなふうですからね、労働によって罪を償わせる『懲役刑』っていうのは、もう続けるのが難しくなってるんですよ。まあでも、もうすぐ『拘禁《こうきん》刑』に移行しますけどね」

一九九〇年代の初めは、受刑者の総数が三万五〇〇〇人ほどだった。現在と同じくらいの人数だが、当時の刑務作業による年間収入は、総額一六〇億円を超えていた。しかし、あれから三〇年が経ち、収入総額は、その八分の一にまで落ち込んでいる。

特に、府中刑務所の下落幅は大きい。というのも、全受刑者のなかに占める処遇困難者の割合が、他施設の比にならないほど増えているからだ。府中刑務所は、全国に九カ所ある医療重点施設のひとつである。それは、所内に足を踏み入れれば、一目瞭然だ。獄舎では、オムツ姿の高齢者や、障害者の姿が目立つ。いくつかのエリアが、まるで、病院や福祉施設のごとき状況となっているのだ。

府中刑務所は、地理的にいえば、東京都のほぼ中央に位置する。高さ五・五メートル、総延長一・八キロの塀で囲まれた敷地内に、刑務作業を行なう三二の工場が立ち並ぶ。

私が訪れたその日も、工場では、片言の日本語が飛び交っていた。

工場担当が立つ担当台。その机の上に置いてあるのは、『日常英会話入門』という本だった。表紙が波打っており、かなり使い込まれていることが分かる。

「願イマース」

右手を頭上に突き上げた受刑者が、そう叫んだ。作業机に座る彼は、挙手したままの格好で、工場担当刑務官からの指名を待つ。

工場担当が、彼を指さした。

「はいっ、用件」

「スパナ、ペンチ、オ願イデス」

工具の貸与を申し出た彼は、コロンビア人受刑者だった。

そのあとに指名されたナイジェリア人受刑者は、「材料、モット欲シイネ」と、組み立て部品の追加を求める。さらに続いたのは、用便の許しを請うイギリス人受刑者だった。「小便出ルヨ、便所行クネ、オ願イ」と、手で股間《こかん》を押さえながら言った。

この十数年の間、府中刑務所を訪ねるたびに、工場の様子が変わっていくように思う。

「木工工場」や「金属工場」など、まともな刑務作業を行なっている工場では、日本人受刑者の姿をあまり見かけなくなった。いたとしても、簡易な作業をあてがわれているだけ。てきぱきと働いているのは、ほとんどが外国人受刑者である。

時代の流れか、刑務所の中にも、国際化の波が押し寄せていたのだった。我が国の刑事施設内には、foreigner の頭文字で示される「F指標」の収容者が大勢いる。ただしそれは、今に始まったことではない。私が服役していた当時の黒羽刑務所にも、F指標に分類される外国人受刑者が多数いた。

たとえば、秋の一大イベント、運動会でのこと。競技のフィナーレを飾るのは、工場対抗リレーである。それはまるで、国際陸上大会を彷彿とさせる光景だった。褐色の肌をした一群が、トラックを疾走する。青い目のランナーもいる。中国語で声をかけ合っているチームもあった。結局のところ、各工場のリレー選手は、ほぼすべてが外国人受刑者だったのだ。

だが、そうはいっても、当時の黒羽刑務所における外国人受刑者率は、せいぜい一割を少し超えたくらい。ところが、現在の府中刑務所での外国人比率は、その二倍以上だ。ただしそれは、外国人受刑者の数が大幅に増えたからではない。全国的に見れば、むしろ減少傾向にあるのだ。F指標に分類される受刑者は、すべての刑務所にいるわけではなかった。収容先は、十数カ所の刑務所に限定されており、そのなかで最も外国人受刑者の数が多いのが府中刑務所、ということである。

外国人受刑者と日本人受刑者を比べると、明確な相違点があった。府中刑務所の分類担当の職員は、こう説明する。

「F指標受刑者の平均年齢は、三九歳。日本人受刑者は、五三歳です。平均刑期は、F指標が一一年二カ月で、日本人が二年九カ月。そして平均入所回数は、F指標が一回ちょっとですが、日本人は約七回です。きょう現在、日本人受刑者の最高齢者は、九三歳となっています。その受刑者ですけど、今回が四一回目の服役でありまして、犯した罪は無銭飲食です」

外国人は、重罪を犯した若い受刑者が多く、かたや日本人は、軽微な罪で何度も入出所を繰り返す高齢者が多い、ということだ。

処遇部に所属する刑務官が、いかにも困ったというような表情をして嘆く。

「いやー、大変なんです。最近は受刑者とのコミュニケーションに、ほんと苦労します。日本人受刑者の三分の一以上が、精神や知的に障害のあるM指標ですからね。で、同じく三分の一以上が、難病があったり身体障害があったりするP指標です」Mは、mentalの頭文字だが、Pは、physicalの頭文字となる。「M指標やP指標の受刑者の多くは、所内に五つある養護工場、もしくは病舎での処遇です。あとは、昔から『モタ工』なんて言われている、袋貼りみたいな軽作業しかやらない工場にいさせてもらうか、ですね。ですから結果的にいって、ちゃんとした工場に出て、ちゃんと働ける受刑者っていうのは、外国人ばかりってことになってしまいます。でも、それで困るのはやっぱり、言葉がなかなか通じないってことなんです。なんせここには、六一カ国と二地域から来た外国人がいますから」

府中刑務所では、一九九五年に、外国語の通訳や翻訳を担当する「国際対策室」が設置された。現在そこは、民間人の協力もあり、約四〇の言語に対応しているという。しかし、まだまだだ。依然、言葉の通じない受刑者が何人もいた。府中刑務所では、日本語以外に、四八の言語が使われているのである。

各工場を回ると、身振り手振りで用件を伝えようとする刑務官の姿をよく目にした。なかには、動作が大袈裟過ぎて、まわりの受刑者に笑われている刑務官もいる。

「こらっ、笑うんじゃねぇ。ドント、ラフ。こっちは必死なんだ」

汗をかきつつ、なおもジェスチャーを続けるが、手話と手旗信号が一緒になったような、見るからに滑稽《こっけい》な動きだった。それを見た外国人受刑者が、さらに声を出して笑う。

Ｆ指標の受刑者への処遇は、本当に難しいと思う。だが、工場での作業に就ける者は、まだ救いがあった。外国人受刑者のなかには、工場に出役することなく、昼も夜もずっと、単独室での処遇が続く者もいるのだ。

危険区域「レッドゾーン」

三浦勝一は、府中刑務所の教育専門官である。

きょうも彼は、平然としていられなかった。この建物に入った途端、顔を大きく歪めてしまう。

東五舎の一階には、いつも強烈な臭いが充満していた。糞尿の臭いだったり、消毒液の臭いだったり、あるいはその両方が入り混ざった臭いだったりと、これまで感じたことのない刺激臭だ。

府中刑務所の中でもここは、幹部職員や一部の刑務官しか出入りしないエリア。通称「レッドゾーン」と呼ばれ、五〇室の単独室の中には、所内でも特に処遇が困難な受刑者が集められていた。彼らは皆、「昼夜間単独室処遇」といわれる状態にある。生産工場に出ることもなく、一日中、狭い部屋の中に身を置いているのだ。

内閣総理大臣として史上初めて刑務所を視察したのは小泉純一郎元首相だが、その時の出来事が、所内で語り草になっている。このレッドゾーンにいる受刑者が、視察中の小泉首相に、自分の排泄物を投げつけたのだった。所長や法務省幹部は大慌てだったらしい。だが、小泉首相は、素知らぬ顔で歩き続けたという。ちょっとした事件であるものの、それは、マスコミにも伝えられておらず、世に知られていない事実である。

現在もここは、変わらなかった。糞便《ふんべん》を撒き散らされることなど、日常茶飯事だ。

三浦は今、レッドゾーンの中を、目的の単独室を目指して歩いている。進行方向の右側に、鰻《うなぎ》の寝床のように間口の狭い、三畳ほどの部屋が並ぶ。通路に面して、視察窓や食器口があり、中の様子は、自然と目に入った。

何があっても、絶対に歩行を止めない。正面を向いたまま首を固定させた姿勢が、その強い意志を物語っていた。三浦は、できるだけ厳しい表情をつくり、胸を張って歩く。

教育専門官は、スーツを着ての勤務となる。その姿が、制服着用の刑務官と違い、どうしても軽く見られてしまうのではないか、との思いもあった。

「Fuck you! Fuck you! Fuck you!」

そう喚き続ける外国人の居室前を通り過ぎた。

三浦が、府中刑務所に転任してきたのは、三カ月前のことである。法務省職員を拝命して以来、この歳、四一になるまで、ずっと少年矯正の場で仕事をしてきた。法務教官という立場だ。間近では、茨城県内の少年院に勤務し、発達障害のある少年たちへの処遇プログラムづくりに取り組んだ。実際に現場にも立ち会い、プログラムに対する手応えを感じつつあった。その矢先の転勤辞令だった。

三浦は、仕方ないと思った。少年院や鑑別所といった少年施設に収容される者は、年々減り続けているのだ。刑務所や拘置所よりも減り幅が大きく、施設によっては、収容者よりも職員の数のほうが上回っているところもある。

三浦自身、ここへの赴任前から、少年矯正と成人矯正の違いは分かっているつもりだった。一方は教育の場であり、もう一方は刑罰を科す場。違って当たり前かもしれないが、その違いによって、両者の職員間に、感情的な対立が生まれることもある。法務教官側からしたら、「相変わらず前時代的な処罰にこだわる刑務官」となり、刑務官側からすれば、「どうせ子供しか相手にできない法務教官」となる。そうした意識が、互いのなかに、拭《ぬぐ》い難《がた》く染みついているのだ。

ただし三浦としては、ここで与えられた仕事の内容を知った時、刑務官全体に抱いていたイメージを改めさせられることになった。ひとえにそれは、この府中刑務所の所長、塚越弘文の存在があったからだ。

「三浦さん、一人で大丈夫ですか」

目的の部屋に着く前に、東五舎一階の居室担当刑務官から声をかけられた。三浦と同世代の彼は、名前を深瀬といった。

あまり相手にはしたくなかったが、三浦は、立ち止まり、彼に答えた。

「心配には及びません」

言いながら、思わず後ずさりしてしまう。

視界に入った居室の中に、素っ裸になって、三浦のほうを見ている受刑者がいたのである。その初老の日本人受刑者「斎藤」について、三浦は以前、深瀬から聞かされていた。重い統合失調症を患う斎藤であるが、いくら注意しても服を着ることがないので、裸のまま放置しているのだそうだ。

「オイ、オ前、家族イルカ？」

別の受刑者からの声が飛んできて、三浦は、さらに一歩、後ろに下がる。

薄笑いを浮かべた深瀬が、三浦の前に立った。彼は、両手を胸の前で交差させ、×印《バツ》をつくる。

「その言葉に乗っちゃあ、いけません。この外国人受刑者、暗にこう匂わせてるんですよ。俺を怒らせたら、出所後、お前の家族を痛い目に遭わせるぞってね」

三浦は、分かっています、というように頷いた。それからまた、歩を進める。

そこに着いた。ソマリア人受刑者の居室の前だ。

中にいる黒人男性の名前は、マッハムード。年齢は、推定で二七歳だという。こけた頬と、梟《ふくろう》のように大きく鋭い目が特徴的だった。六年八カ月前に、アフリカのジブチから連れてこられ、日本で裁判を受けた結果、彼は今、ここにいる。府中刑務所に収監されてからは、すでに三年半以上が経過していた。けれども彼は、一度も職員と口を利いたことがない。何を話しかけようが、表情を変えることすらしないのだ。当初は、一般工場に配役されたらしい。だが、作業机に着くこともなく、ただ佇立しているだけだった。当然、遵守事項違反の「作業拒否」ということで、懲罰房送りになる。その累計は、二〇回を超えていた。それでも彼には、まったく変化がなかった。とにかく、何事に対しても反応が見られないのである。

三浦は、経験上、理解していた。反抗的な者よりも、より扱いが難しいのは、無反応な者だと。マッハムードの場合は、そもそも、こちらが話している内容を理解しているのかどうかも分からない。

通路に面した視察窓から、居室内を覗く。部屋は三畳ほどの広さで、奥に、洋式トイレと洗面台が設置されており、マッハムードの横に、小さな座卓があった。彼は、畳の上に片膝を立てて座り、じっと壁を見つめていた。

三浦は、覚えてきた言葉を投げかけてみる。

「スバハ　ワナーグサン」

インターネットで調べた言葉で、〈おはようございます〉という意味のソマリ語だ。

マッハムードからの反応はない。

金属が軋《きし》むような音がする。鉄扉が開く音だ。この階の出入口の扉が開いたようだ。

姿を現したのは、処遇部長だった。処遇部門のトップによる巡回である。

深瀬が一目散に駆け寄り、直立不動の姿勢で、処遇部長と向き合う。

深瀬は、敬礼をしてから、声を発した。

「東五舎一階、総員五〇名、現在二名医務、一名取り調べ、残り四七名、異常なしっ」

まるで早口言葉のように、その台詞が、すらすらと口から出てきた。

これは、少年矯正の場ではお目にかかれない、刑務所特有の光景だ。幹部職員が巡回してくれば、その工場や居室棟の担当は、どんな仕事も一旦中断して、「異常なし」の報告をする。三浦が不思議に思うのは、どういう場面においても「異常なし」の言葉で締められることだった。実際、今ここでも、丸裸で居室内をうろつく者や、職員を脅《おど》す者がいるというのに、どういうわけだ。異常だらけではないか。上司に対しては、条件反射的に、「異常なし」と答える。それが、彼らの習性になっているのだろう。

深瀬からの報告を受け、処遇部長が鷹揚《おうよう》に敬礼を返す。それに対して深瀬が、再度敬礼をした。

三浦は、相変わらずの様子だと思った。深瀬の右手は、かなり力が入っている。手だけではなく、体全体が鯱《しやちほこ》張っているように見える。しかしそれは、彼に限ったことではない。ここの刑務官たちが処遇部長と向き合う時は、いつもその体から、異常なほどの緊張感が伝わってきた。

法務省設置法に基づく『刑務所組織規程』には、所長の代理は〈総務部長〉と明記されている。だが、現在の府中刑務所では、「所長に次ぐ実力者は処遇部長」と、そう捉える職員が多かった。

処遇部長は、名前を虎谷新司という。所内では、強面《こわもて》として通っており、受刑者に対してだけでなく、刑務官にも厳しかった。部下たちからは、陰で「タイガー・ジェット・シン」と、悪役レスラーの名前と重ね合わせて呼ばれていたのだった。

虎谷が三浦のほうに近づいてくる。いかめしい制服制帽姿が良く似合う人だ。

虎谷は、立ち止まると同時に、刺すような視線を三浦に向けた。

「三浦君といったな。お前さんもご苦労なこったね、ここにいる連中の教育を任されるなんて、大変だよな」

三浦は、つい頷いてしまいそうになる。が、すんでのところで気づき、「いいえ、全力で頑張ります」と答えた。

「二部の人間がどこまでやれることやら」

冷ややかな口調で言った虎谷が、くるりと体を反転させた。

二部というのは少年矯正のことだ。一部である成人矯正の職員がその言葉を使う時、人によっては、見下しているようなニュアンスが含まれる。

三浦は気づいていた。虎谷は、二部の職員である自分を疎ましく思っているようだ。それだけではない。成人矯正の代表的施設であるこの「府刑」に、二部の職員を呼び寄せた塚越所長に対しても、面白く思っていないようだ。聞くところによると、虎谷は以前、受刑者への不適切な言動について、所長からきつく咎められたことがあるらしい。それをいまだ根に持っているのではないか、という話もある。

処遇部長の後ろ姿に頭を下げたあと、三浦はまた、マッハムードの居室を覗く。

彼に向かって、「スバハ　ワナーグサン」と呼びかけたその時だ。深瀬の怒鳴り声が聞こえた。

「てめぇー、何すんだ、この野郎」

深瀬が、非常ベルのボタンを押している。

「こいつ、処遇部長に唾をひっかけやがった。覚悟しとけ、懲罰だ」

その深瀬の声にかぶさって、「Goddamn! Goddamn!」と、大声で喚く声がした。いつものことだ。マイケルという名の米国人受刑者が騒ぎを起こしているのだ。

非常ベルが押されてからいくらも経たずに、一〇人以上の刑務官が駆けつけてきた。警備隊の隊員たちだ。

彼らはいっせいに、その居室内になだれ込む。屈強な体格の彼らにかかっては、アングロサクソン系の巨体を有するマイケルであっても、抗《あらが》うことはできない。たちどころに、警備隊員たちに担ぎ出され、建物の外へと連れて行かれる。

虎谷は、引きつったような顔をして、出口のほうに向かった。

処遇部長の姿が見えなくなる。

深瀬が三浦を見て、悪戯っぽい笑顔で言う。

「タイガー、ちょっと、びびってましたね」

また一階出入口の鉄扉が開く音がした。その瞬間、深瀬の笑みが消える。

処遇部長と入れ替わりにやってきたのは、所長の塚越だった。察した途端、深瀬は、所長に向かって猛然と走りだす。

お決まりの報告を受けたあと、塚越は、速足で三浦のところに来た。いつものように、お洒落なスーツ姿だ。三浦が挨拶をする間もなく、塚越は、用件を話し始める。

「ヤギのほうも、ずいぶんここに慣れてきたようだね。でもまあ、ヤギと受刑者を会わせる前に、まずは、アニマルセラピーを教育プログラムとして活かせるよう、職員側のスキルを磨かなきゃならない。動物との触れ合いを通して、受刑者の気持ちや生活態度を改善させていく、そんな教育プログラムになればいいと思う。なあ、三浦君」

三浦には自信がなかった。

「はあ、果たしてどうなるのか心配です。ヤギと触れ合わせるってことで、ここにいる処遇困難者の気持ちを変えさせることができるもんなんでしょうか」

「うん、変えられるよ。きっとね」

自信に満ちた声だった。

塚越は、府中刑務所の所長に就く前、ＰＦＩ方式の刑務所である島根あさひ社会復帰促進センターのセンター長の職にあった。そこでの経験に裏打ちされた言葉なのだろう。

「まあ、立ち話もなんだからね、あとで所長室に来てくれないか」

人は変われるのか

庁舎棟三階にある所長室の前に着いた。三浦勝一は、背筋を伸ばし、それからドアをノックする。

「おお三浦君か。どうぞ入って」

部屋の中から、張りのある声が返ってきた。

「失礼します」

三浦は、重厚な扉を開け、室内に入った。

所長室は、日当たりの良い、広々とした部屋だった。

奥の机に座る塚越が、受話器を手に話をしていた。通話中らしい。

三浦は、一旦ドアの外に出ようと思う。

踵を返そうとした時、塚越と目が合った。

塚越が、応接セットのほうを指さす。ソファーに座るように、とのことだろう。

頷いた三浦は、忍び足で、応接セットへと向かう。

ソファーに腰かけたあと、目だけを動かし、部屋の中を見回す。

壁の上のほうに、歴代所長の顔写真が並べられていた。初代からしばらくは、白黒写真が続いており、この刑務所の歴史の長さを実感する。

「では先生、来週からアニマルセラピーのご指導、よろしくお願いします」

塚越の声がはっきりと聞こえた。三浦は、塚越のほうに目を移す。ちょうど受話器が置かれるところだった。

塚越が大股で、応接セットのところまで歩いてきた。「待たせたね」と言いながら、三浦の向かいのソファーに座る。

深く腰を沈めた塚越が、笑顔を三浦に向けた。

「今の電話の相手だけど、アニマルセラピーの専門家なんだ。その先生、ヤギの扱いも詳しくて、いろいろと教えてくれそうなんだ」

「はあ、そうですか」

気が抜けたような返事になったが、すぐさま三浦は、「大変ありがたいです」と、声を大きくして言い足した。

塚越が、三浦の目を見据えて話す。

「もちろん三浦君は、八街《やちまた》少年院で行なわれている保護犬訓練プログラムのこと、知ってるよね」

「はい、元同僚が今あそこで教官をやってますし、その彼から、保護犬のプログラムについては、ちょくちょく話を聞いてます」

千葉県にある八街少年院では、二〇一四年度より、保護犬訓練プログラムをスタートさせた。動物愛護センターから引き取った捨て犬など、殺処分を免《まぬが》れた犬たちに対し、ペットとして飼われるための訓練を施す——。それが少年たちに与えられた役割だ。トレーナーからの指導を受け、自ら犬をトレーニングするという、一回九〇分のプログラムを、週のうち四回こなす。そんな訓練プログラムが、三カ月間にわたって続くのだ。

「そうか三浦君、あそこの教官と連絡を取り合う仲なのか」右手で膝を打った塚越が、身を乗り出してくる。「じゃあ、話は早い。君も知っての通り、あのプログラムの成果は、きちんと数字として表れてるよね。全国の少年院を出た子たちの再犯率は平均で、だいたい三二パーセントくらいなんだけど、八街での保護犬プログラムに参加した子たちの再犯率は、一割にとどまってる。ついでに言うが、私がセンター長をやっていた島根あさひ社会復帰促進センターでも、同じような実績がある。あそこでは、二〇〇九年から、盲導犬パピー育成プログラムを開始したんだ。そのプログラムに参加した受刑者の再入所率は、やはり一割程度だよ。ちなみに、全国の刑務所から出たすべての出所者の中で、五年以内に再入所するのは、満期出所者が約五五パーセントで、仮釈放者が約三二パーセントだからね。再入率一割っていうと、かなり低い数字に抑えられてるってことになる。どうだい、動物が介在するプログラムには、かなり期待が持てると思わないか」

最後は、弾むような声になっていた。

三浦は、少し考え、それから言葉を押し出す。

「はい、所長がおっしゃられた両施設における成果は分かります。けどですね、対象となる相手が違います。可塑《かそ》性に富む少年、それに模範囚が多いともいわれるPFI刑務所の収容者と、ここの受刑者を対等に扱って比較するわけにはいかないんじゃないでしょうか」

「いいや、人間皆同じだと思うよ」

塚越が腰を前にずらし、三浦との距離を縮めた。

「いいか三浦君、どんな人だってな、何かのきっかけがあれば変われるもんなんだよ」

三浦は、視線をそらさないようにして質問する。

「では、お尋ねしますが、たとえば、ここのレッドゾーンにいるような処遇困難者たちもそうですか。懲罰の常習者になるような人間でも、何かのきっかけがあれば、生き方を変えることができるもんなんでしょうか。心を改めることができるんでしょうか」

塚越は、目を細めて、どこか遠くを見た。

「心を改めるか……」

三浦のほうに視線を戻した塚越が、今度は、その目を大きく見開いて言う。

「心を改めるといえば、必ず、あの東日本大震災の時を思い出すんだ。当時私は、ここの処遇部長の職にあったんだが、あの時は一体どうなるのかと思ったよ。特に、レッドゾーンの収容者たちが、大変なことになるんじゃないかって、気が気でなかった。のべつ非常ベルが鳴り続けるってことも、覚悟してたよ。普段でも、一日に最低三回は非常ベルが鳴るこの府中刑務所だ。一〇回以上の日も、ざらにあるし……。それでな、一番心配したのは、計画停電の時だった。真っ暗な居室内で、いつも以上に騒ぎだしたり、暴れだしたりするんじゃないかってね」

震災のあと、首都圏では、電力不足になることをおそれ、時間を決めて、地域ごとに電気を止める措置がとられたのだった。

三浦は当時、八王子市にある多摩少年院に勤務しており、計画停電の際、同じような心配をしたことを思い出す。

「そうですね。多摩少年院でも大変でした」

なぜか、塚越の表情が緩む。

「計画停電の時には、懐中電灯を照らしながら、レッドゾーンへの巡回を繰り返し行なったんだけど、意外なことに、みんな大人しくしていて、びっくりするほど静かだった。電気が通じる時は、ずっと震災の様子をテレビで見せていたんだが、それで心に変化が現れたんじゃないかな。大変なことが起きているのに、騒いだりしちゃいけない。みんな、そんな気持ちが芽生えてきたんだと思う。震災の日から一カ月ぐらい、レッドゾーンも含めて所内全体で、一度も非常ベルが鳴ることはなかったんだ」

「えっ、一度もですか」

三浦は、目をしばたたかせて訊いていた。

「ああ、そうだ、一度もない。それから、こんなこともあった。震災後しばらくは、底冷えするような日が続いたよな。そんななかだったよ、『工場のストーブつけなくても大丈夫です。できれば灯油は、東北に送ってもらいたいです』なんていう申し入れがあったりもしたんだ」

三浦は、何も言わず、頷くだけで応えた。

なるほど、感心させられる話ではある。だが思えば、それは、一部の受刑者に限られた話ではないだろうか。

顔を綻ばせている塚越に向かって、三浦は、意識的に、口元を引き締めて見せた。そして、単刀直入に尋ねる。

「では所長、震災後ですが、外国人受刑者も、同じように殊勝な態度でいたんでしょうか」

塚越の表情が曇っていく。

少し吐息《といき》を漏らしたあと、塚越は口を開いた。

「外国人受刑者か……、しばらくは彼らも大人しくしてくれたんだけどな。でも、ひと月もしないうちに、『放射能が怖いから国へ帰らせろ』なんて、そんな抗議を頻繁に寄こしてくるようになった。特に、言葉の通じない外国人が大変だったよ。壁を叩いたり、窓枠を揺すったり、乱暴なやり方での抗議がどんどんエスカレートしていったんだ」

「やっぱり外国人受刑者の処遇は難しいですね。彼らに対しては、何をやっても無駄なような気もしますが」

三浦は、つい悲観的な発言をしてしまった。

だが塚越は、そんな三浦の言葉を窘《たしな》めるでもなく、また笑顔に戻って話す。

「我々矯正職員は、諦めの悪さが肝心なんだ。どんな受刑者だって、我々と同じ人間。そんな視点で粘り強く接していけば、いつかは必ず変わってくれるよ」

言い終えた塚越が笑みを消し、今度は、恐ろしく真剣な顔つきになった。その面貌《めんぼう》に、受刑者処遇の困難さが表れているように思う。

三浦の脳裏に、マッハムードの姿が浮かび上がってくる。

タンカー襲撃事件

マッハムードが裁かれたのは、海賊対処法によってだ。それは、二〇〇九年に施行された法律で、彼が最初の適用者だった。

彼は、アラビア海において、海賊行為をはたらいたのだ。仲間とともに、日本の海運会社が所有するタンカーを襲い、乗組員を人質にとろうとしたのである。身代金目的の犯行だった。しかし、救助にきたアメリカ海軍によって、あっという間に取り押さえられる。

その後、法律にもとづいて海上保安庁が、マッハムードを含め、被疑者四名の身柄を引き取り、日本に連れてきた。だが、国内では、ソマリ語の通訳がなかなか見つからない。そのため、取り調べや公判前整理手続に時間がかかり、裁判が始まったのは、身柄拘束後、約二年が経過してからだった。

マッハムードともう一人は、自白していたこともあり、他の二人とは分離された裁判となる。裁判員裁判によって開かれた公判は、前例のないことばかりだった。なにせ、初めて適用される罪名だ。量刑については見当がつかない。

公判を進めるうえでの一番の難点、それはやはり、通訳の問題であった。ソマリ語を話せて、通訳を担える人は、日本国内に二人しかいないのである。日程の確保も容易でなかった。なんとか開かれた裁判だが、法廷に来ること自体が初めてという通訳者による、英語との二重通訳だ。被告人尋問では、質問と嚙み合わない答えが何度も返ってきた。

最初の人定質問からして、そうだった。二人の被告の正確な年齢すら分からないのである。

「二〇年くらい前の、雨の多い時期に生まれたそうです」

そんなふうに、漠然とした答えしか返ってこなかった。だが、ほかに生年月日を調べようにも、その方法がない。内戦が激化するソマリアは、無政府状態にあり、照会をかける行政機関が存在しないのである。

質問を重ねるうちに、もう一人の被告は、未成年者である疑いが濃くなってきた。結果的に裁判所がそれを認めることとなり、彼は、少年審判に回される。

マッハムードに下された判決は、懲役一〇年だった。

弁護側は、最終弁論でこう述べた。

「厳罰に処すべきは、彼らに海賊行為をさせた、今もソマリアにいる頭目《とうもく》です。犯行現場における被告人は、他の三人に脅され、見張り役をやったまでです。被告人の生い立ちについて申し上げますが、彼は、内戦のため、子供の頃に避難民となり、学校教育も受けておらず、字の読み書きもできません。彼が、海賊に参加したのは、極貧状態にある家族を救うためでした。それほど過酷な環境に置かれたのも、被告人自身では変えられない外的な要因によるところが大きかったと思います」

外的な要因は、内戦だけではなかった。ソマリアは、ほかにも危機的な問題に直面している。それは、気候変動だ。干ばつが続き、多くの人々が、これまでの生活様式を変えざるを得なくなっていたのだ。

かつて、ソマリアの主要産業は、ヤギや牛などを飼育する畜産業だった。全国民の三人に二人が、遊牧生活を送っていたという。

プログラム開始

府中刑務所の所長になって二年目の塚越弘文だが、彼には、法務省本省での勤務経験がある。一〇年以上にわたり、大臣官房会計課および矯正局において、予算担当の仕事に就いていた。その職務上、当然のことながら、矯正局全般の政策課題に目を向ける必要があった。

矯正局には、「国際受刑者移送」に携わる業務もある。国際受刑者移送とは、外国人受刑者を母国に送り帰して刑罰を受けさせる制度だ。我が国が、「刑を言い渡された者の移送に関する条約」という多国間条約に加入したのは二〇〇三年二月のこと。以後、その条約への未加入国であるタイやブラジル、それに、イラン、ベトナムなどと順次、二国間条約を締結していった。そして現在、およそ六十の国が、条約締結国として移送の対象となっている。

中国以外の主だった国は、ほとんどが対象国となったのだ。では、実際のところ、母国に移送される外国人受刑者の数は、どれくらいで推移しているのだろうか。その数は、案外少なく、年間一五人から三〇人の範囲にとどまっている。対象となる罪名は、「関税法違反」と「覚醒剤取締法違反」が九割以上だ。もちろん、その他の罪で実刑を受けた外国人も数多くいるが、それらの受刑者が、移送の対象となることは滅多にない。要するに、被害者が存在する犯罪の場合は、なかなか、母国での刑執行に委ねるという判断には至らないのである。

国際受刑者移送という制度があっても、結局、大部分の外国人受刑者は、日本国内で刑罰を受けさせている、というのが現実だ。

今後も増え続けるであろう在留外国人。そうした時代の流れのなか、外国人受刑者に対する処遇をもっと充実させていかなくてはならない。塚越は、常々そう考えていたのだった。

先ほどから塚越は、窓の外を眺めていた。

所長室のあるこの三階から、下のほうを見おろす。視線の先には、柔剣道場の建物「樹徳殿」と、その横に広がる草地があった。草むらの上では、刑務官たちが、二頭のヤギと戯れている。

「おい、こっちの草、うまそうだぞ。食べてみろ」

三階にまで、刑務官たちのその声が聞こえてくる。

皆、仕事帰りで、官舎に戻る途中のようだ。疲れているはずの彼らだが、その顔には、普段見せたことのない笑みが浮かぶ。

きっと少年時代のマッハムードも、あんなふうにヤギと遊んでいたのではないだろうか。

塚越が、ヤギを飼おうと思い立ったのは、半年ほど前だった。あるニュースを目にしたのである。近くの立川市で、多摩川の土手や、開発予定地となっている空き地の除草のため、ヤギが活用されているという。

ここ府中刑務所では、受刑者数の減少により、清掃作業などに就く内掃班が、従前通りには編成できなくなっていた。そうしたことから、今や所内のあちこちに、生い茂った雑草が見受けられる。その雑草の除去を、ヤギに担わせようと考えたのだ。けれども、除草のためだけにヤギを飼おうとしたわけではない。処遇困難者に対する、動物介在療法にならないかとの狙いがあった。

府中刑務所と道路を隔てた東側に位置する東京農工大学。そこには、播磨社会復帰促進センターでのアニマルセラピーに関わってもらった女性教授がいる。塚越が、彼女に相談を持ちかけたところ、農工大では今現在、ヤギを四〇頭ほど育てている、との言葉が返ってきた。以降、とんとん拍子に話が進む。そして、二頭のヤギを借り受けることになったのである。それだけではない。アニマルセラピーについてのアドバイスもしてくれることになった。

彼女からの指導を受けるなど、二週間ほどの準備期間を経て、先週からだった。アニマルセラピーがスタートする。教育専門官の三浦と、処遇部の刑務官である山崎がタッグを組んで、ことに当たっていた。処遇困難者のなかでも、比較的コミュニケーションがうまくいく受刑者を相手にして、それは始まったのである。

塚越は、先日、その現場を見せてもらった。二頭のヤギは、いずれも食欲旺盛で、所内の雑草を食べ続けていた。知的障害のある受刑者が横につき、一緒に歩いている。彼は、前に進みながら糞をするヤギの姿を見て、声を上げて笑った。それから、「このウンチ、コーヒー豆みたいだよ」と言い、糞をつまみ上げた。

セラピーになっているのかどうか、どうも判断がつきかねる。

塚越が山崎に状況を尋ねると、ただちに答えが返ってきた。

「はい、ヤギは、柔らかい草よりも、硬めの葉っぱが好物のようです。さらに分かったことですが、こちらのほうのヤギは、気に入らないことがあったりすると、前足で土をかくような仕草をします」

「おいおい、話を聞きたいのは、ヤギについてじゃないぞ。だいたい君は、この仕事の目的が分かっているのか。まず把握すべきは、受刑者がどう変わっていくかについてなんだ。今後は、レッドゾーンにいる受刑者を相手に……、特にマッハムードのことを念頭に置いているんだが……」

そこで、「あのー」と三浦が、二人の間に割り込んできた。

「所長、ちょっとよろしいですか」

あとに続いた話はこうだった。

数日前、すでにマッハムードを、ヤギに引き合わせたのだという。誰からの指示かは分からないが、深瀬が、無理やり、マッハムードをヤギのところまで連れてきたのだそうだ。マッハムードの体は、凍りついたように固まってしまい、とてもセラピーどころではなかったらしい。

ヤギはその時

三浦勝一は、溜め息をひとつ吐いたあと、目の前のヤギに話しかける。

「これから蹄《ひづめ》を切るんでな、その間は、大人しくしといてくれよ」

まさか、ヤギの削蹄《さくてい》までやらされるとは思っていなかった。

三浦は、右手に剪定《せんてい》バサミを持ち、左手で、ヤギの前足を持ち上げた。

確かあの時、この前足で土をかき、深瀬に向かって、攻撃的な態度をとっていたように見えた。

蹄にハサミを当てながら思う。たぶん、深瀬にマッハムードを連れ出すように命じたのは処遇部長なのだろう。一度マッハムードに嫌な思いをさせることによって、彼へのアニマルセラピー計画自体を潰してしまおう、と考えたのではないか。所長と処遇部長は、今後の刑務所のあり方についても、受刑者への処遇のあり方についても、考えが正反対だった。塚越は改革主義者で、虎谷は保守的だ。虎谷が、塚越の斬新な取り組みに対して苦々しく感じているのは、その表情を見れば分かる。

そう思いつつも三浦は、それを所長に話していない。マッハムードとヤギがすでに対面していたとの報告をした際、所長は、特段怒っているふうでもなかった。それどころか、あの時、笑顔を向けてきたのだった。

「まあ、いいさ。焦らず、じっくりと取り組んでいこう。でも、今の話を聞いて思ったのは、マッハムードを気持ちよくヤギのところまで連れて行く、それが大切だってことかな」

所長のあの言葉を思い出し、三浦は、独り頷いた。

剪定バサミを、道具箱の中にしまっている時だ。三浦の背後から、足音が聞こえてきた。

「三浦さん、どうも」

その声に振り返ると、山崎ともう一人の刑務官、それにマッハムードが立っていた。

三浦は、疑問をそのまま口にする。

「どうして今、マッハムードをここへ?」

山崎は、写真を手にしていた。

その写真を三浦のほうに見せ、にっこりと微笑んで言う。

「これ、アフリカの草原にいるヤギの写真です。部屋の中にいるマッハムードに、これを見せて、カモンって、そう誘ったんです。そしたら、案外すんなりと出てきてくれました」

写真を胸ポケットにしまった山崎が、ヤギのほうを見る。

「このヤギですけど、この前マッハムードに会った時、結構興味を示していたように思うんです。こいつ、すんごく感受性が豊かなヤギなんですよ」

「はあ、そうですかね」

三浦は、首を大きく傾《かし》げて見せた。

山崎が、杭につないであったヤギのリードを解く。そして、そのリードの持ち手部分を、マッハムードに握らせようとした。

「ちょっと待って、山崎さん。リードを持たせるのは、まだ早いですよ」

三浦は、声を張り上げ、山崎の行動を制した。

案のごとく、マッハムードは、手を後ろに引っ込める。

山崎がリードを持ったまま、もう一人の刑務官のほうを向き、肩をすくめた。

「どうしたんだ、お前たち。なんとかセラピーなんて、まだやってるのか」

聞き覚えのある声がする。

処遇部長の虎谷が、近くに立っていたのだった。

山崎は、手からリードを離し、急いで虎谷の前に立つ。

敬礼をした山崎が、声を発する。

「ヤギ総員二頭、うち一頭は小屋の中、現在ここにヤギ一頭、および受刑者一名、異常なしっ」

ヤギの様子が気になり、三浦の視線がそちらに向く。ヤギの前足が、土をかいていた。ヤギは一瞬、顔を上に向け、それから、全身をぶるっと震わせる。

またたく間の出来事だった。ヤギが処遇部長に突進し、頭突きをかましたのだ。

バランスを崩した処遇部長は、スローモーション映像を見るようにゆっくりと、そして、かなり不格好な姿勢のまま、地面に倒れ落ちた。いわゆる、お嬢様座り、といった姿でへたり込んでいる。

三浦は、我慢した。だが、堪えようとすればするほど、笑いが抑えられなくなる。

ついに吹き出してしまう。その瞬間、マッハムードと目が合った。彼も笑っていた。初めて見せる笑顔だ。虎谷の姿を見て笑ったのか。それとも、吹き出してしまった三浦の顔を見て笑ったのか。そこは定かでない。

駆けだしたヤギを横目に、山崎が、虎谷に言う。

「非常ベルを押しましょうか」

虎谷が立ち上がり、むくれた顔を山崎に向けた。

「馬鹿、ヤギを保護室にぶち込んで、懲罰にかけるわけにはいかんだろ」

ヤギは、二〇メートルほど先で、マッハムードが捕まえていた。いつの間に移動したのか、まったく気づかぬほどの早技だ。

マッハムードの手が伸びて、ヤギの体を撫でている。西日に照らされ、そのシルエットが、芝生の上で映える。

「これが、アフリカの草原だったらいいのにな」

山崎が、そうぽつりとつぶやいた。

会話

深瀬からの連絡を受け、三浦勝一は、取るものもとりあえず、レッドゾーンに駆けつけた。

二時間ほど前に、初めて笑顔を見せたマッハムードである。しかし、居室に戻って夕食を摂ったあと、急に様子がおかしくなったという。

東五舎の獄舎内、二人は、マッハムードの居室へと向かっていた。

深瀬が歩きながら、三浦に話す。

「なんだか、しくしく泣きだしちゃって。こんなことって、これまで一度もなかったんですけどね。還室の前に、なんかあったんですか」

三浦は、歩くスピードを落とすことなく、真っすぐ前を見て答える。

「ヤギと三〇分ぐらい一緒にいました。水をあげたりもしてたんですがね。たぶんですけど、そんなふうにヤギと触れ合ったことで、マッハムードは今、郷愁に駆られてるんじゃないでしょうか」

「きょうしゅう？　あっ、そうか、里心がついたってことですね」

返事はしなかったが、三浦は、そうに違いないと思っている。

マッハムードにとってここは、生まれ育ったところから遠く離れた異国の地だ。おそらく彼は、日本という国の存在すら知らなかったのではないか。そんな訳の分からぬ国に、成人したばかりの頃に連れてこられ、それから牢獄の中で、もう七年近く拘禁され続けているのだ。ただでさえ辛いのに、母国のことを思えば、もっと辛くなるだろう。だから彼はこれまで、自分の故郷については、極力、思い出さないようにしていたのではないか。ところが、きょうヤギと接したことによって、母国ソマリアの風景を思い浮かべてしまった……。そして、当然のごとく里心がつき、その寂しさから、涙することになった、と、そんな状況なのではないか……。

「ちょっと、ここで止まりましょう」

深瀬のその言葉に従い、三浦も足を止めた。

ここは、マッハムードの姿が、斜め後ろから見える位置だ。居室内の彼は、いつものように、片膝を立てて座っていた。

あちこちの部屋から、騒がしい声がする。だが、そんななかでも、はっきりと三浦の耳に聞こえてくる。口笛でもなく、鼻歌でもない。それは、ハミングというものだろう。マッハムードが、何かの曲をハミングしているようだ。三浦は、耳を澄まして聴いてみる。

オペラの「アイーダ」によく似た曲調だ。サッカー日本代表の応援チャントに使われているあの曲だが……、いや、もっと哀愁漂うメロディーであるようにも思う。

耳を傾けているうちに、いつの間にかそれは、ハミングではなく、歌声に変わっていた。

〽ソーマーリア、トォースォー、トォースォー、ソマーリーアー。ソーマーリア、トォースォー、トォースォー、ソマーリーアー。

彼の声を聞くのは、三浦にとって初めてのことだった。細くて高い、幼さを感じる声だ。それもそうだろう、彼の体は、見るからに華奢《きゃしゃ》で、まだ子供のようだった。初等少年院の子たちと大差ない。

マッハムードが突然、二人のほうを振り向いた。やはり、気づかれたようだ。

三浦は、咄嗟《とっさ》に言葉を口にする。

「ハベーン　ワナーグサン」

それは、ここに来るに当たって用意していた言葉で、〈こんばんは〉という意味のソマリ語だ。

「ハヴェーン　ウァナーグゥサン」

三浦は一瞬、耳を疑った。だが、間違いない。聞こえてきたのは、マッハムードの声である。言葉を返してくれたのだ。

体を五〇センチほどずらした三浦が、居室の正面に立つ。そして、視察窓から中を覗いた。マッハムードと視線が合い、すぐさま、「マハドサニド」と返す。〈ありがとう〉を意味するソマリ語である。

マッハムードのその大きな目が、さらに大きく見開かれ、何かを言いたげな顔になる。彼の口が動いた。

「アリガトウゴザイマス」

マッハムードが、そう言った。確かに、そう言った。

「日本語を話せるの？」

三浦の問いに、マッハムードは何も答えず、ただ、はにかむような笑みを浮かべた。

三浦は再度、「マハドサニド」と言う。今度は、頭も下げる。

マッハムードはまた、「アリガトウゴザイマス」と答えた。

「ちゃんと会話が成り立ってますね。いやー、びっくりです」

深瀬が感嘆の声を上げた。

三浦も内心、びっくりしていた。

深瀬が、三浦の顔を覗き込む。

「ねえ三浦さん、もう少し、いろいろとやり取りをしてみたいですね」

三浦は、ゆっくりと首を左右に振った。きょうの段階では、これ以上コミットすべきでないと思うのだ。あまりしつこいと、心を閉ざされかねない。それは、少年矯正の場で、たびたび経験したことだ。

深瀬も了解したようで、静かに頷く。

三浦は、マッハムードに対し、最後にまた、その言葉を投げかけた。

「マハドサニド」

深瀬も、「マハッドサニド」と口にする。なぜかそれは、初めて話したとは思えないほど、流暢《りゅうちょう》なソマリ語だった。

マッハムードの笑顔を見て、二人は、彼の居室の前から離れる。

歩きだしたところで、すぐに深瀬が、三浦に声をかけた。

「もう少しお時間よろしいですか。あちらの部屋のほうで」

深瀬は、一〇メートルくらい先を指さしている。

いくらも歩かずに、二人は、その場所に着いた。

そこは、扉のない小部屋の前。部屋は日中、衛生係の受刑者が、配食の準備をしたり、休憩をしたりするために使っていた。この時間、すでに衛生係は、自分の居室に戻っている。

薄暗い室内に、まず深瀬が入った。三浦もそれに続く。

「私、三浦さんにお詫びしなきゃならないことがあったんです」向き合うなり、深瀬が話し始めた。「先週の火曜日に私、マッハムードをヤギのところに連れて行きましたよね。あれってやっぱり、タイミングが良くなかったですか」

三浦は思い出した。あの件については、こちらからも質しておかなくてはならなかったのである。

三浦は、深瀬に向かって、半歩詰め寄る。

「タイミングというよりもですね、それよりも深瀬さん、あれは一体、誰の指示だったんですか。誰の命令で、マッハムードを連れてきたんでしょうか」

深瀬が、驚いた表情を見せた。

「指示したのは、三浦さんじゃないですか」

「私が？」

「そうですよ。三浦さん、こう言いましたよね。『もしマッハムードが、すごく調子がいい時があったら、ヤギのところまで連れてきてください』って」

三浦自身、確かに覚えていた。

「でも……、でもですね、なんであんなふうに、いきなりマッハムードを連れてきたんですか。なんの知らせもなく」

「えー、どういうことです？」深瀬の声は、怒気を含んでいる。「私ね、教育部に連絡を入れましたよ。そしたら、『三浦さんはヤギと一緒にいる』って教えてくれたんです。それで私、処遇部の許可を取ってですね、東五舎の交代要員が来たところで、三浦さんのところに、マッハムードを連れて行ったんです。で、そのことは、教育のほうから三浦さんには伝えておく、ってことだったんですが」

三浦は、教育部の誰からも、そんな話は聞いていなかった。だが、それはともかくとして、なぜマッハムードを連れ出したのか、その理由を訊かねばならない、と思った。

「けど、私はですね、『マッハムードが、すごく調子のいい時に連れてきてください』って、そう深瀬さんに言ったはずです。あの時のマッハムードの調子についてですが、一体、誰がどうやって、その良し悪しを判断したんでしょうか」

深瀬は、手を自分の顎《あご》に当てた。少し考えるような素振りをして、それから話し始める。

「実は私、ネット検索なんかして、自分なりに、いろいろとソマリ語を調べたんです。それで分かった『頑張りましょう』っていう意味のソマリ語を、まあ発音は適当だったかもしれませんが、そのソマリ語を使って、マッハムードに話しかけてみたんです。そしたらですよ、彼ね、すごくいい表情をして頷いてくれたんです。その途端、こっちのほうが嬉しくなっちゃって、ついあんなことを……」

「なるほど、そうだったんですね」

「まあ、早く三浦さんに見てもらいたいっていう、そんな思いもあって、それで、すぐに行動に移しちゃったってわけなんです。でも今は、浅はかな行動だったって、あの時のことを反省してるんですよ。いきなりヤギの前に連れてこられて、マッハムードの体、固まっちゃってましたもんね。本当に、すみませんでした」

話を聞き、三浦は、答えに困ってしまう。

反省すべきは、自分ではないか、と思う。考えてみれば、深瀬のほうが、マッハムードと接する時間が何十倍も長いのだ。深瀬は、自分以上にマッハムードを観察し、そして自分以上にマッハムードを心配しているはず。それなのに自分は、勝手な解釈をして、深瀬のことを批判的な目で見ていた。マッハムードの行状を改善させるのは、教育専門官である自分の仕事であり、深瀬のほうは、単に監視をするだけの人、というように。

「ほんと反省してます。すみませんでした」

深瀬が重ねてそう口にした。

三浦は、大きく首を横に振る。

「いや、反省なんて、とんでもないですよ。これまで深瀬さんがやってこられたことが、きっと、さっきの会話にもつながったんだと思います……。うん、絶対にそうです。深瀬さんのおかげです」

「いや、当たり前のことをやっただけです。それにしても……」

深瀬の言葉が止まった。

「それにしてもって、なんですか。深瀬さん」

深瀬が、三浦の目を直視して言う。

「率直にいって刑務所の現場って、風通しが良くないと思うんです。縦の関係だけじゃなくて、横の関係もですね。処遇部と教育部と総務部と分類審議室、それぞれがお手並み拝見みたいな感じで、なかなかチームとしての仕事ができてない。なんだか、もったいない気がするんです」

「同感です」

「やっぱり、そうなんですね」

「だから、それを変えなきゃならないと思っています」

「私も同感です」

三浦は、笑顔を向けている自分に気づく。深瀬に笑顔を見せるのは、たぶん初めてのことだ。

深瀬も笑顔で応えた。それから、右手をさっと翳し、敬礼をする。

「時間を取らせて申し訳ありませんでした。どうかこれからも、マッハムードのこと、よろしくお願いします」

三浦は、深瀬に対して丁寧に頭を下げ、「こちらこそ、よろしくお願いします」と返した。薄暗い中だが、しっかりと二人は目を合わせる。そして、互いに頷いたあと、二人揃って部屋を出る。

途端に、奇声や怒鳴り声が、三浦の耳に響いてきた。

「それでは三浦さん、失礼します」

深瀬が、獄舎の奥のほうに戻っていく。

出口へと向かう三浦の後ろから、受刑者と話す深瀬の声が聞こえる。

「待たせて悪かった。すぐに、替えのオムツを持ってくるんで」

そういえば、いつもなら閉口するこの糞尿の臭いも、今の三浦には、まったく気にならなくなっていた。

彼の出所後

マッハムードが母国ソマリアに帰ってから、すでに二年近くが経つ。ソマリアでは、二〇一二年に大統領選挙が実施され、二一年ぶりの統一政府が誕生していた。

三浦勝一は、ふとそこで立ち止まる。頭の中に、あのマッハムードの姿が蘇った。かつてヤギ小屋があったこの場所に来ると、当時のことを思い出し、懐かしさが込み上げてくる。

ヤギを活用したアニマルセラピーは、四年前まで行なわれていた。所長が交替するとともに、プログラムは終了したのである。一定の成果を上げていただけに、残念に思う。

アニマルセラピーは、多くの職員が関わる教育プログラムだった。ヤギ小屋をこしらえ、そのメンテナンスも担ってもらった用度課職員。対象受刑者の意欲を引き出すために、日頃の声かけをはじめ、きめ細かな対応をしてくれた処遇部職員。効果検証に加わってもらった分類審議室の専門官。外国人受刑者がプログラムに参加する際、通訳に入ってくれた国際対策室職員。それらすべての職員の顔が思い浮かぶ。もちろん、参加した受刑者は、誰一人として忘れられない。

三浦にとって、特に思い出されるのは、やはりマッハムードだった。

初めて笑みを見せたあの日以来、彼は、見違えるように変わっていった。免業日以外は、ほぼ毎日、ヤギを連れての除草作業に従事した。作業の前後には、ヤギたちの世話をする。削蹄やブラッシング、それに水やりなどだ。彼はよく、ヤギに向かって、あの曲を歌って聞かせていた。三浦と深瀬がレッドゾーンに駆けつけた時に聴いた、あの歌だ。あれは、『目覚めよ、ソマリア』という、一時は国歌に使われていたほどの、ポピュラーな曲であったらしい。内戦状態の頃には、反戦ソングとしても歌われていたそうだ。マッハムードがあの歌を口ずさむと、なぜか、ヤギもじっとそれに聴き入っているように見えた。

マッハムードは、はじめからヤギとのコミュニケーションはお手の物といった感じだった。それだけではなく、すぐに職員とも意思の疎通ができるようになる。ヤギの飼育を通して、責任感と協調性を養う――。マッハムードに対しては、三カ月くらいで、その目的を達成したと判断された。彼は結局、四カ月後に、一般工場へと戻ることになったのだった。

マッハムードが出所する前、三浦は何度か、彼の姿を見かけていた。木工工場の中でだ。彼は、〈班長〉の腕章をしていた。立ち役になっていたのである。刑務官を補佐して工場内の受刑者をまとめる、という役回りだ。工場内でのマッハムードは、たどたどしいながらも、一生懸命に日本語を話していたように思う。

かつてレッドゾーンを担当していた深瀬も、その姿を見て、頬を緩めた。

「最初の頃とはまったく別人みたいに、素直な人間になってますね。これからの人生、しっかりと頑張って、幸せをつかんでもらいたいですよ」

帰国したマッハムードは現在、家族とともに暮らしているらしい。国際NGOのスタッフになり、日本語を話す仕事もしているそうだ。

誰もがマッハムードのように、生き直しができる人間になってほしい。そう願うが……、現実は甘くない。

三浦は、また歩きだした。

向かう先は、東五舎である。レッドゾーンにいる受刑者との面接のためだ。これから初めて顔を合わせる「中根」というその人物だが、mentalに障害のあるM指標受刑者とされている。人格障害という診断も下されているようだ。話によれば、誰とも口を利かない状態が、長期間にわたって続いているらしい。非常に、気が重い話だ。

だが実のところ、厄介なのは受刑者だけではない。昨年から東五舎の居室担当になった大木戸という刑務官が、本当に融通《ゆうずう》が利かない人間で、困っている。彼は、教育よりも、保安面を優先させるタイプだった。その目には、受刑者のすべてが、危険人物と映るらしい。彼がいる時は、受刑者を部屋から連れ出すのも、ひと苦労する。

「おお、三浦君だな」

東五舎まであと五〇メートルほどのところで、誰かに呼び止められた。右側の通路から顔を見せたのは、虎谷新司だった。

三浦は足を止め、直立の姿勢をとった。そして、声を大きくして「はい」と答える。

三浦が虎谷と言葉を交わすのは、久方ぶりのことだ。

六年前に処遇部長だった虎谷は、一旦、他施設の所長として外に出ていた。ふたつの刑事施設で長を務めたあと、東京矯正管区の部長職を経て、この府中刑務所の所長として戻ってきたのである。それが、二週間前のことだ。

府中刑務所の所長に就任できたのは、塚越元所長の強い推しがあったから、というのが、もっぱらの噂だった。水と油の関係のように思えていた両者である。なのに、どういうわけだろう。

三浦は、こう考えている。おそらくは、虎谷のほうが変わったのだ。懲役刑から拘禁刑へと、刑罰のあり方が大きく変わることとなり、虎谷としても、自身の考え方を改めざるを得なくなったのだろう。

「あれ以来、君は、ずっとここで頑張ってくれてるようだね」

虎谷が、ネクタイの結び目に手を当てながら言った。

矯正施設の施設長は皆、スーツを着ての勤務となる。処遇部長時代の制服制帽姿の虎谷とは違い、その外見だけでも、柔和になったように思える。

虎谷は、何かメモのようなものを取り出した。それに目を落として話す。

「君が取り組んできたこと、えーと、知的障害のある受刑者へのグループワーク、昼夜間単独室処遇の者への日記指導、園芸を通じた絵日記指導、小鳥を活用した面接指導などなどだが……。本当に素晴らしいと思う」虎谷が顔を上げ、三浦に目を向けた。「なあ三浦君、処遇困難者への教育については、もう君の右に出る者はいないな」

三浦は、面映ゆさを覚える。

「いいえ、そんなことはありません」

「そう謙遜しなくてもいいよ」虎谷の顔が、三浦の目の前まで近づく。「これからも、しっかりと職務に当たってほしい。我々矯正職員は、諦めの悪さが肝心なんだ。どんな受刑者だって我々と同じ人間、いつかは必ず変わってくれる。まあ、それを信じて頑張ってくれ」

どこかで聞いたことがある言葉だった。

「はい、分かりました。諦めずに、職務に当たります」

その返事とともに、三浦は思い出す。虎谷が口にしたのは、かつて、塚越から聞かされた言葉であった。

虎谷が、身を翻《ひるがえ》した。

「やっぱりそうだよな」虎谷は、独りごとを口にしながら去っていく。「これからの時代の刑務所は、絶えず新しいものを取り入れていかなきゃならんよな」

虎谷の変化は、見かけだけではなかった。内面も変わったようだ。肩をいからせて闊歩していた、あの頃の「タイガー・ジェット・シン」とは大違いである。

それだけ、拘禁刑の導入というのは、刑務所の現場に与える影響が大きかったのだ。

東五舎へと向かう三浦の足取りが、先ほどまでと比べ、少し軽やかになった。

気持ちのほうは、いつになく、奮い立っている。

どんなに処遇が困難な受刑者であろうと、辛抱強く、しっかりと向き合っていこう。少しずつかもしれないが、必ず行状を改善させてみせる。絶対に諦めはしない。そう自身を鼓舞《こぶ》しつつ、歩みを進める。

レッドゾーンの扉の前に着いた。

三浦は、表情を引き締め、それから解錠する。

扉を開けた途端、東五舎の担当刑務官である大木戸が駆け寄ってきた。

彼は、警戒の目を後ろに向けたあと、声を潜めて話す。

「ここの収容者たちですが、さっきから、すごく荒れちゃってるんです。ですから、きょうのところは、ひとまずお引き取り願って、また明日以降に出直してこられたほうがいいかと思います」

三浦は、即答する。

「いいや、大丈夫です。私、中根さんっていう人の様子を、ちょっと見にきただけですから」

奥に向かって進みだした三浦を、大木戸が追ってくる。

「中根ですが、彼もきょうは、酷い状態です。呪文みたいな言葉を唱え続けてます。ねえ三浦さん、待ってくださいよ。私、責任持てませんからね」

「責任なんか持ってもらわなくて結構です」

速足で歩く三浦のあとに、大木戸が続く。

「あっ、危ない」

大木戸が叫んだ直後だった。生温かいものが、三浦の頰にかかってきた。どろりとしている。間違いない。排泄物だった。強烈な臭いだ。

三浦は、手を顔に当て、それを拭き取ろうとする。が、かえって塗り潰すようなことになってしまい、口のまわりにも汚物がこびりつく。

大木戸が慌てて、非常ベルのほうに向かった。

激臭が鼻をつき、吐き気を催す。三浦は、せり上がってくるものを飲み込み、なんとか嘔《お》吐《と》を堪えた。

戻ってきた大木戸が、顔をしかめて言う。

「やったのは、そこにいる外国人受刑者です。洗面器に溜めた排泄物をぶちまけたんです。大丈夫ですか、三浦さん」

このままでは、返事をすることができない。まともに息をすることもできない。三浦は、とにかく顔を洗おうと思った。

急いで、洗面所に向かう。

三浦が歩きだして、すぐだ。大声で笑う声がする。真横の居室から聞こえてきたのだった。指をさして笑う、その声の主と目が合う。

それは、中根であった。ここに来る前に、身分帳に貼ってある写真で確認した顔だ。

警備隊員たちが、靴音を響かせてやってくる。

「おりゃー、静かにしろー」

警備隊の一人が、そう一喝した。

だが、静かになるどころか、受刑者たちの声は、ますます音量を増す。

中根も、何かにとり憑かれたように騒ぎだした。両手で壁を叩き、意味不明の雄《お》叫《たけ》びを上げている。

三浦の体が、ぶるりと震えた。

洗面所へと向かいながら、三浦は思う。今の震えは、恐怖心からくる「戦慄」だったのか、それとも、気持ちが勇み立ったがゆえの「武者震い」だったのか。

どちらかは、よく分からない。しかし、いずれにせよ、ここにいる受刑者への改善指導が、ひと筋縄では行かないことだけは確かだ。

前を見る三浦の目に、汚物の一部が滲《し》みてくる。

国際標準

私も、刑務所内で、排泄物をかけられた経験がある。それは、二〇〇一年の一一月半ばのこと。黒羽刑務所に服役中の出来事だった。

生まれながらに右手が不自由で、簡易な刑務作業しかできない受刑者が、黒羽刑務所の第一寮内工場にいた。スモールPといわれるP指標受刑者だ。彼は、「作業拒否」や「抗弁」などの反則行為によって、懲罰を科せられることが何度もあった。

あれは、彼が、長期の閉居罰から戻ってきたあとだった。彼の居室が散らかり放題ということで、私は、工場担当刑務官から、掃除の手伝いを命じられる。彼の部屋に足を踏み入れた瞬間である。

「俺たち、サタンに殺されちゃうんだぞー。山本さん、これ、お祓《はら》いだからねー」

そんなふうに口走りながら、彼は、左手でコップを持った。そして、便器の中の排泄物をコップで掬い取り、それをこちらに浴びせてきたのだ。

幸い、身をかわすことができ、少量の液体がズボンについた程度で済んだ。彼のほうは、というと、コップを頭上に翳し、その中の汚物を自分の頭からかぶっている。

ぞっとする姿だった。何か妄想に駆られているようであり、明らかにそれは、「拘禁反応」によるものだと思った。普段の彼は、きちんと会話が成り立つし、精神的な疾患を感じることはなかった。ところがいつも、閉居罰のあとは、しばらくの間、その言動に変調をきたすのである。

彼だけではなかった。ほとんどの受刑者は、閉居罰が長期間にわたると、なんらかの拘禁反応が見られるようになる。妄想や幻覚とまではいかなくても、たとえば、急に奇声を上げるとか、まったく頓珍漢《とんちんかん》なことを話しだすとか、人によって症状は様々だ。

誰もが「二度と受けたくない」という閉居罰。私自身、経験したことはないが、一体それは、どんな懲罰なのか。ひと言でいうと、狭い独房内で、ひたすら座り続けるという罰だ。就寝や食事の時間以外は、両手を太股に当て、背筋を伸ばした状態で座っていなくてはならない。罰を受ける日数は、反則行為の内容によって決められる。六〇日以内と定められているが、五日間の場合もあれば、二カ月間という、長期におよぶ場合もある。閉居罰中は、面会や手紙の発受信はできない。読書や自習も禁止であるし、テレビやラジオの放送も流れない。そのうえ、食事の量も減らされるのだ。場合によっては、作業報奨金が削減されることもある。削減額は、累積で貯まった報奨金の三分の一までだ。

もちろん、懲罰を受ければ、仮釈放の可能性も低くなる。

法務省発表の『矯正統計年表』によると、二〇二三年の全出所者のうち、満期出所者の割合は、約三五パーセントだった。しかしそれが、F指標受刑者の場合、約四三パーセントと、八ポイントほど、満期率が高くなる。さらにいえば、P指標受刑者とM指標受刑者の満期出所者率は、前者が約八二パーセント、後者が約九三パーセントと、その数字が跳ね上がってしまうのだ。障害のある受刑者は、なかなか仮釈放に結びつかないという実態が、はっきりと数字に表れている。身元引受人の問題もあるだろうが、私の経験上、彼ら彼女らの場合は、懲罰によって仮釈放が取り消されるケースが実に多い。『矯正統計年表』のデータが、それを裏づけている。二〇二三年の全出所者のうち、服役中、一度も懲罰を受けたことがない者は、全体の約六〇パーセントだが、M指標受刑者におけるその割合は、約三〇パーセントでしかなくなる。七割以上のM指標受刑者が、出所までの間に、なんらかの懲罰を科せられているのだ。しかもそのうち、約二四パーセントが、五回以上の懲罰だ。

私が服役していた当時の黒羽刑務所にも、頻繁に懲罰を受けるm指標受刑者がいた。それとともに、懲罰房には、常時、何人ものF指標受刑者がいたようである。

「日本ノ刑務所ハ、クレイジー」

そう憤慨するのは、私が親しくしていた外国人受刑者だ。バングラデシュ人の「ロハン」である。

ロハンは、自分の名前を当て字で、きれいに「露伴」と書いてみせた。彼は、私の居室があった第一寮三階の、朝夕の配食係だった。技能実習生として来日した彼だが、実習先の工場で毎日、奴隷のような労働を強いられたそうだ。たまらず、工場の寮から逃走し、その後、窃盗事件を起こすに至ってしまった。彼も黒羽刑務所で、一度、懲罰を受けたことがあった。繰り返し刑務官に質問した行為が、反則と認定されたらしい。彼は、「ドウシテ懲罰ナノカ、ソノ理由、全然分カラナイ」と、不満そうな顔で話していたのだった。

懲罰の可否やその内容については、「懲罰審査会」というところで判断される。懲罰審査会は裁判のようなもので、「反則容疑者」側に、「補佐人」と呼ばれる職員が、弁護役としてつく。反則容疑者は、弁解書を提出することも可能だ。外国人受刑者の場合、「生まれ育った文化の違い」を訴える弁解書が多いという。しかし、それが聞き入れられたためしは、ほとんどない。「外国人といえども、ここでの決まりを守るのが当たり前」と、弁解内容を一蹴《いっしゅう》されてしまうのだそうだ。ロハンは、まったく納得できない、と話す。

彼の言う通りかもしれない。所内遵守事項は、五十項目ほどあり、〈(環境保全妨害)唾を吐いてはならない〉〈(静穏阻害)大声を発してはならない〉〈(作業安全衛生違反)脇見をしてはならない〉〈(反復要求)職員に要求を繰り返してはならない〉などの文言が並ぶ。生活習慣の違いもあり、どこまで外国人に理解できるのかは分からない。だが、理解しようがすまいが、遵守事項に違反すれば、懲罰にかけられる。それが日本の刑務所だ。

二〇二一年の七月、東京地裁において実刑判決を下された二人の外国人がいる。裁かれた罪は、「犯人隠避《いんぴ》」だ。日産自動車元会長のカルロス・ゴーン被告を音響機材の箱に隠れさせ、彼の国外逃亡を助けたのだった。二人の被告は、アメリカ国籍の親子で、米軍特殊部隊「グリーンベレー」元隊員の父親と、その息子である。父親のマイケル・テイラー被告が懲役二年、息子のピーター・テイラー被告が懲役一年八月の実刑だった。裁判長は、こう量刑理由を述べている。

「我が国の刑事司法への侵害の程度が極めて大きく、実刑は不可避であった」

判決を受け、六〇歳の父親は、府中刑務所に収監され、かたや二八歳の息子は、横浜刑務所に収監されることになる。二人は、それぞれの刑務所で約一年二カ月の間、服役生活を送った。そして、二〇二二年の一〇月末だ。日米両政府が、残刑期を母国で務めさせることに合意した結果、受刑者であるテイラー親子は、アメリカに移送されたのだった。珍しいケースだが、それは親子の弁護団が、アメリカ政府に対して、母国での服役を強く要請したからだという。「ニューヨーク・タイムズ」紙においても、彼らの受刑生活が取り上げられる。いかに日本の刑務所が非人道的か、という論調での記事だ。

〈マイケル・テイラーは、府中刑務所において、暖房のない独房に入れられ、冷たいコンクリートの床から来る寒さをほとんど防げない薄いマットの上に座っている、とアメリカ在住の弁護士ポール・ケリーは話す〉

〈マイケルは、工場での刑務作業中に凍傷を発症した。日本の刑務所では、受刑者の手袋着用が許可されておらず、衛生管理のため1日に何度も冷水での手洗いが義務付けられているという〉

そうした報道も影響し、日本政府は、移送を認めざるを得なくなったのだろう。

結局のところ、テイラー親子は、アメリカに帰国後、すぐに釈放されたようだ。そして、自由の身になったあとも、息子のピーター氏は、日本の刑務所に対する批判を繰り返している。「ウォール・ストリート・ジャーナル」や「ブルームバーグ」は、このように報じていた。

〈ピーター氏によると、服役中に屋外で過ごした時間が全部で15時間に満たなかったため、米国に戻り釈放されたあと、ビタミンD欠乏症に苦しんだそうだ。体重は約18キロ減ったという〉

〈横浜刑務所では、疑う余地なく拷問と同じ処遇を受けたと、ピーター氏が明らかにした〉

〈ピーター氏は、国外逃亡の手助けという、自分のやったことを後悔していない、と言う。こうした状況に置かれた者なら、誰でも逃亡するのは、まったくもって当然だ、とも話す〉

〈日本の独房での生活を乗り越えたなら、人生でそれ以上に苦になるような状況はほとんどないだろう、とピーター氏は話した〉

これらの記事を目にした私は、まず、あの黒羽刑務所での日常を思い起こす。そして、テイラー親子が受けた処遇と、自分自身の受刑生活とを重ね合わせていた。

振り返れば、私も一年二カ月間の服役中に、体重は一三キロちょっと減った。それに、黒羽刑務所のある栃木県北部は、冬の時期、気温が氷点下になる日が続く。そんななかで、昼食後は毎日、六〇人分ほどの食器を洗わなくてはならなかった。もちろん、暖房はなく、水道からお湯など出てこない。一二月から二月にかけての冬場、私の手は、皹《あかぎれ》と霜焼けだらけだったし、凍傷と診断される受刑者仲間もいた。さらには、病気の悪化により、命を落とした者すらいる。

受刑者が人権上の制限を受け、厳しい環境に置かれるのは当然のこと。すべては、自業自得である。服役中の私は、そんなふうに、己を納得させていた。ところが今は、あの考えが誤りであったと、つくづく思っている。

懲役刑というのは、「自由刑」のひとつだ。服役中に自由を奪われるのは仕方がない。しかしながら、受刑者といえども人間である。人間としての尊厳を踏みにじられるような扱いを受けた時は、「更生」とは逆のほうへと感情が向かっていく。人によっては、出所後もその気持ちを引きずり、結果的に、なかなか社会復帰ができなくなってしまう。

実のところそれは、自分自身が経験した出所後の現実でもある。

服役前の私は、どちらかというと自信家の部類に入るほうだった。だが、人間というのは、置かれた「立場」によって、その心持ちが、いかようにでも変わる。事細かな規則のもと、刑務官の号令に従うだけの日々。命令ひとつで、糞尿塗れの部屋にも、裸足で入っていかなくてはならない。逆らうことは許されないし、些細なミスを犯しただけでも、刑務官からの怒号が飛んでくる。そんな刑務所暮らしを経て、すっかり私は、卑屈な人間になってしまった。自分のことが、汚らわしい存在であるようにさえ思えていた。

暗澹《あんたん》たる気持ちが、心の中を覆ってくる。狂った歯車は、もう元に戻らないのではないか。あるいは、もう社会の中に自分の居場所はないだろう、などと、悪いほうへ悪いほうへと、思考が働く。憂《うれ》うべきは、心理的な面だけではなかった。服役中はずっと、行動の自由が奪われているのである。一挙手一投足を監視され、動作のすべてを刑務官からの指示に委ねる毎日のなか、日ごと、身体的機能が衰えていくように感じていた。

必然の成り行きとして、受刑生活が続くにつれ、社会で生きていく自信も失われていく。刑務所から出たあとの私は、人生の中で、最も精神的に不安定な時期を過ごしていた。いつまで経っても、自己へのネガティブな気持ちを拭い去ることができない。結果的に、まともな社会生活を送れるようになるまで、一年半以上の時間を要したのだった。

出所後の生活に影響をおよぼすような罰を受けたとしても、罪人であるのだから、やむを得ない。出所後の社会で、いかに苦境に立たされようと、それも、受け入れるべき罰のひとつ。刑罰というものに対して、そうした見方をする人もいるだろう。私自身が、そのうちの一人であったかもしれない。けれども、出所者の社会復帰支援に取り組むなかで、だんだんと考えが変わってきた。というのも、獄中で厳しい扱いを受けていた者ほど社会復帰が難しいという現実を、日々実感するようになったからである。懲罰を受け続けた者は、反省するどころか、人や社会に対する不信感や憎しみを膨らませて出所してくる。そうなるともちろん、再犯のリスクも高くなるのだ。

ルール違反をした者へのペナルティーは必要かもしれない。だが、行き過ぎた罰は良くない。ましてや、人権を蔑《ないがし》ろにするような処遇は、もってのほかである。

二〇二二年の八月のことだ。刑務官による、受刑者への暴行事件が発覚する。事件が起きたのは、またも名古屋刑務所だった。知的障害者を含む三名の受刑者に対して、計二二名の刑務官が、暴行を繰り返していたのだ。太股を蹴ったり、顔を叩いたり、アルコールスプレーを顔に噴霧《ふんむ》したりといった行為である。調査によれば、そうした暴行は、一〇七件におよんだという。暴行のみならず、「おい、馬鹿」などの暴言も、日常的に浴びせていたそうだ。加害者のほとんどが、採用三年未満の若い刑務官だったという。

この事件を受け、私は、本当にやり切れない気持ちになった。事件に関わったのは、全体からすれば、ごく一部の刑務官かもしれない。だが、やはりここは、単なる再発防止策でお茶を濁すのではなく、刑罰のあり方そのものを見直していく必要があると思った。

日本の刑事司法は、時あたかも、ターニングポイントを迎えていた。二〇二五年の六月から、すべての受刑者が、懲役刑ではなく、拘禁刑での服役となる。これにより、刑罰の理念にも、変化がもたらされるはずだ。応報的刑罰から教育的刑罰へと、その軸足が移っていくのではなかろうか。以前から拘禁刑が導入されている欧米各国のようにだ。

なかでも、ノルウェーの例は分かりやすい。

世界で一番人道的といわれるノルウェーの刑務所――。そこでは、受刑者一人ひとりに、広い個室が与えられ、冷蔵庫やＤＶＤプレーヤーも備えつけられている。共有のリビングルームには、自転車型のトレーニングマシーンなど、大掛かりな健康機器もある。さらに所内には、配偶者と面会するための個室や、子供と一緒に宿泊できる部屋まで用意されている。音楽スタジオを設置する刑務所もあった。

犯罪者に対して甘過ぎるとの声もあろうが、それらはすべて、受刑者の「更生」と「社会復帰」を促進するためのものなのだ。教育プログラムも充実しており、その効果を上げるうえでも、「普通の暮らし」をさせることが重要だという。

刑務所内処遇が、社会での生活に近ければ近いほど、スムーズな社会復帰ができる。そうなれば、再犯の可能性も低下する。ノルウェーでは、そんな考えが根づいているのだ。かつては我が国と同様、厳しい処遇を実施していた時期もある。しかし、その頃は、受刑者の脱走や、刑務官が殺傷されるなどの事件が相次いでいた。再犯率も非常に高く、六〇パーセントから七〇パーセントの間での高止まりだった。ところが、人道的な処遇に移行したのち、再犯率は大幅に下がっていく。現在の数値は、一〇パーセント台後半から二〇パーセント台前半であり、ヨーロッパ諸国のなかで最も低い水準となっている。

再犯率が減れば、社会に与えるリスクや、社会が負担するコストも減少する。そうした発想のもと、ノルウェー政府は毎年、刑務所運営費として、多額の予算を計上している。その結果、職員の数のほうが、受刑者の数を上回る施設もあった。たとえば、ノルウェー南部の「ハイデン刑務所」というところでは、約二五〇人の受刑者に対して、三〇〇人ほどのスタッフが配置されている。

我が国とは大違いだ。一人から三人の刑務官が担当や副担当となって、五〇人を超える受刑者の処遇に当たる。それが、我が国の刑務所における、通常の職員配置だった。

先進国のなかで、日本ほど、少ない人手や少ない予算で刑務所を運営している国はない。それは、なぜかというと、答えのひとつとして、立法機関の問題が挙げられる。服役前の私がそうであったように、国会議員の多くが、刑務所に関しては、「臭いものに蓋」といった態度なのである。法治国家にとっての重要なインフラであるにもかかわらずだ。

「刑務所のことを取り上げても、票にはならないからね。受刑者の待遇を改善したところで、誰も喜ばないよ」

はっきりとそう口にした大臣経験者もいるほどだ。ただし、その発言については、「民意の表れ」と理解することもでき、複雑な思いに捉われるが……。

受刑者に関してだけではなく、我が国の場合、犯罪被害者に対する支援も心許ない。犯罪で身内を亡くした遺族への給付金は、平均で七〇〇万円ほどといわれる。二〇二四年からは、一〇〇〇万円を超すように、「犯罪被害給付金制度」が見直されたが、それでも、自動車損害賠償責任保険の平均支払い額と比べ、その半分以下だ。

ノルウェーにおいては、被害者側への支援も手厚い。犯罪被害を管轄する省庁が、総務省、法務省、厚労省、警察庁、金融庁など、九つにまたがる我が国とは違い、ノルウェーには「暴力犯罪補償庁」という行政機関があり、そこが被害者支援を一括して担う。同庁によって、補償金の支払いも行なわれる。支払い額は、一人当たり、一億円近くになることもあるそうだ。

かくのごとくノルウェーの刑事司法は、加害者と被害者の双方に目を向けた、合理的かつ重厚な政策を展開しているように思う。「国が国民を守れなかった」という、為政者側の反省にもとづいた政策であるがゆえに、国民からの支持も得られているのであった。

ノルウェーばかりではない。ほかにも、受刑者の社会復帰と、犯罪被害者の救済に向けた施策を、積極的に推し進めている国がある。イギリスやフランス、ドイツなどの西欧諸国だ。いずれの国も、そうした取り組みの根底には、確固たる理念があった。すべての人を包み込み、誰一人として排除しない社会を目指す「ソーシャル・インクルージョン」という考えだ。最も排除されやすい人、すなわち罪を犯した者たちであっても、当たり前のように社会が受け入れる。とすれば、こういうことにもつながる。いかなる人であっても、絶対に社会から排除しないという、国としての強い姿勢を示すことになるのだ。

ソーシャル・インクルージョンは、我が国でも「社会的包摂」と訳され、近年、法務省関係者の間でも、しばしば使われる言葉となっている。

ともあれ現在は、刑事施設にとっての大きな転換期であることに違いない。拘禁刑への移行、および国際化の進展にともない、今後さらに、日本の刑務所も、グローバルスタンダードへと近づけていく必要があるだろう。

一方で、これから先、外国人受刑者が増えていくのかといえば、必ずしも、そうではない。

我が国では、二〇一九年に法改正があり、「特定技能」という、外国人に対する新たな在留資格が設けられた。人手不足の産業分野において、外国人の受け入れを拡大していこうとするもので、一部の人たちから「移民法」とも呼ばれていた。これにより、在留外国人の数が増え、結果的に、外国人による犯罪の数も増えるのではないかと、そのことを危ぶむ声もある。だが現状は、まったく違う。

確かに、在留外国人の数は、飛躍的に増えた。たとえば、二〇二三年末の時点だが、在留外国人は、日本全国に約一九二万人いた。それが、二〇二三年末の時点になると、約三四一万人に増加する。二〇年の間に、およそ一・八倍になったのだ。これと同じ時間軸で、受刑者数の推移を見てみる。まず、二〇〇三年末の外国人受刑者の数だが、二八五四人だった。そして、二〇二三年末の数字はどうかというと、一五九七人だ。二〇年間で、外国人受刑者の数は、四四パーセント以上の減である。外国人全体の数が倍近くになったにもかかわらず、外国人受刑者の数は、半数ほどに減少していた。この第四話のなかで先に触れた通り、外国人受刑者の母国への移送が、大幅に増えているわけでもない。

外国人による犯罪は、明らかに減り続けていたのだ。『令和5年版犯罪白書』(二〇二四年一月一九日公表)によると、実際の数字はこうなる。来日外国人が起こした刑法犯に対する検挙件数は、ピーク時の二〇〇五年が、年間三万三〇三七件だった。それと比較し、二〇二二年には、年間八五四八件と、ほぼ四分の一の数にまで減少していた。

ネットの世界では、「外国人は逮捕されたとしても、起訴されにくい」という言説が流布《るふ》している。だが、『犯罪白書』を見れば、それが出鱈目《でたらめ》な話であることが、すぐに分かる。最新の統計データでいうと、犯罪被疑者のなかで、検察に起訴された者の割合は、全体の三九・三パーセントだ。では、外国人被疑者に限ると、どうなるのか。その割合は、四二・五パーセントと上昇する。この数字が示すように、外国人被疑者のほうが、日本人被疑者よりも起訴率が高い、というのが、我が国の刑事司法における現実なのだ。

外国人が増えれば、そのぶん犯罪が増える。いまだ、そう考えている人も多い。だがこれは、実態をともなわない偏見であり、大いなる誤解だと付言しておきたい。

第五話　性犯罪者と向き合って

松山刑務所における受講体験

出所後の私は、気持ちが鬱屈《うっくつ》しており、なかなか前に進むことができなかった。帰住地は、長い間にわたって、自分のポスターを張り巡らせていた地域だ。面も割れている。住民のすべてから後ろ指をさされているように感じ、保護司との面談以外は、外出も控えていた。

刑期満了を目前にした時期である。いきなり、写真週刊誌の記者が訪ねてきた。玄関先で妻が応対したものの、私自身は取材を受けていない。それまでも、そうだった。当時は、辻元清美氏の件で、「秘書給与詐取問題」が再燃しており、彼女に関しての取材要請が、私のもとにも寄せられていた。大学のゼミの同期だった辻元氏である。マスコミは私に、彼女の人間性についても訊きたいようだ。話すことはいくらでもある。けれども私は、一切の取材を断っていた。「逮捕間近」といわれる、彼女の捜査に影響を与えるのも良くない。したがって、その日も、私が記者の前に顔を出すことはなかった。

妻の話によると、写真週刊誌の記者は、しつこい様子でもなかったらしい。私は、とりあえず安堵する。何も記事にはならないと思っていた。だが、考えが甘かった。

〈秘書給与ピンハネで服役の山本譲司元議員　出所後は雲隠れ〉

翌週の誌面には、そんなタイトルが打たれ、議員時代の私の写真が掲載されていた。

本当なら、そこで発奮すべきだった。だが逆に、いよいよ気分が滅入っていき、以後は、まさに「雲隠れ」のような生活が続いた。そうしたなかである。自己内省のために書き連ねた文章が、『獄窓記』として出版される。一歩前に踏み出せたのは、それからだった。

二〇〇四年の二月、私は、ようやく職に就いたのである。知的障害者の入所施設で、支援スタッフとして働き始めたのだ。

施設に通いながら、少しずつ活動の幅を広げていった。ウィークデーが休みの場合も多く、そんな日は、福祉団体や役所に足を運ぶ。障害者を取り巻く問題についての意見交換が目的だった。

服役経験のある障害者を探し出し、本人のもとを訪ねることもあった。北は北海道から南は沖縄県まで、障害のある出所者がいると知れば、どこへでも出掛けた。毎度、実感するのは、彼らと比べ、自分自身の出所後の環境が、いかに恵まれていたかである。彼らのなかには、自宅に戻ったはいいが、ずっと座敷牢《ざしきろう》のようなところに閉じ込められっ放しだった人もいる。

全国各地を回るなかで、法曹関係者との親交も深めていく。ほとんどが、『獄窓記』を読んで、連絡をくれた弁護士だった。「弁護した障害者が現在、刑務所に服役中」と話す人も多かった。

二〇〇五年の年が明けた頃だ。知り合いの弁護士から、ある依頼を受ける。その女性弁護士は、私が勤務する福祉施設のオンブズパーソンでもあった。電話越しに、彼女が話す。

「山本さんに会っていただきたい親子がいるんです。私が弁護をしている知的障害者の男性とその母親なんですけどね。まずは、裁判所に山本さんの意見書を提出していただければ、ありがたいんですけど……。それでも悪い結果が出て、実刑が確定した場合は、山本さんの経験をもとに、相談に乗ってやってもらいたいんです」

事情をつぶさに聞いたうえで、私は、その協力要請に応じることにする。

急を要するようで、即座に、高等裁判所に提出する文章の作成にかかった。

親子と顔を合わせたのは、意見書を出した翌週のことだ。待ち合わせのファミリーレストランに現れた親子だが、母親のほうは憔悴《しょうすい》し切っているように見える。かたや、息子のほうは、表情というものがない。どこか遠くの一点を見詰めたままで、私の視線など感知していないようだった。

息子は、高平雄一（仮名）という。年齢は、二九歳である。軽度の知的障害者で、小学校、中学校と、特別支援学級で過ごした。小学校一年生時に、両親が離婚し、以来、母親と二人で暮らしているそうだ。

雄一さんは、中学校卒業とともに、母親の勤める機械部品メーカーの下請け会社に雇用される。五年ほど籍を置いたが、たび重なるいじめに遭い退職。その後、食品加工や段ボール加工の仕事に就くものの、いずれも長続きしない。原因は、やはりいじめだった。一年前からは、民間の福祉作業所に通い、ボールペンや玩具の組み立てなどをして働いているという。性格は非常に大人しく、自ら進んで話をすることはないらしい。作業所が休みの日は、ほとんどの時間、自宅でテレビを見て過ごしているのだそうだ。

彼は、三年前の二月、他人の敷地内に入り女性の下着を盗んだとして、「住居侵入罪」および「窃盗罪」で現行犯逮捕された。裁判では、懲役一年の判決を受ける。ただし、執行猶予四年がついていた。

だが、半年前のことだ。彼は、自宅の近くで、また事件を起こしてしまう。女子高生の横を通り過ぎざまに、そのお尻をスカートの上から撫で上げたというものだ。いかんせん彼は、身長一八五センチほどの大男。それに、まったくの無表情。被害女性にとっては、得体の知れないモンスターのように映ったのではなかろうか。恐怖にかられた女子高生が、助けを求めて絶叫した。彼は、駆けつけてきた人たちに、すぐに取り押さえられる。そして、「東京都迷惑防止条例違反」によって、逮捕されたのだった。

この事件の結果、三カ月ほど前に、罰金四〇万円の略式命令が下される。同時に、東京地方検察庁は、東京地方裁判所に対し、雄一さんの「執行猶予取り消し」を請求した。

東京地裁が執行猶予の取り消しを決定したのは、二週間前だった。すぐさま弁護士は、即時抗告の申し立てを行なう。そこで、弁護士からの要請を受けた私が、東京高等裁判所に意見書を提出したのだった。意見書の内容を要約すると、次のようになる。

複数回の罪を犯した彼であるから、一定の制裁を受け、罪を償うことについては、私も否定しない。けれども、刑務所収容でいいのかというと、それが適切かつ有効な選択だとも思えない。彼の場合は、障害程度が軽度であり、ある程度の生産作業もこなせる。だとすれば、懲役工場は、私がいたような、障害者や高齢者を集めた特別な工場ではなく、一般工場に配属される可能性が高い。雑居房での生活を強いられることにもなるだろう。一般工場や雑居房では、彼のように言動が鈍《にぶ》く抵抗する力が弱い者は、確実にいじめの対象となる。受刑生活のなかで理不尽ないじめに遭えば、今後の行動判断を歪め、社会に復帰したあとも、まわりからのアドバイスに従うことを困難にする。このような理由から、彼については、社会内処遇が望ましいと思うのだが、社会にあって、これまでと変わらぬ対応を取るのみでは、再度同じ轍を踏まないとも限らない。そこで今後は、私も関わり、現在勤めている施設やそのマンパワーを活用しながら、心の歪みを正す「心理療法」などを取り入れ、彼の更生を、全力でサポートしていくつもりでいる。

そうした思いを綴った意見書だった。だが、その意見書提出からすぐ、予想通りの決定がなされる。審理において、私の意見書が採用されることはなく、即時抗告も、ただちに東京高等裁判所によって棄却されてしまったのだ。やはり、前科者の意見など、裁判の場では認められないのであろう。

ファミリーレストランの席で向き合う母親は、顔全体に憂いの色が漂っていた。

「山本さんには、意見書を書いていただいたりして、本当にお世話になりました。でも三日前になりますが、東京高等裁判所から特別送達が届きました。息子の執行猶予が取り消されたっていう通知です」

「そうですか……。もうすぐ息子さん、刑務所に服役しなきゃならないんですね」

「はい……。けどやっぱり、あそこでの生活って大変なんでしょうね。息子が耐えられるのかどうか心配です」

このやり取りのあと、私は、刑務所生活についての説明に入る。手紙の発受信方法や面会のルールなども含め、なるたけ丁寧に話した。その間、母親は、細大漏《さいだいも》らさずノートに書き取ろうと、必死にペンを走らせる。だが、息子のほうは、自分自身を巡る会話にも、まるで頓着《とんちゃく》していない様子だった。たまに言葉を向けても、すべて、「はい、そうです」のひと言で済まされてしまう。

刑務所に関する私の話は、二時間以上におよんだ。

「しかしまあ、一年くらいの懲役なんて、あっという間ですよ。それよりも、私の経験からすると、出所後のほうがよっぽど大変でしたね」

最後に私が言うと、母親は、息子に目を向けながら答える。

「そうでしょうね。雄一のことを思えば、刑務所の中での生活も心配ですが、出所後のほうがもっと心配です。警察から、ずっと監視され続けるんでしょうし……。そうなると、福祉のほうの受け入れも難しくなりますし」

私は、自分の連絡先を書いた紙を、母親に渡した。

「これ、私の携帯と自宅の電話番号です。今後、何か心配事があったら、刑務所の中のことでも、出所後のことでもなんでもいいですから、遠慮なく、私に言ってきてください」

親子と別れたあとに、こう思う。もっと早い段階で、彼に関わっていれば、違った結果になっていたかもしれない。たとえば、最初の事件を起こしたあとくらいだったら、どうだろうか。被告人である彼にアドバイスをしたり、裁判に出廷する情状証人を探したりと、いろいろな協力ができたのではないか。

そんなふうに思ったことが契機となり、以後私は、勾留中の被疑者や被告人との面会を繰り返すようになる。相手は皆、障害のある人たちだ。

放火罪で捕まった軽度の知的障害者。振り込め詐欺の出し子をした中度の知的障害者。痴漢と覗き行為によって裁判にかけられている重度の知的障害者。そうした人たちと話をするため、留置場や拘置所に何度も足を運んだ。引き受け人となる福祉関係者を見つけ出し、そのうえで、積極的に裁判支援をしたケースもあった。なかには、被告人に「訴訟能力なし」と判断され、公判停止になった例もある。あるいは、裁判の途中で、論告求刑後に、誤認逮捕だったことが判明した重度の知的障害者もいた。彼が自白したとされる供述調書は、捜査機関による完全な作り話だったのである。知的障害者の場合、誘導尋問に乗りやすい人が多い。その結果、現に、冤罪で刑務所に服役している人がいるのではないかと心配になってくる。そういえば、高平雄一さんも、何を訊こうが、「はい、そうです」の答えしか返ってこない人だった。彼の場合は、冤罪ということはないだろうが……。

雄一さんは、あれからどうなったのか。黒羽刑務所に服役したらしく、その報告を受けて以来、母親からの連絡は途絶えていた。しかし、ある日突然、雄一さん本人から電話がかかってくる。意外に早く仮釈放が許可されたようだ。

服役中の彼は、一般工場において、文房具の組み立て作業に従事したという。福祉作業所で同様の仕事をしていただけに、すぐに慣れたようだ。まわりには高齢受刑者が多く、幸運にも、いじめに遭うことはなかったらしい。

今後はまた、福祉作業所に通うのだそうだ。服役前と同じところだ。雄一さんは、「僕は刑務所から帰った人間だから、あそこで差別されるんじゃないか」と、そんな不安を口にした。

「これからは、私が雄一さんの相談に乗りますよ。何か不安になったり、嫌なことがあったりしたら、すぐに連絡してください。我慢したりしないで、必ず知らせてくださいね」

そう念を押して電話を切ったのだが、早速、翌週に電話がある。

「ねえ山本さん、聞いて。作業所でね、僕の悪口言う人がいっぱいいるんだ」

その後、彼は、頻繁に連絡を寄越してくるようになった。深夜に自宅に電話があり、妻が相手をすることもあった。

毎回、「もう仕事辞めたい」というところから話が始まる。そしていつも、こちらが黙って話を聞いているうちに、だんだんと落ち着いてきて、「あしたから、また頑張る」となる。だが、それも最初の頃だけだったかもしれない。出所後ふた月も経つと、こんな言葉を向けてくるようになった。

「あのね、山本さん。僕、イライラすると、どんどん、ムラムラしてくるんだ」

さらには、より具体的に、危うい話を口にしだす。

「僕、女の人に興味があるし、電車の中とか街の中で、男と女が仲良く手を握ってたり、男が女の体に触わったりしてるのを見てると、同じことをしたくなる」

それに対して私は、「知らない女の人にそんなことしちゃ、絶対だめですよ。雄一さんにも、そのうち彼女ができるかもしれませんから……」などと、気休め程度の言葉しか返せない。

彼が犯した罪は、下着泥棒と痴漢行為であり、れっきとした「性犯罪」であったのだ。やはり再犯防止のためには、専門的な治療やカウンセリングが必要だと思う。

ちょうど刑務所においても、性犯罪者への再犯防止教育を義務づけるための、本格的な取り組みが始まったところだった。

二〇〇四年の一一月に奈良市で起きた「女児誘拐殺人事件」。犯人が累犯者であったことから、性犯罪者の再犯問題に関心が集まるきっかけとなった事件である。これを受け、すぐさま法務省は動きだした。まずは、カナダ政府からプログラムの提供を受け、性犯罪受刑者向けの「性犯罪再犯防止指導」というものを策定した。認知行動療法をベースとした改善指導であるらしいが、それを二〇〇六年度より、いくつかの刑務所で実施する予定となっている。できれば、そうした指導内容を、雄一さんに対するアドバイスの参考にしたい。そう思うが、性犯罪再犯防止指導が開始されるのは、まだ数カ月先のこと。「監獄法」が「刑事収容施設法」へと移行したあとの話だ。

念のため、法務省矯正局に問い合わせてみた。すると、性犯罪者への教育に関しては、以前から実施されていたことが分かる。

林眞琴総務課長によれば、その時点で性犯罪防止教育を行なっている刑務所が、全国に一三カ所あるという。なかでも、愛媛県の松山刑務所は、教育内容が一番充実しているらしい。林課長の説明を受けながら、私はもう、そこへ行く気になっていた。

松山刑務所が再犯防止教育を始めたのは、一九八三年である。最初は、薬物事犯の受刑者を対象にした教育だった。その後、対象とする罪の種類を徐々に広げていき、一九九七年の一〇月から、性犯罪者への指導をスタートさせた。少年刑務所以外の一般刑務所としては、全国初の試みだったらしい。

松山刑務所において、八年以上続く性犯罪防止教育――。私は、その講義を、受刑者と一緒に聴くことになった。

松山刑務所を訪ねると、正面玄関で、制服姿の刑務官が出迎えてくれる。一瞬、このまま収監されてしまいそうな錯覚に陥り、足が止まった。出所後三年半が経つが、いまだ、刑務官を前にした時、そんな感覚に捉われることがある。

応接室に通され、まずは処遇部長から、性犯罪防止教育についての詳しい説明を受ける。

松山刑務所の全受刑者八九七人のうち、性犯罪の受刑者は九二人いるそうだ。全国平均だと、性犯罪の受刑者の割合は全体の四パーセントほどだが、ここでは一〇パーセントを超える。それは、再犯防止教育を受講させることを目的として、他の矯正管区からの受刑者も受け入れているからだという。

講義は、三カ月間で六回あり、一回四〇分から五〇分程度。主に、昼休みを利用して実施しているようだ。被害者の気持ちになって自分宛の手紙を書く「ロールレタリング」や、受刑者同士の集団討論もある。講師を務めるのは、教育担当の職員四人と、性被害者の保護などを担当していた元警察官だ。

その日の講義が行なわれたのは、処遇棟の中にある教室だった。窓に鉄格子があることを除けば、学校の教室とそう変わらない。正面に黒板があり、教壇に向かって、机と椅子が並べられている。

机には、白髪まじりの受刑者や、顔に幼さを残す受刑者など、計八人が座っていた。私も、一番端の席に着く。

教壇に立つのは、制服姿の刑務官だ。年齢は、三〇歳前後だと思われる。

「皆さんにとって大切なのは、被害者の心の痛みや、事件をどう思っているのかを考えることです。きょうは最初に、これを聞いてください」

刑務官は、そう前置きし、それから、カセットデッキのスイッチを入れた。

若い女性の声が流れてくる。

「平凡な結婚をして子供を産むのが、私の夢でした。そんな小さな夢さえ、性被害に遭って打ち砕かれました。もうほかの二六歳の女性のようには戻れない……」

約五分間のテープ再生が終わると、刑務官が、受講者たちに感想を尋ねた。

年配の受刑者がまず、「可哀想」と、ひと言で答える。続いて、若い受刑者が、「できれば、事件のことを忘れて、早く元の生活に戻ってほしいでーす」と言った。顔が笑っており、軽薄さを感じる話し方である。

二人の言葉は、いずれも、他人事《ひとごと》のように聞こえた。まったく気持ちがこもっていないのだ。

刑務官が、「被害者の人たちが立ち直るのは、そう簡単じゃありません。可哀想にした原因とか、元の生活に戻れなくした原因を、しっかりと考えてください。被害者の身になって、真面目に考えてください」と、二人を説諭する。

刑務官は、質問の内容を変えた。

「出所後は、どうやって信頼を取り戻しますか」

白髪まじりの受刑者が、「頑張って仕事をします」と答えた。別の受刑者は、「まわりの人間が道を踏み外そうとしたら、自分が止めます」と話す。それぞれ、本心からの言葉とは、なかなか思えない。単に模範解答を口にしただけのようでもあった。

「言うは易く、行なうは難しです」

刑務官のその言葉によって、やり取りが終わった。

講義の後半は、被害者への思いを文章にする時間に充てられる。見れば、ほとんどペンが進んでいない受刑者もいた。

講義が終了後、私は、受講した二人の受刑者に話を聞くことができた。刑務官の立ち会いはなく、遠くからの監視のみだった。

「受講の効果を、どう考えていますか」

その問いに対し、強姦致傷罪で服役する二十代後半の受刑者が、「ぶっちゃけ言いますけど」と、本音で語る。

「逮捕されたあと、被害者には怒りしかありませんでした。なんであいつ、告訴したんやってね。まあ、そんなふうやから、受講するまでは被害者の気持ちとか、よう分からんかったんです。ほんで、今でもすべて分かったわけやないけど、だいぶ理解はしたと思うてます。でも正直、この講義を受けたからゆうて、今後、性犯罪を起こさへんとは言い切れません」

もう一人の受刑者には、性犯罪についてどう思うかを訊いた。

強姦罪で四年以上服役しているその受刑者が、こう返答する。

「性犯罪っていうのは、恥ずかしくて恥ずかしくて、ほかの受刑者には知られたくない罪名です。だから本当は、こうして教育に呼び出されるのは、嫌なんですよ。けど、仮釈放の審査で有利になるって考えて、これを受けてるんです」

なんとも、明け透けな話だ。彼らからの話を聞けば聞くほど、今後の課題が浮き彫りになってくる。

確かに、受刑者を更生させようとする刑務官の意気込みは伝わってきた。だが残念ながら、性犯罪者固有の新しい取り組みを見た、という感じはしない。講義の内容は、「被害者の気持ちを考えなさい」の一点張り。当然、それは大切なことだが、それのみで更生や再犯防止につながるかどうかは、はなはだ疑問である。事実、受刑者の一人は、「責められているだけみたいで、反発も覚える」と話した。

講義の中身もさることながら、ほかにも気になる点があった。

ひとつは、受講に当たっての「動機づけ」についてだ。嫌々教育を受けさせても、効果はあがらないだろう。受刑者に対して、日常的に教育の必要性を説き、彼ら自身がそれを理解したうえで、講義に参加させるべきなのではないか。二〇〇六年度からは、性犯罪に限らず、薬物事犯、生命犯、交通事犯など、罪種別教育プログラムの受講が義務化される。動機づけの重要性は、さらに高まるに違いない。

ふたつ目は、「効果検証」に関してである。松山刑務所では、受講した者と受講していない者で、再犯率がどれほど違うのか、といった効果検証は、まったく行なわれていない。出所者のプライバシーの問題もあるというが、新しいプログラムが導入された場合、やはり、その教育効果を分析することが不可欠であろう。そして、結果の公表も必須だと思う。

もっとも、法務省は、それら懸案事項について、すべて分かっているはずである。松山刑務所のように、独自の教育を実施し続けてきたところがあるからこそ、様々な課題も見えてくるのではないか。まさに、温故知新。新たな性犯罪再犯防止指導が、これまでの取り組みを生かしつつ、より効果的な教育となるよう、切に願う。

しかし結局、松山刑務所での講義は、雄一さんを支援するうえでの参考には、あまりならなかった。だが幸いにして、ここのところ、彼の精神状態は、非常に安定している。理由は明白だ。これまでずっと、別の作業所に移ることを勧めてきたのだが、ようやくそれが叶ったのである。

「今度の作業所は、みんな、いい人だよ」

何日か前にも雄一さんは、穏やかな声でそう話していた。当面は、大丈夫そうだ。

講義も終わり、私は、松山刑務所の中を見て回ることになる。

処遇部長が案内役を務めてくれ、ほぼ全部の工場を回った。定番の木工工場や縫製工場に加えて、ここには、船舶用部品を加工する工場や、パチンコ台を解体する工場もあった。

刑務所に来るたびに感じるのだが、刑務所というのは、どこも似たような臭いが漂っている。松山刑務所は、黒羽刑務所と同じく、初犯者の施設である。それだけに、所内の雰囲気もそっくりだった。各工場にいる立ち役の受刑者と、かつての自分とが、どうしても重なって見えてしまう。

私は、彼ら一人ひとりに対して、心の中でエールを送っていた。出所後の人生も大変だろうが、卑屈にならずに生きていってほしい、と。

性犯罪再犯防止指導

性犯罪再犯防止指導は、予定通り、二〇〇六年度から始まった。まず導入されたのは、一九カ所の刑務所である。同時に、二〇〇六年の九月より、全国の保護観察所においても、「性犯罪者処遇プログラム」が実施されるようになった。

性犯罪再犯防止指導のことを、刑務所では、「更生指導」の英訳「Rehabilitation」の頭文字をとって「R3」と呼ぶ。ちなみに、「R1」は薬物依存離脱指導、「R2」は暴力団離脱指導、「R4」は被害者の視点を取り入れた教育、「R5」は交通安全指導、「R6」は就労支援指導だ。

二〇〇六年度以降、性犯罪の受刑者はすべて、刑確定後の調査段階でスクリーニングにかけられることになった。そのなかで、再犯リスクが高いと判断された者が、R3受講の対象者となるのだ。R3は、本プログラムに入る前に、必ずオリエンテーションがある。そこで、受講者の動機づけを図り、教育の目的について理解してもらう。そのうえでなお、準備プログラムも用意されており、さらに動機づけを高めさせるのである。

R3は、かつての再犯防止教育とは、考え方そのものが違う。被害者側の心情を知ることも大切だが、その前に、自分自身の問題性を認識することが重要だと説く。プログラムを受けるなかで、性犯罪を起こす原因となった「認知の歪み」に、気づいてもらうのだ。その問題点を改善し、再犯をしないための方法を習得させることが、最終的な目的である。

法務省矯正局は、二〇二〇年の二月に、「刑事施設における性犯罪者処遇プログラム受講者の再犯等に関する分析」という研究報告書をまとめた。研究の対象となったのは、二〇一二年から二〇一四年までの三年間に出所した一九八〇人の性犯罪者だ。内訳は、R3受講者が一四四四人、非受講者が三二四人。残りの二一二人は、いずれも非受講者だが、重い精神疾患を抱えた者や懲罰の常習者などであり、比較の対象から除外されている。

調査によると、出所後三年以内の再犯率は、R3受講者で一五パーセント、非受講者で二二・五パーセントとなっている。R3受講者のほうが、再犯率が七・五ポイント低いという結果だ。これにより法務省は、「性犯罪再犯防止指導による効果を確認できた」としている。

その性犯罪再犯防止指導だが、私も、オブザーバーとして参加した経験がある。

あれは、二〇一七年のこと。訪れたのは、累犯者を収容する大規模刑務所だった。

そこでのR3は、一回一〇〇分のセッションが、九カ月間にわたって、計七〇回行なわれる。グループワークの形式で実施され、グループを構成するのは、八人の受講者と二人のスタッフだ。受講者は、週に二回、工場での作業を中断して集まってくる。

その日のR3を担当するスタッフは、私が懇意にしている人物だった。坪木（仮名）という人で、彼には、公認心理師の資格がある。ここでの肩書は、「処遇カウンセラー」だ。もともと矯正職員だった坪木さんだが、現役時代は、刑務所での分類審議室長や少年矯正施設の施設長の職にあった。そして定年退職後、複数の刑務所において、処遇カウンセラーを務めている。

もう一人のスタッフは、この刑務所の教育部に籍を置く教育専門官だ。年齢は、三十代半ばくらい。ポロシャツにチノパンという普段着姿でいる。

R3が行なわれるのは、鉄格子のない明るい部屋だった。

部屋には、メモ台付きのミーティングチェアが一〇脚、等間隔で円形に置かれていた。そこに着座する参加者たちが、お互い同じ目線で向き合う。処遇カウンセラーも教育専門官も、それぞれが、受刑者に挟まれて座る。自由に語り合うためには、スタッフと受講者の間の壁を取り払わなければならず、そのための配置だという。

壁際には、移動式のホワイトボードが三台並ぶ。そのひとつに、箇条書きの文字が書かれている。

〈1　率直に話す〉
〈2　真剣に聞く〉
〈3　相手を敬う〉
〈4　秘密を守る〉

その四カ条は、この場に参加するうえでのルールだそうだ。

「じゃあ、みなさん、性的な欲求以外に、ほかに何か欲しいものはあったんでしょうか」

坪木さんの張りのある声がした。先ほど来、彼が、全体の流れを仕切っている。他の刑務所では、教育専門官が、セッションをリードすることが多いようだが、ここでは、処遇カウンセラーが話を進める。冊子状のテキストがあるものの、それを開くことは滅多にないらしい。時に、脱線気味の話をすることもあるそうだ。

受講者の一人が、挙手をして話し始める。三十代前半の彼は、強制わいせつ致傷罪で、二回目の服役中だった。

「ここに参加しだして気づいたことなんですが、自分が欲しかったのは、母親の愛だったんじゃないかと思います。これまでみんなに話してなかったんだけど、実は……」

彼は、一度大きく息を吐いてから、また話を続ける。

「実は自分、小学生の頃、目の前で、母親に自殺されちゃったんです。本当にショックでした。もちろん、悲しかった……。けど、時間が経つにつれて、だんだんと腹が立ってきました。自分は、最大の被害者で、逆にいえば母親は、自分に対して、最大の加害行為をした人だって思うようになったんです。女って怖いと思った……」

そこまでで、話が止まった。彼は、洟《はな》を啜《すす》っている。

頷いて話を聞いていた坪木さんが、彼に訊く。

「それで、どうして今は、母親の愛を欲《ほっ》してたって思うようになったんですか」

彼は、潤んだ目を、坪木さんのほうに向けた。

「そうですね……、今考えると、母親からの愛を、もう受けられなくなったって事実を、自分の意識の中から消し去ろうとして、それで、母親が加害者なんていう思考になったような気がします。だからですね、あれって、母親の愛を欲していた、その裏返しの気持ちだったんじゃないかと思うんです」

「なるほど。どうしても受け止められない事実があって、それを意識の外に追いやろうとして、その結果、思考が歪んでしまった。でも、そのことに今は気づいたってことですね」

坪木さんのその話のあと、受講者たちから、次々に声が上がった。

「彼の気持ち、よく分かります。僕も、母親から虐待を受けていましたけどね、それでも内心、母親からの愛を求め続けてましたから」

「さっきの彼の発言に感謝します。辛い経験だったと思うんですけど、それを隠さず話してくれたんですからね。私も、自分自身の過去を正直に話す、その勇気が湧いてきました」

「俺も家族との関係のなかで、結構強いトラウマが残ってるんすよ。それって、どうやって乗り越えたらいいのか、みんなに相談に乗ってほしいっす」

「僕も、みんなに聞いてほしいことがあります」

彼らの言葉を耳にして、私は、部屋全体に、共感の輪が広がっているように感じた。

坪木さんが、受講者たちを見回しながら言う。

「悩み事とか、ストレスを抱えていても、それを人に相談できなければ、その先、一体どうなるんでしょう。場合によっては、性的な行為で、そのむしゃくしゃ感を晴らすってことになりかねません」

坪木さんの発言を受け、セッションは、真剣な議論へと移っていった。

参加者全員が、基本的なところで、気持ちを共有している。だからこそ、他の受講者から「欠点」や「思考の誤り」を指摘されても、真面目に耳を傾けることができるのだろう。アドバイスに対しても、素直に応じることができるのだ。

人間というのは不思議だと思った。他人のことは客観的に見られるのに、自分のこととなると、なかなかそうはいかなくなる。

R3が終了後、私は、坪木さんに話を聞いた。

「このR3の講座を、どのように評価されてるんでしょうか」

普段は笑みを絶やさない坪木さんだが、こうしたやり取りの際には、真剣な面持ちになる。

「まず前提としてなんですが、性犯罪者は、自分がやったことの犯罪性を否定する人が多いんです。『相手が誘ってきたから』とか、『そんなつもりでやったわけじゃない』とか。でも、そんな人は、話しているうちに必ず矛盾もでてきます。R3のグループワークは、そうした自己矛盾をしっかりと認識する、いいきっかけになります。その延長線上で、自分の犯罪を認めることができるようになったら、そこで初めて、なぜ犯罪行為に至ったかという経緯や原因を、突き詰めて考えられるようになるわけです。で、その先ですが、どうやって再犯しない生活を送るのか、その具体策を、またR3によって見出していくんです」

「具体策を見出せれば、再犯の可能性も減っていきますよね。ほかの国でも、同じようなプログラムで再犯率が低くなったっていう、そんなデータがあるようですから……。まあ当然、坪木さんも、R3については、このまま続けていくべきだと考えてらっしゃいますよね」

坪木さんは、少し首を傾げる。

「いや、『このまま』ではないですね。たとえば、あのカナダのプログラムを参考にしたテキストについてですが、あれはちょっと、日本人には合わない気がします。赤ん坊の時から、親とは別の部屋で寝かされて、自立を促される人たちと、物心がついてからも、親子一緒に川の字で寝るような日本人とでは、育ってきた環境が違い過ぎます。日本人の場合、あちらの人たちと比べ、いろんな場面において、甘えが出やすいんじゃないでしょうか。やっぱり、そんな日本人向けに、テキストもアレンジしていくべきだと思います」

　私自身、R3の様子を見させてもらった結果、それを積極的に評価したい気持ちになっていた。そんな心境から、なお質問を重ねる。

「テキストをアレンジすれば、さらに再犯防止効果は高まるということですね」

「うーん、どうでしょうか。そもそもですね、彼らの再犯を防止するうえで一番重要なことは何かっていうと、それは、出所したあとの環境なんです。私も、五年以上、ここでのR3に携わってきましたが、計五〇人の受講者のうち、出所後、一割が再犯者になってしまってます。再犯者は、帰住地が設定できずに、満期で出所した者ばかりです。満期になると、保護観察所でのプログラムを受ける義務もなくなるんで、そのまま、糸の切れた凧《たこ》ですよ。本当は、社会に出てからの教育のほうが、ここで受ける教育より、よっぽど効果があるんですがね」

　坪木さんが吐息を漏らす。

　私は、R1講座のことを思い出した。それをそのまま口にする。

「薬物関係の教育もそうですよね。薬物が絶対に入手できない刑務所の中よりも、手に入るかもしれない環境で教育を受けたほうが、スリップしないための、より現実的な方法が身につくでしょうし、それがきっと自信にもつながります。たぶん、性犯罪の教育についても同じことがいえるんじゃないでしょうか」

「そうです。だから、なんとしても仮釈放で外に出して、社会の中でも引き続き、プログラムを受けさせたいんですけど……。でも実際は、満期になってしまう人が多いんです。性犯罪者は、更生保護施設でも、なかなか引き受けてくれませんしね。それで結局、出所後に劣悪な環境に置かれた彼らが、ストレスを溜めたり、捨て鉢になったりして、また性犯罪に手を染めてしまうんです」

私は、大きく首を縦に振り、同感であることを伝える。頭の中には、これまで出会った性犯罪の人たちの顔が思い浮かんでいた。

考えてみれば、高平雄一さんは、恵まれているほうなのかもしれない。貧しい生活とはいえ、母親と一緒に暮らすことができている。

いや、多くの人たちは、出所後の話どころではなかった。性犯罪を起こした直後から、爪弾き者になっていた。まともな弁護すら受けていない人もいる。

弁護側証人

二〇二四年の八月末のある日、私は、裁判所の法廷内にいた。

これまでも、障害者が被告人となった裁判を傍聴するために、全国各地の裁判所を訪ね歩いてきた。だが、地方裁判所の支部となると、ほとんど行ったことがない。

九州にある地裁支部を訪れたのは、これが初めてだった。

福岡県の飯塚市は、「筑豊」と呼ばれる地域のなかで、最も人口が多い自治体である。国や県の出先機関もたくさん置かれていた。

福岡地方裁判所飯塚支部の建物は、市役所本庁舎と県総合庁舎の間にあった。大きな建物を両隣にして、こぢんまりと建っている。法廷は、三階建て庁舎の三階部分にひとつ、二階部分にふたつと、合わせて三つしかなかった。刑事裁判は、もっぱら二階の二〇一号法廷で開かれるようだ。この日もそうだった。

時刻は、午前一一時二〇分。二〇一号法廷の中は、しばし、静かな時間が流れている。午前一一時に開廷した公判は、間もなく証人尋問が始まるところだった。傍聴席には、一五人ほどが着席しており、それで全座席の半分以上が埋まっているように見えた。傍聴人の大方が、マスコミおよび警察関係者だと思われる。

証言台を前にして座るのは、佐田敏明（仮名）さんだ。弁護側から被告人の受け入れを依頼されている「ウィサポート」という法人の代表者である。いつものように、黒のスーツ姿だ。年齢は五六歳だが、見た目は、それよりも若い。

佐田さんは、公認心理師であり、精神保健福祉士でもあった。

ウィサポートは、二〇一二年に彼によって設立され、主に、精神や知的に障害のある人たちを支援してきた。一般の障害者もいる。だが、今では利用者のほとんどが、過去に罪を犯した人となっている。もともと佐田さんは、東京育ちであり、一時は渋谷区内で会社も経営していた。母親がこちらのほうで障害者施設の運営に携わっており、一六年ほど前に、それを手伝いに来たのがきっかけとなって、ウィサポートの開設に至ったという。また彼は、『獄窓記』と『累犯障害者』を読んだことが、「ウィサポート設立の一番の動機」とも話してくれている。
私と佐田さんのつき合いは、もう一〇年半を超えた。一〇年以上にわたり、ちょくちょく連絡を取り合ってきた仲である。私が関わるＰＦＩ刑務所などで、どうしても帰住先が見つからない受刑者がいた場合、最後はウィサポートにお願いするという、そんな頼みの綱だった。

ウィサポートは、筑豊地域のふたつの自治体に、二棟のグループホームを所有している。二棟合わせて、三〇名の受け入れが可能だ。生活訓練や就労支援を事業の中心に据え、最終的には、利用者個々に、地域社会の中で自立してもらうことを目指している。地域移行後に備えて、マンションやアパートも用意していた。

佐田さんは、私からだけではなく、福岡県地域生活定着支援センターや福岡保護観察所、あるいは他の福祉事業者からの依頼も決して断らず、どんな困難な人でも、引き受けてきた。さらには、弁護士からの要請を受け、こうして弁護側の証人になることもある。

この日の裁判の被告人は、「性的姿態等撮影罪」に問われている四七歳の男だった。その罪を規定する「性的姿態撮影等処罰法」は、二〇二三年の七月一三日に施行された新しい法律である。それまでは、「盗撮」ということで、各都道府県の迷惑防止条例によって罰せられていた罪だ。だが新しい法律により、法定刑が、〈三年以下の拘禁刑又は三〇〇万円以下の罰金〉と、条例違反と比べて格段に厳しくなる。刑の長さも罰金額も、ちょうど三倍ずつとなったのだ。

被告人が事件を起こしたのは、二〇二四年六月一三日の午後七時過ぎ。スーパーマーケットで買い物中の女性のあとをつけ、そのスカートの中をスマートフォンで撮影したのだ。

男は、もともと土木作業員として生計を立てていた。だが、ギャンブルで多額の借金をつくり、愛想を尽かした妻から離縁される。さらには、たび重なる盗撮事件で、肉親である兄と弟からも見放されてしまう。

男が盗撮事件を起こしたのは、今回が初めてではなかったのだ。まずは、二〇〇四年と二〇〇六年だった。いずれも迷惑防止条例違反で捕まり、それぞれ罰金一〇万円と罰金二〇万円の略式命令を受ける。それから九年が経った二〇一五年。今度は、盗撮に加え、住居侵入罪にも問われ、とうとう懲役三年の実刑判決を下される。そして、二〇一九年、出所から一年も経たぬうちに、迷惑防止条例違反で逮捕された。結果、二度目の服役となるが、その出所後に、また、今回の事件を起こしてしまったのである。

誰もが、実刑を免れないだろうと思っていた。それでも佐田さんは、証人を引き受けた。たとえ被告人が実刑になっても、ウィサポートが出所後の受け入れ先となることを、本人に分かってもらえれば、それでいいと考えている。

八日前に佐田さんは、被告人と接見していた。この地裁支部に隣接する飯塚拘置支所においてだ。男は、面会室のアクリル板越しに、涙を流しながら、自分の家族関係について語ったという。ここから出たら一生懸命に仕事をする、とも述べた。けれども事件については、あまり反省が感じられなかったらしい。

こんな会話があったそうだ。

「ずっと犯罪を繰り返して常習化してるように思えるんですけど、今後、肉体に触れるような罪ですとか、さらに重大な性犯罪へとエスカレートしていく可能性はないですか」

「そげな悪いことはせん。相手に迷惑かけるき」

「迷惑って、今までも充分に迷惑をかけてきたんじゃないですか」

「写真撮るだけやけ、そげんでもないやろ」

盗撮という行為に対する罪の意識が、非常に希薄なのだ。そのことも、弁護側の尋問のなかで触れるらしい。

二〇一号法廷では、弁護士からの主尋問が始まっており、まさにその点に関しての質問中だった。

「佐田さんが接見された際に、内省が若干欠如しているような印象を受けられたそうですけど、再犯防止の観点から、どのような支援と指導が必要だと考えていらっしゃいますか」

着席したままの佐田さんが、背筋を伸ばして答える。

「はい、被告人に執行猶予がついた場合は、賃貸マンションの一室に暮らしてもらうつもりでおりまして、そこで生活環境を整えながら、日中は就労にも従事してもらいます。それと同時に、私ども独自の『性犯罪プログラム』や『当事者同士のグループワーク』がありますので、そこへの参加と、さらには通院治療なども考えています」

佐田さんの話は、よどみなく続く。

その後の一問一答のやり取りも、双方、言葉に詰まることもなく、淡々と進んでいった。すべては、打ち合わせの通りなのだろう。

その間、被告人席に座る男は、終始、落ち着かない様子だった。半袖シャツに短パンという薄着でいるのに、大量の汗で、額が光っている。

次に、検察官の反対尋問が始まった。

「証人が先ほど、縷々《るる》おっしゃったように、支援や指導の仕方については分かりました。しかしですね、本人がそれに従わなかったらどうするんですか」

検察官は、鋭い視線を証言台のほうに固定させたまま、着席する。

佐田さんが答えを返す。

「できるだけ従っていただけるように、カウンセリングなども受けてもらいます」

検察官がさっと立ち上がった。

「そのカウンセリングも拒否したらどうします？」

「心理学的な見地から、粘り強く働きかけていきます」

中腰状態で待っていた検察官が、すぐに立ち上がる。

「粘り強くってことですが、結局、強制力はないんですよね。たとえば被告人が、そのウィサポートが嫌になって抜け出したとしても、強制的には連れ戻せないというわけですね。言い方は悪いかもしれませんが、それだと、野放し状態じゃないですか。そこはやっぱり、しっかりと確認しておきたいんです。勝手にいなくなっても、連れ戻したりはできない。それで間違いありませんね」

責め立てるような調子だったが、佐田さんは、動じることなく答える。

「もちろん、連れ戻せません。私たちは、司法の肩代わりをしているわけではありません。あくまでも、福祉制度の枠内で支援を続けていくということです」

「そうですか。逃げ出しても、そのままってことですね。はい、分かりました」

そこで、ひと呼吸入れた検察官が、裁判官のほうを見る。

「反対尋問は、以上で終わります」

勢いよく腰かけた検察官は、今にも笑いだしそうな顔で、満足そうに頷いている。勝負あったと思っているのだろう。

「じゃあ、佐田さん、こっちからも質問いいかな？」

裁判官は、フランクな口ぶりで、そう言った。ここだけではなく、福岡県内のすべての裁判所で、あるいは山口地裁や大分地裁あたりまで、佐田さんの名は知れ渡っているらしい。多くの裁判官が、顔馴染みとなっている。それだけ、頻繁に証人になっているということだろう。

佐田さんが、裁判官に向かって頷いた。

裁判官も頷き返して、質問に入る。

「佐田さんのところは、これまで、性犯罪者の人たちを、たくさん受け入れてきたみたいだけど、再犯率はどれぐらいでしたっけ」

裁判官のほうを見上げた佐田さんが、おもむろに口を開く。

「そうですね、一〇〇人以上受け入れてきましたけど、再犯率は、ほぼゼロと言わせてもらっていいと思います」

はっきりと大きな声でそう答えた。

これまで私も、その話を何度か聞いていた。再犯率の低さに、本当に驚かされたし、さらに、どんな人たちを受け入れてきたのかを知った時、なおさら驚かされた。ネット検索をすれば、すぐにヒットするような凶悪事件を起こした人もいる。

傍聴席に座る私は、手にしていたペンを胸ポケットにしまった。そして、ノートの間から、A４の紙を抜き出す。ふたつ折りのそれは、ネット記事を印字したコピー用紙だ。ここに来るに当たって、資料として持参していたのだ。

紙を広げて目に入ったのは、二〇〇四年の記事である。

〈福岡地裁小倉支部は、強盗、婦女暴行など8件の罪に問われた住所不定無職の43歳、久方国雄（仮名）被告に懲役18年を言い渡した。野島秀夫裁判長は「うち6件は、短期間に行なわれ、被害者を人間扱いしない卑劣な犯行を繰り返した」と述べた。また、久方被告が刑務所を出所後、1カ月経たないうちに今回の事件に及んだことから「常習性が顕著で再犯の恐れが相当大きい」とも指摘した。判決によると、03年7月、小倉北区の女性宅に侵入し、現金2万5000円などを奪ったうえ、暴行し5日間の怪我を負わせた。そのほか窃盗3件、強盗傷害2件、住居侵入・強姦1件、住居侵入・窃盗1件の罪を犯している〉

このように久方という人物は、出所後いくらもせずに、重大な事件を起こしていたのである。ちなみに、出所前の服役期間は、五年だったらしい。

あれから一八年後の二〇二二年。合わせて二三年の刑期を終えた久方氏だが、それを迎え入れたのがウィサポートだった。

まわりの心配をよそに、久方氏は、穏やかな状態で日々を送っていた。そして、一年が過ぎた頃、彼のほうから、生まれ育ったところに帰りたい、との申し出があった。まずは、利用者の意思を尊重する――。それが、福祉活動を続けていくうえでの、佐田さんの一貫した姿勢だ。

ほどなく、久方氏は、北九州市の福祉事業者が運営する住居へと移り住む。ところが、ひと月も経たずに事件は起きた。

二〇二三年一〇月一三日の記事で、事件は、こう報じられた。

〈女性にわいせつな行為をしたとして、北九州市の62歳の無職の男が13日、緊急逮捕された。不同意性交致傷の疑いで逮捕されたのは、北九州市小倉南区の無職、久方国雄容疑者だ。警察によると、久方容疑者は8日午前3時頃、北九州市小倉北区のビル1階入り口で、帰宅中の30代の女性に背後から抱きつき、ハサミを突きつけ「声を出したら殺すぞ」などと脅し、押し倒して顔を複数回殴り、打撲などの怪我をさせたうえ、わいせつな行為をした疑いがある。久方容疑者と女性に面識はなかった。警察は、防犯カメラなどの捜査から、服装など特徴の似た久方容疑者を13日未明に現場近くで発見し、朝になって緊急逮捕した〉

極めて乱暴な犯行だ。被害に遭った女性も、さぞ恐ろしかっただろう。強い処罰感情があるに違いない。

久方被告は、裁判員裁判で裁かれることになる。

罪名となる「不同意性交等致傷罪」とは、一体どういう罪なのか。

かつての「強姦致傷罪」が、二〇一七年に「強制性交等致傷罪」となり、さらに、二〇二三年の七月一三日から「不同意性交等致傷罪」へと改正された。改正のたびに、処罰対象となる行為が拡大されていき、その法定刑は、最高が無期刑となっている。

ウィサポートの若い女性スタッフが、こう話す。

「もう久方さん、出てこられないかもしれませんね。私たちがずっと支援していれば良かったとも思いますが、ここを出て行くってことは、ご本人が望まれたことですから、仕方ありませんね」

私は訊いた。

「もしまた刑務所から出てくるようなことになったら、また引き受けますか」

「はい、ご本人が希望されるなら、もちろん」

彼女は、迷いなくそう答えたのだった。

久方被告の場合は、ウィサポートを出てからの犯罪だったので、ここでの再犯率には含まれない。

佐田さんは、再犯率が「ほぼゼロ」と言った。「ほぼ」ということは、まったく再犯者がいなかったわけではない。

彼は、私にこう説明してくれた。

「一人だけ、再犯をしてしまった人がいます。最初はその人、強制わいせつ事件を起こして、少年院に入ったんです。で、成人してからは、若い女性ばっかりを狙った犯行を繰り返して、何回も刑務所に出たり入ったり。結局、一九歳から三五歳までの一六年間を、ほとんど塀の中で過ごしてたんです。それで、ここに来たあとの再犯なんですが、心配していたような『性犯罪』じゃありませんでした。そうそう、山本さんもご存じのあの事件ですよ」

よく覚えている。全国ネットのテレビニュースでも流され、世間の耳目《じもく》を集めたあの事件だ。直後に、佐田さんからの報告も受けていた。

逮捕された刃物男

二〇二一年一一月二三日の午後六時半を少し回った頃だ。九州最大のターミナル駅、ＪＲ博多駅でその事件は起きた。駅構内の「ファミリーマート博多駅中央改札口店」に、刃物を持った男が現れたのである。

店舗は、改札を入ったところにある中央通路に面していた。中央通路は、在来線の1番ホームから8番ホーム、そして新幹線の改札口を結んでいる。博多駅構内で最も人の流れが激しい通路であるうえ、帰宅ラッシュの時間帯でもあった。あたりは大混乱となる。

店側の通報を受けた警察が、続々と駆けつけてくる。規制線も張られた。

駅の外では、パトカーのサイレン音が鳴り響いている。駅前のロータリーに、次々とパトカーが到着していたのだった。

ジュラルミンの盾や刺股《さすまた》を手にした警官たちが、男を取り囲む。

警官たちは、少しずつ、男との距離を詰めていく。

男は、まったく抵抗しなかった。

近づいた警官が、あっさりと身柄を確保する。

「午後七時ちょうど、銃刀法違反で現行犯逮捕」

警官が、声を張り上げて言った。男は、目を見開いて、その警官を見た。

警官に向かって、男が何かを訴えている。

警官が、ひと言ふた言、言葉を返した。

なお何かを言いたげな男を、警官たちが、店の外へと連れ出す。

そのまま男は、博多警察署へと連行されていった。

男の年齢は、三五歳。この七月に、福岡刑務所を出所したばかりだった。出所後は、ウィサポートに身を寄せていた。

男は、成人して以降、まともな社会生活をしたことがない。金沢刑務所、名古屋刑務所、川越少年刑務所、横浜刑務所、福岡刑務所と、複数の刑務所に収監され続けてきた。

刑務所に入るまで、男は一体、どんな生き方をしてきたのだろうか。

男の経歴を、大まかに振り返ってみる。

熊本県の阿蘇地方が、男の出身地だ。姉二人がいるなか、末っ子として生まれた。父親は、長距離トラックの運転手で、母親は、クラブの「雇われママ」だった。幼い頃は、自宅よりも、母方の祖父母宅にいることが多かった。

小学校四年時に、父親が自殺する。借金が原因だった。学校では友達をつくらず、ひたすら読書に耽《ふけ》っていた。

中学校入学後、英語同好会に所属する。だが、活動は一切していない。二年生の頃から、たびたび、過呼吸発作に見舞われるようになる。幼少期より、母親からの暴力を受けていたが、やり返しはしない。酔っ払った母親に、包丁を向けられたこともある。そんな母親への怒りを抑えている時に、過呼吸発作が起きるのだった。

勉強が嫌いではなかった。高校は、県立の普通科高校に進む。だが、教室に入ることはなく、図書館にこもる毎日だった。やがて、学校には行かなくなる。

心配した二番目の姉が、自身が住む神奈川県の横須賀市に、男を呼び寄せた。

男は、姉が働くキャバクラの呼び込みとなった。だが間もなく、姉の夫から激しい暴力を受けるようになり、それに耐えかねて、姉のもとを去る。以後、東京のインターネットカフェを根城とした。

一七歳の時、初めて警察の世話になる。自転車を盗んだのだった。逮捕はされたものの、初犯のため、処分されることはなかった。

熊本の実家へと戻った男は、浄水器販売会社の営業職に就く。しかし、一件の契約も取れぬまま、一カ月で退職。母親との関係は、日ごと険悪になっていく。

男は、一八歳で家を出て、野宿生活を送るようになる。寺や神社で寝ることも多かった。賽銭や供え物を盗んで空腹をしのいでいたのである。そんなある日のことだ。祠《ほこら》に供えてあった日本酒を飲んだあと、酔いにまかせて、通りがかりの女子中学生に抱きついてしまう。男は、強制わいせつの容疑で逮捕された。その後、家庭裁判所での審判を経て、大分県の中津少年院に送られることになる。

一九歳からの一年間を少年院で過ごし、二〇歳九カ月で、退院の日を迎えた。退院後、母親のもとに帰ったが、三カ月もせずに、また家出をすることになる。母親との喧嘩が原因だった。

ほどなくして男は、賽銭泥棒で捕まる。熊本地方裁判所は、懲役一年、執行猶予三年の判決を言い渡す。

釈放されたのち、実家に戻るが、またも、母親と揉めたことにより家を出た。身内の人間の紹介で、外壁工事会社に就職するため、石川県の金沢市に移る。仕事は営業職で、成績に応じた歩合制だった。しかし結局、まったく稼ぐことができず、ひと月もせずに退社。次に、新聞販売店で拡張員として働くが、それも五日間で辞めてしまう。

手持ちの金がなくなった男は、金沢市内において、強盗事件を起こす。コンビニエンスストアの女性店員を脅して、金品を奪ったのだ。執行猶予判決の日から数えて、五六日目のことだった。

男は、金沢地方裁判所によって、懲役三年の実刑判決を受けた。もちろん、執行猶予も取り消され、合わせて四年の懲役刑となる。年齢は、二一歳と八カ月になっていた。

一日、男は、金沢刑務所に収監される。その後、分類センターのある名古屋刑務所を経て、埼玉県の川越少年刑務所へと移送された。

四年後、川越少年刑務所において、刑期満了の日を迎える。当日は、横須賀市にいる姉が迎えに来てくれる予定だった。けれども、姉が姿を現すことはなかった。半日近く正門の前で待った末に、男は、行く当てもなく歩きだした。

横須賀市の家には、誰もいなかった。

出所から三日目、またも男は、コンビニエンスストアで強盗を働く。今度は、女性店員に危害も加えた。強盗傷害罪である。

横浜地方裁判所は、男に、懲役七年の判決を下した。

横浜刑務所に収監されて七年後。男は、刑期満了を前にして、所内で大暴れしてしまう。壊した机を窓にぶつけ、何枚ものガラスを割った。さすがに懲罰では済まされず、「器物破損罪」などによって立件されることになる。

男に、さらに七カ月の懲役刑が加わった。と同時に、横浜刑務所の福祉専門官が動きだす。その結果、出所間際までもつれこんだが、男に、精神障害者保健福祉手帳が交付されることになった。

三三歳六カ月で満期出所した男は、手帳を活かして、福祉の支援を受けるようになる。横浜市内の簡易宿泊所を帰住地とし、生活保護を受給した。医療機関にも通院する。だが、それも長く続かなかった。出所後は、精神状態が極めて不安定だった。通院しても、いっこうに症状は改善しない。

ある日、気がついたら、新幹線に乗って熊本に向かっていた。深夜、実家の前に着く。家に入ろうとするが、母親の顔が思い浮かび、その途端、いろいろなことがフラッシュバックする。

朦朧《もうろう》として街を歩いていた。いつの間にか、コンビニエンスストアの中にいて、食べ物を万引きしていた。

二〇二〇年の四月三日に、男は、逮捕される。出所後の社会生活は、四カ月あまりで終わったのである。それでも、これまでと比べれば、最も長く社会の中にいることができた。

熊本地方裁判所は、「窃盗罪」により、男に、懲役一年二月の実刑判決を下す。これを受けて収監されたのが、福岡刑務所だった。

そして満期出所後、一一月二三日に、博多駅で逮捕されるが、今回は、前回よりもさらに長く、ほぼ五カ月間、社会にいることができた。

博多駅での事件が起きたその日の夜、ウィサポートに大挙してマスコミが押しかけてくる。集まった報道陣を前に、佐田さんが会見に応じた。

「お騒がせして、誠に申し訳ありません。確かに当該人物は、私どものグループホームの利用者です。その人は、障害のある人で、センシティブな問題もはらんでいます。したがいまして、当該人物についての、これ以上のコメントは控えさせていただきます。どうぞご理解賜りますよう、よろしくお願いいたします」

深く頭を下げた佐田さんに対して、しつこく食い下がる記者はいない。

冷静に対応することができたと思う。佐田さんは、七年前も、同じような状況に立たされたが、あの時は、かなり取り乱してしまっていた。けれども、そのおかげだろう。今は、ちょっとやそっとのことで驚かなくなっている。

博多駅での事件は、その日の夜のテレビニュースでは大きく取り上げられていた。しかし、佐田さんが会見に応じたあとは、一切、報じられなくなる。容疑者が、精神障害者の手帳を所持する人物だと知ったからだろう。マスコミは、取材すらしなくなった。もっとも、世間を騒がせたとはいえ、誰一人として怪我すら負っていない事件だ。取材を続けるほど、マスコミも暇ではない。

男がやったことといえば、カッターナイフをレジの横に置いただけ。そのあと、店員に向かって、「警察に通報してくれ」と、自分から願い出たのだった。

逮捕後すぐに、ウィサポートのスタッフが、博多警察署に出向いた。弁護士の手配や差し入れなど、多くのスタッフが、男のために動く。佐田さんも、事件の翌日には、警察に提出する上申書を作成し終えていた。

それにしても、案のごとくの出来事だった。

男については、引き受けを決めたあと、福岡刑務所の職員から、こんな忠告を受けていた。

「身柄を引き受けてくれる方に言うともなんですけど、あんだけの危険人物は、滅多におらんですよ。七年前のあの出所者よりも、危険やて思います。またすぐ、なんかやらかすかもしれんですけん、くれぐれも気をつけてください」

福岡刑務所から出所した「危険人物」

男の名前は、山上輝彦（仮名）といった。博多駅で事件を起こした彼である。

私も、山上さんのことは、ずっと気になっていた。事件後の様子もそうだが、やはり興味があるのは、彼が約一五年の間、どんな獄中生活を送っていたかについてだ。

博多駅での事件後、佐田さんは、上申書で、山上さんの精神鑑定を求めたらしい。だが、博多警察署は、まったく受けつけなかった。容疑者には刑事責任能力が充分にある、との回答に終始する。

刑事被告人となった山上さんだが、即決裁判で、罰金一〇万円の判決となった。彼は、すでに二〇日以上勾留されていた。したがって、一日五〇〇〇円の労役という換算で、判決後、即、釈放される。福岡拘置所の前には、ウィサポートの女性スタッフが待機していた。

山上さんは、釈放後、四カ月間の入院治療を受けることとなった。入院先は、ウィサポートと連携する医療機関だ。

二〇二四年の一〇月に入り、私は、山上さんと会うために、ウィサポートを訪問することにした。博多駅の事件から三年近く経過するが、今は、落ち着いた状態でいるそうだ。

まず私は、博多駅の現場を見てみた。

山上さんが、なんとしても警察に捕まりたかったことが分かる。博多駅構内の中央通路には、ファミリーマートが二店舗あった。山上さんがカッターナイフを持って入店したというのは、店員が多く、逃走もしづらそうなほうの店舗だった。

佐田さんの運転する車に乗り、ウィサポートに向かう。

「きのうは私、少年院から出てきた人に会ったんですけど、これまた大変な成育歴でして、ある意味、支援のし甲斐のある人です」

「劣悪な環境にいた人ほど、支援が難しいですよね。でもまあ、佐田さんのとこだったら、大丈夫ですよ」

そんなふうに、車内ではずっと、触法障害者の問題について語り合っていた。

ウィサポートに到着する。

事務所のある建物に入った。民家のようなつくりで、看板も表札も掲げられていない。建物内には、生活訓練や就労移行訓練をする部屋が複数ある。五人のスタッフがいたが、男性も女性もスーツ姿だった。佐田さんは言う。

「急遽、就労先の企業を訪ねるようなケースも多いんです。ですから、いつも身なりは整えていたほうがいいと思って、みんなスーツを着てるんです」

利用者の就労先を聞くと、有名な一〇〇円ショップやフードサービス会社の名前が挙がった。

厨房《ちゆうぼう》のある部屋で、調理実習が行なわれていた。包丁を握って、料理をしている男性がいる。彼は、包丁で人を刺したことにより、医療刑務所へ服役した経験があるのだそうだ。その彼を含めた三名の利用者に対して、女性スタッフが一人で調理指導に当たっている。

事務所のある建物の隣に、もうひとつ建物があった。そして、道を挟んだ正面に、一八人が暮らすグループホームがある。

私は、事務所の隣の建物に移動した。

応接セットに座って、山上さんが来るのを待つ。

「どうも、こんにちはー」

元気な挨拶とともに、山上さんは現れた。黒っぽい長袖シャツに、黒のズボンという格好だ。三八歳だというが、外見も、だいたいそれくらいの年齢に見える。

彼が向かいの椅子に座ったところで、こちらも挨拶する。

「はじめまして、山本譲司と申します。刑務所の中での話なんかをお聞かせ願いたいんですが、よろしいですか。実は、私もかつて、刑務所に入ってたことがあるんです」

間違いなく、眼鏡の奥の目色《めいろ》が変わった。彼は、中指で眼鏡を押し上げたあと、身を乗り出してくる。

「どこの刑務所なんですか」

「もう閉庁しちゃいましたけど、栃木県の黒羽刑務所です」

「へぇー、そうなんですか」

山上さんの顔に、人懐《ひとなつ》こい笑みが浮かぶ。

「そういえば、まず初めに、山上さんにうかがっておきたいことがあったんです。なんで博多駅であんなことをやったのかっていう話です」

「ああ、あれですね。実は博多駅に行く前に、ここでイライラしちゃってたんですよ。ここにいるまわりの人の声がうるさくてね。俺、音に敏感で、大きな声が駄目なんですよ。母親が左の耳が聞こえなくて、いっつも怒鳴りつけるような話し方してたんでね。それを思い出しちゃうんです」

「母親との関係は、良くなかったんですか」

山上さんは、シャツの袖をまくり上げて、左腕をこちらに見せる。前腕部に、五センチほどの傷があった。

「これ、母親に包丁でやられたんです。まずは、まな板が飛んできて、それから包丁で斬りつけられたんです」

私の目が、それを見たまま、動かなくなった。ケロイド状に盛り上がった傷痕《きずあと》――。かなり深い傷だったことが想像できる。

いくらか間が空いたあと、彼のほうから、話を戻してくれる。

「ああ、そうでしたね。博多駅でのことでしたね。俺、あの日は、ここから出たあと、近くのスーパーで、ビールを買ったんです。それで一気飲みですよ。そしたら、ほんと不味《まず》くって、それで、意識が朦朧となってきたんです。酒飲むのは、一九歳の時以来ですからね。あっ、そうでした、スーパーではカッターナイフも買ってました。それでなんですよ、持ち金はもうないのに、なぜか、直方《のうがた》駅のホームにいたんです。で、だんだんむしゃくしゃしてきちゃって、そのまま電車に乗って博多駅まで行ったってわけです。天神あたりの繁華街でひと暴れして、刑務所に戻ってやろうなんて考えていました。でもやっぱり、無賃乗車になるんで、改札からは出られませんよね」

思わず吹き出しそうになって、彼に言う。

「なるほど、無賃乗車は悪いことだって認識してたんですね」

「そうですよ、そんなんで捕まってもしょうがないじゃないですか。それで、俺、駅の中で強盗を決行したんですけど、あっという間にお縄です。でも、びっくりしましたね、『銃刀法違反』だっていうんで。それじゃあ、刑務所に戻れないかもしれないじゃないですか。俺、お願いしたんです。『強盗未遂にしてもらえませんか』って。そしたら、おまわりさん、『刃も出しとらんカッターで、どがんして強盗するとや』だって。まあ、間抜けな話ですよ。店員に『金を出せ』って言うのも、忘れてましたしね」

彼は、饒舌《じょうぜつ》だった。訛りはなく、完璧な標準語で話している。話のテンポが良く、耳に心地よくもあった。

そのことを話すと、彼から、「僕、講談が好きなんです」と返ってきた。いきなり山上さんは、「忠臣蔵」の一節を語りだす。見事だった。終わった瞬間、私は、力いっぱいの拍手を送っていた。

それからというもの、山上さんは、流暢に言葉を重ねていく。自身の刑務所経験を、一人何役にもなって、話してくれた。特に、刑務官の物まねは秀逸《しゅういつ》で、私は、何度も声に出して笑っていた。

山上さんは、横浜刑務所を出たあとに受診した診療所で、「アスペルガー症候群」との診断を受けている。その障害があるからなのか、あるいはその能力があるから、その障害名をつけられたのか。そこは、よく分からないが、彼には抜群の記憶力があった。過去に経験したすべてに関して、事細かく覚えている。日付や地名人名はもちろんのこと、好きな小説だったら、丸々一冊分の文章を暗記しているらしい。

しかし、その能力は、プラスにばかりは作用しない。人生の中で起こった忌まわしい出来事も、すべて頭に貼りついているのだ。とりわけ母親との思い出は、強烈に焼きついており、烙印《らくいん》のごとく消えはしない。たとえば、「○年の○月○日、自分が好きだったコミック本『○○』の○巻から○巻までを、パチンコに負けた母親に、勝手に売りさばかれた」というような具合だ。嫌な記憶を消し去れないというのは、さぞかし辛いことだろう。

服役中の山上さんは、意識的に、他の受刑者との関わりを避けていたという。

一番初めに、本格的な受刑生活に入った川越少年刑務所。二六歳未満の受刑者を収容する施設であるが、彼はまず、配役先の工場で、初日から締め上げられる。先輩受刑者に、「てめぇー、挨拶の仕方が悪りぃーんだよ」などと難癖《なんくせ》をつけられたそうだ。「先輩には絶対服従」というルールも聞き、もう翌日には、工場出役を拒否していた。

早速、「作業拒否」によって、懲罰を科せられる。七日間の閉居罰だった。懲罰中は、処遇上の様々な制限を受けるが、彼にとっては、工場に出役するよりも、ずっと楽に思えた。もとより、仮釈放など望んでいない。となれば、煩わしい人間関係のない「五舎一階」は、まさしく天国のような場所だ。川越少年刑務所の五舎一階というのは、取り調べ中の者や懲罰中の者、さらには、処遇困難者として昼夜間単独室処遇を受ける者が収容されているところであった。

以降、山上さんは、作業拒否を繰り返す。戒告が一回、閉居罰一〇日間が二回、一五日間が二回、二〇日間が六回、二五日間が一回と、計一三回の懲罰を科せられた。それ以外の時も、昼夜間単独室処遇を受けており、紙折りなどの簡単な作業をするだけだった。

次の横浜刑務所ではどうだったのか。

最初の頃は、工場に出役していたという。ただし、それは一日に三時間未満の作業で、一緒に働く受刑者は、皆、「おかしな人」ばかりだったそうだ。

「前は『第二内掃工場』って呼ばれてたんですけど、俺らの時に、呼び名が『通役工場《つうえき》』に変わったんです。そこで俺は、花壇の管理をしてましたね。刑務所じゅうの花壇に、パンジーとビオラの種を植えて、それを育てるんです。その作業を四年間やりましたよ」

「四年間も働き続けたんですね。立派じゃないですか」

私自身、これまで多くの出所者とつき合ってきたが、花卉《かき》栽培に取り組むことによって、落ち着いた生活を送っている人が何人かいた。昔から、福祉の場でも、園芸療法が取り入れられている。やはり、花卉栽培などの園芸には、精神的ストレスを軽減させるなど、一定の効果があるのだろう。

残念ながら、山上さんの花卉栽培は、四年で終わる。通役工場に「嫌なやつ」が配役されてきたからだそうだ。五年目以降は、たび重なる反則行為で、懲罰を受け続けていたらしい。閉居罰一〇日間が四回、一五日間が九回、二〇日間が二回、四〇日間が一回、作業報奨金削減が二回と、計一八回の懲罰。それに加えて、書類送検が一回ある。

横浜刑務所での後半は、強い拘禁反応が出ていたに違いない。おそらく、それが誘因となって、書類送検されるような事件を惹き起こしたのではないだろうか。

そして最後は、福岡刑務所である。約一年間のそこでの生活は、完全に隔離状態にあったようだ。

入所後すぐ、居室内の物かけフックを取り外し、それで左手首を血が出るまで傷つけてしまう。「自殺要注意者」に指定されて、監視カメラつきの部屋に移された。それから、出所までの間、食事の時も、発泡スチロールの食器と紙製のスプーンしか使えない。さらに入浴時は、浴槽に浸かることができず、短時間、シャワーを浴びるだけだった。

昼間はひたすら、百貨店の紙袋をつくり続ける。夕方以降は、読書だ。福岡刑務所にも、

「官本《かんぽん》」といわれる多くの蔵書があった。だが、山上さんにとっては、過去に読了した本ばかり。それでも構わなかった。夕食後の時間や免業日には、大好きな読書に没頭する。

結局、彼は、三カ所の刑務所において、ほとんどの期間、夜も昼も一人きりで過ごしていたのだった。そんな山上さんから、なるほどと頷ける話を聞いた。

「俺、刑務所で何十回も座らされてきた人間ですけど、それよりも、精神科病院での四カ月の入院のほうが、よっぽどしんどかったです」

「座らされる」というのは、受刑者用語で「閉居罰を受ける」ということだ。彼は、刑務所での閉居罰よりも、精神科病院での入院のほうが、よほど苦しかったと言っているのである。その真意を訊くと、こういう理由からのようだ。刑務所では、いつも刑務官がそばにいて相手になってくれる。だから、一人部屋の中にいても、まったく孤独感はなかったという。

私の脳裏に、黒羽刑務所でのある場面が蘇った。

夜中の獄舎で、「眠れないから、薬ちょうだい」と訴える知的障害者がいた。巡回中の刑務官が舎房の前に立ち、「眠剤に頼っちゃ駄目だ。依存症になるぞ」と諭す。それから彼は、子守唄を歌って聞かせたのだった。

ほかにもいた。身内を亡くした受刑者と一緒に涙する工場担当など、人間味溢れる刑務官の姿を、たくさん見てきた。

山上さんも、そんな刑務官の情に救われたことがあるのだろう。

彼自身、感情が豊かな人だと思う。最近は、小説を読みながら泣いてしまうことが、よくあるそうだ。彼は、小説を読むだけではない。小説を書いてもいた。

「山本さん、これですよ。今、僕が投稿している小説は」

差し出されたスマートフォンの画面には、たくさんの文字が並んでいる。

ざっと読ませてもらった。読書家であるだけに、随所に、文学的な表現がちりばめられていて、感心させられる。

彼は現在、三つの小説投稿サイトに、それぞれ別のペンネームで、名前を登録していた。ひとつのサイトでは、投稿作品が、出版の直前までいったらしい。閲覧回数からいって、それなりのファンがついていたと思われる。最終的に、出版には至らなかったが、ウィサポートのスタッフのみんなから、作品を褒められたのだそうだ。それでまた、執筆意欲が湧いてきたという。

ふと私は、京都アニメーション事件のことを思い出した。三六人が犠牲となった放火事件である。あの事件の被告人も、刑務所から出所後、さかんに、小説を投稿していたのだった。だが、「京都アニメーション大賞」への応募作品が落選して以降、京都アニメーションを逆恨みするようになる。もし、落選した段階で、ウィサポートのように、褒めてくれたり、励ましてくれたりする人が近くにいたならば、あのような事件を起こしていなかったのではないか。

自宅にて

私と山上さんは、二時間半ほど話したのちに、また別の場所へと移動する。山上さんが住む部屋を見せてもらうことになったのだ。

山上さんが暮らすグループホームは、車で一五分ほどのところにある。ウィサポートのスタッフが車で送ってくれたのだが、車中の山上さんは、ずっと話し続けていた。臨場感ある語り口で、少年院時代の出来事を振り返ってくれたのだった。

「少年院ってところは、結構大変でした。刑務官と違って、少年院の教官はおっかない人ばっかりですからね。刑務所だったら、作業拒否すれば、もう放っておいてくれるんですけど、少年院だとそうはいきません。しつこく、いろいろと言ってくるんです。怒られるのが面倒なんで、俺、ちゃんと指示に従って、作業やってましたもん。陶芸とか木工作業で、コップ、お皿、コースター、それからペンケースなんかもつくってました。そういえば、少年院では、資格も取らせてもらいました」

実際に山上さんは、「危険物取扱者丙種」の資格、および「小型車両系建設機械」の運転資格を取得している。

彼の部屋があるグループホームは、立派なマンションだった。マンションの六階部分、２ＬＤＫの部屋に一人で住んでいた。一昨年リフォームされたばかりで、まだ新築物件のようにも見える。

まず通されたのは、本や服が置いてある部屋だ。

たくさんの本が積み上げられていたが、本のジャンルは、多岐にわたっている。時代物から青春小説まで、まさに「渉猟《しょうりょう》」するように読んでいることがうかがえる。かたや、服のほうはというと、黒のダウンジャケット、黒のトレーナー、黒のジャージと、黒いものだらけである。本とは違い、服装の趣味は、シンプルに統一されているようだ。

次に案内されたのは、書斎だった。

木製の大きな机が置かれ、その上に、原稿用紙が重ねてあった。途中まで文字が埋まる原稿用紙の脇に、ペンが四本並べられている。机の横を見ると、床の上にゴミ箱と段ボール箱が置いてある。いずれも、その中には、丸められた原稿用紙が、いくつも捨てられていた。

「いやー、こんなに立派な机があって、ここってまるで文豪の部屋じゃないですか」

私が感嘆の声を上げると、彼は、机を撫でながら言う。

「全部、佐田代表が用意してくれたんです。いつも佐田代表には、いろいろとお世話になっていて、本当に感謝してるんです」

あとに続いた話によれば、先週は、一泊旅行で、別府温泉に連れて行ってもらったらしい。私もよく知る、老舗ホテルに泊めてもらったそうだ。

その話がきっかけになって、以降、ようやく、この日の本題に入る。私が、最も聞きたかったことだ。山上さんは、こう語る。

「今、娑婆に居続けられているのは、すべて、佐田代表のおかげなんです。実のところ、ここに来てしばらくは、まだまだ心が揺れ動いていて、自分自身でも、また俺、なんかやっちゃうんじゃないかって思ってました。なんだか人生どうでもよくなってて、人を殺しちゃう可能性だってあったかもしれません。でも、博多駅での事件のあとですよ。見放されて当然だって考えていたんですけど、そんななかでですよ、佐田代表が、またうちに戻ってこないかって言ってくれたんです。それまでは人に対して、本気でありがたいって思ったことなんか、一度もなかったんですが……。そうなんです、あの時僕は、初めて人様に対して感謝したんです。心底感謝したんです」

しみじみと話した山上さんに向かって、私は、ずばり尋ねた。

「そうですか、人に対してありがたいって思ったんですね。じゃあ、そのありがたさを感じた人のことは、もう裏切ったりはできませんよね。もう山上さんは、絶対に、事件を起こしたりはしませんよね」

少し遠くに目をやったあと、彼が答える。

「絶対かどうかは分かりませんけど、たぶん、今の僕は、もう事件を起こさないと思います」

「その理由は？」

「そうですね、ひとつ目の理由としては、ウィサポートで、専門的なプログラムに参加したり、カウンセリングを受けたりしているからですかね。それから、ふたつ目の理由なんですけど……、それは、昔と違って、失うものがいくつもできたからだと思います。このマンションもそうだし、旅行に行けることだってそうだし」

一旦、言葉が止まった。彼は、大きく頷き、また話し始める。

「やっぱり、マンションだとか、旅行だとか、そんな即物的な考えじゃ駄目ですよね。自分の中にはまだ、罪を犯した時のような鬼畜な『俺』と、今みたいな普通の『僕』がいるんです。でも今になっても、あの時の俺が出てくる可能性があります。だから、それが出ないように、毎日反省してるんです」

確かにそうだった。これまでの会話のなかで、「俺、図書館に行って、小さな子供が騒いでたりしたら、ぶっ殺してやりたくなるんですよ」などと、突然、目を吊り上げて話すこともあった。

今は柔らかな目をしている彼と、しっかりと視線を合わせて質問をする。

「昔の俺が出てこないように、どうやって反省してるんですか」

彼は、質問に答えることなく、奥のガラス戸のほうに歩いていった。私も、後ろについていく。

彼が戸を開け放つと、目の前に雄大な風景があった。遠くに、筑豊の山々が連なっており、手前には、雑木林や畑の緑が広がっている。

山上さんは、顔を外に向けたまま、口を開いた。

「ここの景色って、熊本の阿蘇と少し似てるんですよ。僕、毎日、これを見ながら、反省してるんです。自分の馬鹿な行ないで傷つけてしまった人たちに対して、毎日、謝罪してるんです。こうやってですよ」

彼は、お経を唱えるように、つぶやき始める。

「一人目の被害者。熊本県阿蘇市にて、当時中学生の……」

彼が言葉にするのは、自分が被害を与えた女性たちの名前だった。名前だけではなく、犯行現場、犯行期日、女性の生年月日、現在の年齢まで口にする。そしてそのあとは、深々と頭を下げるのである。

熊本県での被害者に始まり、次に、石川県での被害者、神奈川県での被害者と続いた。それで終わるのかと思いきや、そうではなかった。最後に、意外な人物の名前が出てくる。

彼の母親の名前だった。

私は、尋ねずにはいられない。

「母親も被害者ってことになるんですか。山上さんにとっては、虐待を受けたりした相手なんじゃないですか」

彼は一度、首を横に振った。それから、綻ばせた顔を、こちらに向けてくる。

「ここのところ、母親とは毎晩、電話で話してます。母親も、もう丸くなってましてね。今は介護の仕事をしていています。電話の相手は母親だけじゃなくってですね、上の姉と、その娘とも話しています。やっぱり姪《めい》っ子って可愛いですよね」

なぜ支援をするのか

事務所に戻ったあと、私は早速、佐田さんに話を聞く。山上さんと母親との関係についてだ。

佐田さんの話によると、山上さんは、この二年間のうち、二回実家に戻っているのだそうだ。

「母親に会いに、何日か熊本に帰りたいんです」

山上さんが、そう言ってきたのは、博多駅の事件から九カ月が経過した頃のことらしい。

佐田さんは迷った。これまでの彼は、母親に会ったあとや、会いに行こうとしたところで事件を起こしていることが多い。母親との関係が「トリガー」となって、犯罪行為を誘発していたのだった。

大きなリスクはある。途中で、また大きな事件を起こしてしまうかもしれない。彼に関しては、その危険性を、まだ拭い切れないでいた。けれども、ここで囲い込み続けることはできないし、そんなことをやるべきでもない。やはり、ほかの利用者と同様、本人の望みに応えなければならないと思う。帰省を認めたあとの山上さんの行動については、もう、彼という人間を信じるしかないだろう。

そして、二〇二二年の九月に入ってすぐの頃だった。佐田さんは、内心、危惧を覚えながらも、彼を実家へと送り出す。

とはいえ、期待もあった。昔の彼と今の彼とでは、置かれた状況が違うし、その精神状態も違うだろう。今回の里帰りが、思いのほか、良い結果をもたらすかもしれない。トリガーが引かれるどころか、トリガー自体がなくなるとか……。

三日後に彼が戻ってきた時には、スタッフ全員が胸を撫でおろした。

彼の手には、母親から持たされたという「熊本土産《みやげ》」があった。彼は、涙を流し、言葉を詰まらせながら、「母親に会えて良かった」と話したという。

山上さんは、翌年の正月にも帰省し、身内に囲まれての新年を過ごしてきたらしい。

「そういえば、さっき山上さん、姪っ子にお年玉をやれるように、今後はちゃんと働きたいなんて言ってましたよ」

「まあ、無理をさせないようにして、支援を続けていきますよ」

佐田さんの言葉に、私も頷いて応えた。

山上さんに関するこのやり取りのなかで、あらためて私は、佐田さんに敬意を表する。元受刑者のことを、よくもそこまで信じられるものだと思う。信じるだけではなく、積極的に、彼らが望む環境を与えているのだ。

これまでその質問をしたことはなかったのだが、初めて口にしてみる。

「不思議なんですけどね、どうして佐田さんは、元受刑者だった人たちに対して、そこまでのことができるんですか。たとえば、彼らを引き受ける段階で、悪い人とか、危険な人とか、そんなイメージを持つことはなかったんですか」

佐田さんの表情が、いつになく真剣になる。

「山本さんは、彼らのことを、そんなふうに思ったりしますか」

「いや、私は、元受刑者ですから」

「私もです」

さらりと出たその言葉に驚く。

確か彼は、かつて東京で会社を経営していたという。

「じゃあ佐田さんも、私と同じく、黒羽にいたんですか」

「いいえ、松山刑務所に服役していました。ちょうど山本さんが来られた頃ですよ。私は、パチンコ台を解体する工場の立ち役をやってました」

「えっ、もしかしたらあの時の……」

記憶の糸をたぐる。が、もう彼は、話を進めていた。

「仮釈放の日は、母親が迎えに来てくれたんですけどね。松山から広島に向かうフェリーの中で、海に飛び込んで死のうって、何度思ったことか……。まあ、そんなどん底の状態からの再スタートでした」

彼は、窓の外に目を向けて言う。

「あの利用者さんたちにとっては、ここが再スタートの場ですもんね」

そういえば、私もそうだ。再スタートを切った場所は、障害者施設だった。佐田さんも、出所後はまず、母親が関係する障害者施設で働き始めたと言っていた。

彼がいきなり、スマートフォンをこちらに向けてくる。画面には、子供の姿があった。小学校高学年くらいの子だ。

「これ、うちの子供なんです。実は名前は、私がいた工場の工場担当の下の名前をいただいてるんです。うちの工場担当っていうのは、単に世話になっただけじゃなくて、人間として、本当に尊敬できる人でした。人を見る目が公平で、理不尽だと思えば、上司にだってちゃんと意見をするような人物です」

話を聞き、少し胸が熱くなった。とともに、その立派な刑務官と会ってみたくもなる。

頭の中に、黒羽刑務所第一寮内工場の工場担当の顔が思い浮かんできた。

「佐田さんの工場担当、いい人で良かったですね。私の工場担当も、結構いい人でしたよ。剣道の達人で一見強面なんですけど、障害者を見る目は、本当に優しかった」

「うちの工場担当も優しいところがありましたよ」

「うちは優しいだけじゃなくって」

言葉は、そこまでだった。お互い、目を合わせて笑う。こんなところで工場担当自慢をしているのが、なんとも可笑しかった。

私は、話を元に戻す。

「なるほど、そうだったんですね。ウィサポートが、どんな人でも引き受けてきた理由が理解できました。佐田さんの強い思いがあったんですね」

「いや、山本さん、誤解しないでください。私自身の思いなんて、なんてことありません。ここを運営し続けられるのは、すべて、スタッフのおかげなんです。ほかに行き場所がない人たちでも、しっかりとうちのスタッフたちが支えてくれています。でも、それも当然なのかもしれませんね。利用者の人たちの悲惨な過去を知れば、誰だって、なんとかしてあげたいって気持ちになりますよ。これからの人生は、せめて人並みの生活をしてほしいってね」

「ここのスタッフさんたちを見ていると、そのことがよく分かります」

窓の外に目をやった。

女性のスタッフと男性利用者が、楽しそうに話している。

喫煙所では、二人の利用者が、満足げな表情で、タバコをふかしていた。

第六話　出獄せし者の隣人たち

川越少年刑務所の未成年服役囚

二〇〇〇年五月三日の午後一時半頃、佐賀市から福岡市に向かう西鉄高速バス「わかくす号」が、何者かによって乗っ取られた。

犯人は、運転手に刃物を突きつけ、本州に行くことを要求。バスが山口県に入ったあたりから、マスコミもバスジャック事件を報じ始めた。事件発生から一五時間半後、広島県内のサービスエリアに停車中の「わかくす号」に、警察が突入する。その様子は、一部始終がテレビで生中継された。

事件は解決したが、人質のうち一人が死亡、四人が負傷していたことが判明する。

佐賀県出身である私は、未明から早朝にかけ、このテレビ中継に釘づけになっていた。救出された乗客たちの顔を、一人ひとり蚤取り眼《のみとりまなこ》で確認する。なぜかというと、高速バスのバス停が私の実家近くにもあり、友人知人たちが頻繁に「わかくす号」を利用していると聞いていたからだ。

警察は、犯人を「銃刀法違反」および「人質強要行為処罰法違反」で現行犯逮捕。さらに後日、「殺人罪」で再逮捕する。世間が驚いたのは、その容疑者が、一七歳の少年だったことだ。

少年はその後、佐賀家庭裁判所での少年審判により、医療少年院への送致《そうち》となる。この決定に対し、多くの人々から、怒りの声が上がった。マスコミでも伝えられ、そのほとんどが、「もっと少年に厳罰を与えよ」という声だった。三年前にも、神戸連続児童殺傷事件を起こした一四歳の少年が、やはり医療少年院送致となっていた。そのことも含めて、少年被疑者への厳罰を求める声が高まっていたのだった。

国会でも、バスジャック事件の一九日後、決議案「少年非行対策に関する件」が、全会一致で決議される。当時、衆議院議員だった私は、事前に他会派に賛同を呼びかけるなどして、決議案が通るよう、積極的に動いていた。

〈少年の処遇体系については、少年の規範意識を醸成し、自己の責任を正しく理解させ、その健全育成を図る見地から、年齢問題、少年に関する処遇の在り方等を含め、幅広く早急に検討すること〉

分かりにくい文言が並んでいるが、この決議が言わんとするのは、要するに、「少年であろうと、重罪を犯した者は、刑務所送りにすべし」ということだ。

実際、本会議での決議の際、議場のあちこちで、こんな声が漏れていたのを覚えている。

「悪いガキどもは、刑務所にぶちこんで、懲らしめてやらなきゃ駄目だ」

「日本は、子供に甘いんだよ」

「子供の権利条約なんて言う前に、刑罰を受ける義務を果たさせろ」

この決議を受けて国会では、二〇〇〇年の一〇月から一一月にかけて、「少年法等の一部を改正する法律案」が審議される。私自身は、直前に議員辞職しており、審議に加わっていないが、この議員立法で提案された法律は、あっさりと成立する。世論の強力な後押しもあった。提案者による説明では、「昨今の少年による重大犯罪の増加、低年齢化に鑑《かんが》み」と述べられている。

私自身、その間違いに気づいたのは、出所後に「犯罪白書」など、統計資料と向き合うなかでだった。少年が起こした殺人事件は、一九五〇年をピークに減り続けていたのである。被疑者が低年齢化している事実も、まったくない。ということは、議員立法で提案された少年法改正案は、そもそもその事実認識において誤りがあったのだ。

いわば「体感的感覚」で提案された少年法改正案は、二〇〇一年の四月から施行される運びとなる。その主な内容は、〈刑事処分が可能な年齢を一六歳から一四歳に引き下げる〉、そして〈故意に人を殺めた一六歳以上の少年は、原則逆送する〉というものだ。逆送というのは、家庭裁判所に送られた少年被疑者を、また検察に戻し、公開の刑事裁判にかけることを意味する。当然そこで実刑判決となった少年は、少年院ではなく、刑務所で受刑生活を送らなければならない。服役先は、全国六カ所にある少年刑務所と二カ所の女子刑務所だ。

ただし二〇二二年以降は、男子の場合は、川越少年刑務所、女子の場合は、山口県にある美祢社会復帰促進センターで、特別な処遇をされるようになった。

「独居房の中で、ただずっと紙折りをしてただけだよ」

これは、二〇〇七年の五月に、少年刑務所から出所したばかりの男性から聞いた話だ。二四歳の彼には発達障害があり、十代の頃に母親を殺めている。一八歳から服役し、六年後に出所の日を迎えたのである。

率直に、刑務所生活の感想を訊いてみた。すると、彼はこう答える。

「誰とも話さなくていいし、外にいた時よりも楽だったよ」

厳罰化ということで、刑務所に服役させられた彼が、こんな発言をしているのである。たとえば、彼が、神戸連続児童殺傷事件を起こした少年や、西鉄バスジャック事件を起こした少年のように、医療少年院に送致されていたらどうなっていたのだろうか。

私は早速、いくつかの医療少年院を訪ねる。厚生労働省の研究班「罪を犯した障害者の地域生活支援に関する研究」の調査活動も兼ねていた。

時あたかも、少年院送致の下限年齢が、一四歳以上から、おおむね一二歳以上に引き下げられた直後であった。この改正が行なわれた背景には、次のような事件がある。

二〇〇三年七月に「一二歳の少年」が起こした男児殺人事件、二〇〇四年六月に「一一歳の少女」が起こした同級生殺人事件と、続けざまに小学生による殺人事件が発生した。二人の被疑者は、いずれも少年院ではなく、児童自立支援施設に送られることになる。当時の国務大臣の一人が、加害少年を罰せられない現状に憤慨し、「親を市中引き回しのうえ、打ち首にすればいい」と発言し、物議を醸したのだった。批判の意見がある一方、ネットの世界は、この大臣発言を支持する声で溢れていた。

こうした事件を受けての少年法改正だったが、審議の中で確認されたことがある。それは、「おおむね一二歳以上」という点についてだ。「おおむね」というのは「一歳程度の幅」との政府答弁がある。つまり、小学校五年生以上の児童が、矯正施設収容の対象となることが明言されたのだ。

私が最初に訪問したのは、東京都府中市の関東医療少年院である。

妊娠中の少女もいて、その他、重い精神疾患のある者や、神戸連続児童殺傷事件の少年のように、重大事件を起こした者が収容される施設だった。私の目を引いたのは、院内の一角に設けられた子供部屋エリアである。部屋の中には、ぬいぐるみや、アニメキャラクターがプリントされた枕や布団が置かれていた。

案内してくれた幹部職員が、はっきりと口にする。

「少年法の改正を受けて、こうした部屋を用意したんですけど、たぶん、ここが使われることはないでしょう。小学生が殺人事件を起こすなんて、そうはありませんからね」

その場にいた法務教官たちも、幹部職員の言葉に、大きく頷いていた。

次に私は、本格的な調査をするため、三重県にある宮川医療少年院と、神奈川県にある神奈川医療少年院を訪ねた。

ふたつの施設では、特殊教育課程が設けられている。少年を知的障害者と発達障害者に区分し、個々の問題性や能力に応じた治療的教育が行なわれていた。

玩具のお金を使用した「買い物訓練」や「金銭管理訓練」も取り入れられており、社会適応能力の向上、ひいては非行名で一番多い「窃盗」の再犯防止に力を注ぐ。ほかにも個別指導として、「性犯」「生命犯」「放火犯」「粗暴犯」「交通事犯」など、非行別指導を、入院時から退院時に至るまで計画的に実施している。勉強の遅れがある者には、学力に即した国語や算数などの教科教育も行なう。

現場を見た私の感想をひと言でいうなら、「福祉の場でも見習うべき点が多い」ということだ。ふたつの施設では、箱庭療法、運動療法、サイコドラマ、音楽療法、作業療法、ソーシャルスキル・トレーニングなど、それぞれのセラピーや訓練が、徹底した心理学的アプローチによって実施されていた。聞くところによると、その処遇の方法は、すべての教官に浸透しているという。

少年院では、どの施設においても、教官による個別担任制が敷かれている。一人の教官が担当するのは、四人から五人の少年であるらしい。

「自分たちの仕事は、とにかく彼らの話を聞くことです」

そう教官が言う。彼らは、毎日毎日、一対一で少年と向き合い、粘り強く相手の言葉を待つのだそうだ。話を聞くこと、それはつまり、話をさせることでもある。極力、受刑者には話をさせまいとする刑務所とは、正反対の処遇姿勢だ。

こうした処遇のなかで、少年たちは、少年院という逃げ場のない世界の中で、絶えず教官と、そして自分自身とも向き合っていかなければならない。そこに生まれる、教官との濃密な人間関係。このことによって、きっと多くの少年たちが、反省と自己改善を迫られることになるのだろう。

実際に、ある少年は、こんな話をしてくれた。

「担任っていうのは、本当にしつこく話しかけてくるんだ。でもそのうち、父親とか兄貴みたいな存在になってきて、やっぱり、本気で僕のことを考えてくれてるんだなって感じるようになってくる……。だから僕も、それにしっかりと応えなきゃならないと思う」

三カ所の医療少年院を回ったあと、今度は、川越少年刑務所へと足を運んだ。

少年刑務所というのは、二六歳未満の受刑者を収容する施設だ。未成年者が服役する場合もあるが、そこは、あくまでも刑事施設なのだ。少年院のような教育施設ではない。

私自身、川越少年刑務所に収容されていた受刑者のことをよく知っている。二六歳を過ぎた者たちが、刑期の途中で、黒羽刑務所へと「達年《たつねん》移送」されてきていたからだ。正直いって、彼らへの印象は良くない。高齢受刑者をいじめたり、平気で人の食事を掠《かす》めたりと、悪事を楽しんでいるような者も少なくなかった。筋骨たくましい者が多く、訊けば、「川越少刑では、ひたすら運動をやらされていた」と話す。

そうしたこともあり、あまり期待はせずに訪ねた川越少年刑務所だった。

詳細な説明を受けながら所内を回ったが、意外にも、かなり少年院と重なるところを感じた。黒羽刑務所とは違い、塀の高さも一メートルほど低いのだ。こうしたハード面のつくりも、少年院に近い。

所内には、いくつもの教室が存在し、サイコドラマをやるうえでの舞台もあった。箱庭療法のためのミニチュアセットもある。このように、心理療法的プログラムも、複数用意されていたのだ。ただし、よく見ると、舞台や箱庭には、部分的に埃がかぶっており、ほとんど使用されていないことが分かる。

なかなかプログラムにまで手が回らない理由についても、説明を受けた。それは、受刑者数に比する職員の数である。その時点で、川越少年刑務所には一七四九人の受刑者がいた。これに対して、職員数は、二七七人であった。直接受刑者処遇に携わることのない庶務課や会計課の職員も含めて、一人の職員当たり六・三一人の受刑者という計算になる。同時期、神奈川医療少年院では、収容者数八九人に対して、同じく直接処遇に携わることのない職員も含め、職員数は四八人。職員一人当たりの収容者数は一・八五人だ。刑務所と少年院とでは、これだけ職員数の差があるのだ。当時、国家公務員の有給休暇消化日数が、平均で年間一四日といわれていた。だが、川越少年刑務所の職員の場合、平均で年間一・四日しか消化できていなかった。

少年刑務所というところは、受刑者の更生に向けての「ツール」は、それなりにあるものの、それを活かすための「マンパワー」が決定的に不足している。

そんな感想を抱くなか、私は、目的の区域に着いた。Junior の頭文字をとってJ指標受刑者と呼ばれる未成年服役囚がいる場所だ。「J指標受刑者は、現在六人」と聞く。

丸刈りのせいか、まだ中学生ほどの年齢に見える少年もいた。顔がニキビだらけの少年もいる。彼らは、これまでほかの収容区で目にしてきた受刑者たちと比べ、明らかに体の線が細かった。そうした子供たちが、かつての私と同じように、囚人服に身を包んでいるのだ。強い違和感を覚える。

彼らは、畑仕事のようなことをしていた。のんびりと体を動かす彼らからは、緊張感は伝わってこない。隣の受刑者を指さして、笑っている少年もいた。

説明によると、彼らには、個別担任制のもと、各種教育的処遇を計画的に実施しているという。午前中はホームルーム、午後からは陶芸や園芸を行なう。

少年院と似たようなルーティンではある。しかし少年刑務所というのは、長い間「監獄法」によって受刑者を処遇してきた施設である。そうは急ハンドルを切れないところもあるだろう。そのことと、職員数不足という状況を併せて考えると、少年の更生と再犯防止に資する処遇がきちんと行なわれているのか、やはり疑問が残る。

川越少年刑務所には、もともとJ指標で、その後、二〇歳を過ぎ、一般工場に移った受刑者が六六人いた。彼らについては、他の受刑者から悪影響を受ける「悪風感染《あくふうかんせん》」も心配される。

以上、少年院と少年刑務所、その双方をつぶさに見せてもらったのだが、決して少年院が

「甘い」わけではなかった。いや、刑務所よりも、何倍も「厳しい」ように思えた。教官とマンツーマンに近いかたちで、日々向き合っていかなくてはならないのだ。刑務所で受刑した私からすれば、少年院のほうが、ずっと大変そうに見えた。

議員時代の私は、矯正施設の実情をまったく理解していなかった。少年であっても重罪を犯した者は、深く反省させる意味で、刑務所に送るべき。そう本気で考えていたのだった。まさに、「机上《きじょう》の空論」ならぬ、「議場の空論」である。

刑務所に送られた少年のほとんどが、やがて社会に戻ってくることになる。再犯防止という視点に立てば、より有効な矯正教育が必要であることは、論を俟《ま》たないだろう。

現在は、刑務所の状況、および少年法の中身も大きく変化した。

まず刑務所についてだが、犯罪数が激減した結果、受刑者数が大幅に減っていることは、これまでも述べてきた。川越少年刑務所における、二〇二三年末の受刑者数は、七八二人だ。調査研究のために私が訪問した一六年前と比べて、五五パーセント以上の減である。以前よりは、職員の負担もずいぶんと減ってきている。そうしたなかで、二〇二二年から、新たな役割が課せられる。男子少年受刑者に対しては、全国でただ一カ所、川越少年刑務所の中で、「若年受刑者ユニット型処遇」というものが行なわれるようになったのだ。

成人年齢の引き下げにともない、少年法が改正され、それが、二〇二二年の四月から施行された。一八歳と一九歳の少年を「特定少年」とし、逆送の対象となる事件を、殺人以外にも拡大したのである。これにより、一定の重さの罪を犯した場合は、成人と同じ刑事裁判を受けなくてはならなくなった。そうなると当然、少年受刑者が増加することが予想される。

二〇二〇年の一〇月、法制審議会は、大臣の諮問に応えるかたちで、若年受刑者処遇に関する答申を出した。そこに盛り込まれていたのが、若年受刑者ユニット型処遇である。それは、少年院における矯正教育のノウハウを活用し、なおかつ少年院と同様の建物の中でその指導を行なう、というものであった。

川越少年刑務所の所内は、全体的に古びた建物が並んでいる。そのなかで、今や、ひと際目立っているのが、第七収容棟と第一一工場だ。もともとの建物を改修して、それぞれ、若年受刑者ユニット型処遇の改善指導の場、そして職業訓練の場として使用している。ユニットはふたつ存在し、三〇人ずつの処遇が可能なつくりとなっていた。二〇二四年現在、両ユニットには、一五人ずつが収容されている。

私としても、このユニット型処遇には期待している。しかし、本当に望ましいのは、ユニットだけではなく、所内全体を少年院化していくことではないかと思う。

だがそれも、予算の面で難しいところがある。

二〇二四年度予算における「収容者一人一日当たりの収容費」は、刑務所では二三三五円、少年院では五四〇五円となっている。なかでも「教育経費」は、刑務所の九〇円に対して、少年院は九三七円というように、十倍以上の開きがあるのだ。「社会復帰支援経費」も、刑務所は六六円で、少年院は三八八円だ。さらに少年院では、刑務所にはない「職業指導経費」というものが予算として組まれ、七四四円が計上されている。

やはり、「刑罰を受ける施設」と「教育を受ける施設」とでは、大きな違いがあるのだ。

彼らがたどり着いたところ

「あのさ、山本さん、俺よー、人殺しちゃってんだけどな、ムショの中でもさ、『死んだあいつのほうが悪い』って、ずっと思い続けてたんだ。それから、共犯者のことも、恨み続けてたね」

最初の頃は、その人から、よくそんな話を聞かされたものだった。

その人の名前は、平沼隆康（仮名）さん。初めて会ったのが二〇〇七年の一二月で、彼が五六歳の時である。行く当てがないので助けてほしいという。

彼の支援を要請してきたのは、北関東のある都市に住む八三歳の男性だった。四二歳から保護司を務め、七八歳まで続けた。

近藤（仮名）さんというその元保護司と、私とのつき合いは、拙著『累犯障害者』を通して始まった。近藤さんは、出版から間もない頃に、本の感想を、手紙にして送ってくれたのである。感想だけではなく、〈自分が担当した出所者のなかにも、知的障害者や聴覚障害者がいました〉との記述があった。早速私は、近藤さんと連絡を取り、何人かの出所者について話を聞く。黒羽刑務所の第一寮内工場にいた人も、担当していたのではないか。そう考えたのだが、残念ながら、私が名前を出した人は、誰も知らないという。

近藤さんは現在、断酒関係の自助グループの顧問も務めているそうだ。

近藤さんと私は、その後、保護司会の集会などで顔を合わせるようになる。手紙のやり取りも、何度かした。けれども、自宅を訪ねるのは、それが初めてだった。ずいぶん古い家らしく、壁の一部が剝《は》げ落ち、柱も朽ちている部分がある。

夫人は、五年前に他界。今は、ある人物との二人暮らしだ。

奥の部屋から、のそのそと出てきたその人物が、同居人の平沼さんだった。彼は、半年前に刑務所を満期出所し、以来、この家に間借りをして住んでいるのだそうだ。

だが、もうすぐこの家は、取り壊されるらしい。近藤さんは、二カ月後から、東京に住む息子夫婦の世話になるという。

「まさか息子のところに、平沼さんも連れて行くわけにはいきませんからね。なんとか次に住む家を探してたんですが、山本さんが、当てがあるとおっしゃるんで、きょうはわざわざご足労いただいて、本人と会ってもらうことにしたんです」

私は、近藤さんの言葉に頷き、それから、平沼さんに声をかけた。

「はじめまして、山本譲司と申します」

挨拶をしても、彼は目を合わせてこない。

「私、平沼さんと同じく、元受刑者なんです」

彼の顔がこちらを向いた。見る間に、表情が緩んでいく。

元受刑者に対して、こちらも「元受刑者」と名乗る。それは、魔法の言葉のようでもあった。お互い「臭い飯」を喰ったという仲間意識が、一気に芽生える。

「へぇー、そうかい。けど、あんた、元受刑者には、あんまし見えねぇーな」

「まあ、平沼さんみたいに、年季が入っていないもんですからね」

そんなやり取りから、二人の会話が始まった。

平沼さんの生い立ちについては、近藤さんから、詳細に教えられていた。

そうした予備知識をもとに、平沼さんとの話を進めていく。近藤さんには、「平沼さんの人となりについて知ってほしいんです」と言われていた。

彼は、一九五一年生まれ。私より一一歳年上だった。北関東の地で、二人兄弟の弟として誕生する。三歳の時に、父親が亡くなり、母子家庭となった。五歳の時に、新しい父親ができる。兄弟二人は、その継父から、日常的に暴力を受けていたという。それでも兄のほうは、真面目に育ったが、彼は、次第に学校にも行かなくなる。不良グループのメンバーになったのは、中学生になってすぐだった。一三歳の頃からは、万引きや窃盗、空き巣などを繰り返すようになり、計七回補導される。その七回目で、ついに彼は、初等少年院送りとなった。

「母親が連れてきた男の顔を見なくてよくなったんで、それだけでもオッケーだったな」

平沼さんは、指でＯＫの形をつくった。

一六歳で仮退院後、彼は、担当保護司に指導を受けながら、三カ月の保護観察期間を過ごす。同時期に、保護司に紹介された建設会社で、現場作業員として働き始める。だが、悪い仲間との関係は切れなかった。だんだんと出勤回数も減ってきて、一八歳で完全に仕事から離れる。そんななか、グループの仲間が、暴走族のメンバーから襲われたことを知る。

「グループのリーダーが、仕返しの計画を練ったんだ。俺も含めてみんな、リーダーの言うことを聞かないわけにはいかないしさ」

グループメンバーは、ただちに実行に移す。ところがだ。予期せぬことが起きる。見境《みさかい》のつかない暴行で、相手を死なせてしまったのだ。

「確かに俺も、鉄パイプで殴っちゃったしな。やり過ぎたよ」

グループの四人が、「殺人罪」と「傷害罪」で逮捕された。

四人に対する家庭裁判所の決定は、それぞれ違った。一番罪が重いはずのリーダー格の男を含め、三人の少年が、少年院送致となる。その一方で、平沼隆康少年のみが、検察へと逆送された。揉み合いの最中に、「ぶっ殺せ」と発言したことが、故意の殺人ととらえられたようだ。

三人と彼との違いは、ほかにもあった。ひとつは、彼だけが、少年院経験者であったこと。そして、ふたつ目は、それぞれの親の対応の違いだ。リーダー格の男の親が、賠償金の支払いをしたのに対し、彼の両親は、家裁調査官に会うことさえ拒んでいたのだ。この違いも、かなりの影響を与えたのではないかと思われる。

「人間って、不公平なもんだよ。どんな親から生まれるかで、運命が決まっちゃうんだからな」

被告人となった彼は、「殺人罪」により、懲役五年以上八年以下の不定期刑を言い渡された。収監されたのは、東日本にある少年刑務所だ。服役中は、少年院よりも居心地が良かったという。腕っぷしが強かった彼は、三年もすれば、工場内の受刑者のほとんどを従えるようになる。

その一方で、不安なこともあった。仮釈放に向けての身元引受人がなかなか定まらないのだ。更生保護施設は、懲罰の多い彼を、引き受けようとはしない。

彼が服役中、母親と継父は、すでに離婚していた。その後、病気がちになった母親は、入退院を繰り返している。とても母親には、身元引受人など依頼できない。代わりにと考えていた兄だが、身元引受人になることを、にべもなく断ってきた。それだけではない。〈もうお前とは、関わりを持ちたくない〉との手紙を寄越し、絶縁を迫ってきたのである。身元引受人になってもらうのは、諦めるしかなかった。

「俺さ、縁は切られないようにって、ムショから丁寧な手紙を書いたんだ」

だが、兄からの返事は、ついぞなかった。

二七歳で刑期満了を迎えたが、その直前に母親が亡くなっている。

「叔母さんが手紙で知らせてくれたんだけど、そしたら、雑居から独居に三日間だけ移らせてもらってさ、俺、その間、夜はずっと泣き続けてたよ」

出所後は、その足で知り合いのもとを訪ねた。知り合いといっても、少年刑務所の工場で一緒になった先輩受刑者だ。顔が広い人らしく、就職先を探してもらおうと思ったのである。

仕事は、存外に早く見つかる。東京都内の金属加工工場での旋盤工だった。刑務所内で三年間、刑務作業として従事した仕事でもある。工場の経営者は、さばさばとした性格の人のようであり、彼の前科など、まったく気にしていない様子だった。

仕事の内容も職場環境も、申し分ない。仕事に慣れて、安定した生活を送れるようになったら、兄に連絡を取ろうと考えていた。

働きだして九カ月目、職場で事件が起きる。部品の仕入れのために用意していた現金二〇〇万円が紛失したのである。それが発覚した直後からだった。疑いの目が、彼に向けられるようになる。明らかに、すべての従業員から避けられていた。誰も口を利いてくれない。前科があることを知っているのは社長だけだったはずだが、どういうわけか。

警察の捜査が始まると、彼一人が別室に呼ばれたりもした。それは、事情聴取などというものではない。はじめから、尋問口調の取り調べだった。

「前科者は、いっつもそうだよな。人から信じてもらえねえんだ。でも、結局、俺は悪くなかった」

一週間もせずに、真相が判明した。事務職社員の勘違いで、すでに現金は別の部品購入に充てられていたのだった。そこで、あっさりと騒動は終了する。しかし、それ以降も、従業員たちの態度は変わらない。腫れ物に触るような接し方だった。日ごと、職場に居づらくなっていく。そんな折、暑気払いを兼ねた懇親会が開かれることになる。彼は、一旦は参加を断った。だが、社長からの強い誘いもあり、少し遅れたものの、会場となる料理屋を訪れる。店内に入った時だった。奥の広間から、みんなの声が聞こえてくる。

「あいつら、みんなで俺のこと馬鹿にしてたんだ。『刑務所上がりは暗い』とか、『まわりが気を遣う』とか。まあ要するに、社長が全部ばらしてたんだな。その社長なんだけど、笑いながら、こんなこと言ってやがった。『平沼君の前で、網走番外地でも唄ってやろうか』だってよ」

そのまま店の外に駆け出し、もう工場に戻ることはなかった。

それからは、まともな仕事に就かず、その日暮らしの毎日を送る。日払いで得た肉体労働の対価は、アルコールに消えていった。

二回目の服役は、三二歳の時だった。酔いつぶれて他人の敷地内で寝込んでしまい、「住居侵入罪」、および、見つかった時に家主の手を振り払ったということで、「暴行罪」も加わった。三回目の服役は、「詐欺罪」である。酔っ払って酒代《さかだい》を払い忘れたという、無銭飲食だった。そして四回目は、カップ酒一本を盗んだ「窃盗罪」だ。

四回目の服役中、初めて「酒害教育」なるものを受けた。それにより、近藤さんとつながることができたのである。

満期で出所した時には、もう五〇歳を過ぎていた。

私は、平沼さんに尋ねる。住まいと仕事を紹介するうえで、確認しておかなければならないことがあったのだ。

「受け入れてくれるかもしれないところなんですが、そこは、もちろん禁酒です。その点、大丈夫ですか。まあ、平沼さんは、もう半年も、いや、その前の服役中もですから、合計三年半近く、アルコールを断ってるんですもんね。大丈夫ですよね」

「いや、ムショにいる時のことは、カウントしちゃいけないよ。まあ正味、五カ月半だな。俺な、一生断酒しようなんて思わないようにしてんだ。思っただけで、プレッシャーかかって、俺みたいに意志の弱いやつは、すぐにこけちゃう。だから、きょう一日だけは、飲むのはよそうって、それくらいの目標でいいんじゃないかと思う。その一日一日の積み重ねで、振り返ったら一カ月断酒してた、二カ月断酒してたって、そんなふうな気持ちでいたほうが長続きするって思うんだ」

絶対に断酒します、と言われるよりも、ずっといい。彼は、自分の気持ちを正直に語ってくれる人なのだろう。それに、断酒の方法としても、そのほうが正しいと思う。

「分かりました、平沼さん。明日には、そのビルメンテナンス会社に住み込みで働けるかどうか、はっきりすると思います」

受け入れ先として、私の念頭にあるのは、大学の頃からの友人が経営する会社だ。

友人の名前は、福浦裕太郎（仮名）という。大学時代、日雇い労働者やホームレスの支援活動に、ともに取り組んだ仲だ。私が議員になったあとは、あまり連絡がこなくなる。というのも、彼は、ビルメンテナンス会社を立ち上げていて、役所とも仕事をしていたのだった。だから、議員とはつき合わないほうがいい、と話す。議員を通じて、仕事にありつこうとする業者はたくさんいた。彼の場合、それとは、真逆なのである。信頼できる友人だと思った。

福浦から久しぶりに連絡があったのは、二〇〇五年の七月、私の出所後のことだった。

「この前、新聞のインタビュー記事、読ませてもらったよ。頑張ってるみたいだね。俺にも、なんか手伝えることがあるかもしれないんで、なんでも言ってきてよ」

即座に依頼したのが、出所者の引き受けである。

人手不足でもあるらしく、翌日には、話がまとまった。それ以来、三人の出所者を雇用してもらっていた。全員が、社員寮に入っている。

平沼さんのことも、きっと受け入れてくれるはずだ。

そう思い、私は、福浦のビルメンテナンス会社の所在地を、平沼さんに伝える。

彼は、少し暗い顔になる。

「どうしました、平沼さん。何か不都合でもありますか？」

「まあ、あんまり考えても仕方ないんだけどな……」

彼の顔に笑みが浮かぶ。つくり笑いのようでもあった。

平沼さんは、問わず語りに話しだす。

「その会社があるあたりには、一八歳ん時に一緒に捕まった、あの男がいるんだよな。グループのリーダーだったやつさ。あいつ、俺と同じで、勉強なんて全然できなかったんだけどさ。少年院で目覚めたのか、退院してからすぐ、定時制の高校に通いだしたんだ。それから大学まで出て、今は税理士やってるらしい。風の噂じゃ、結構稼いでるみたいだ」

「その人がいる具体的な場所は、ご存じなんですか」

彼が、首を左右に振った。

「だから、風の噂なんだよ。具体的な場所なんて知りもしねえし、知りたいとも思わねえよ。まあ、人の人生と自分の人生を比べてみたって、どうしようもないからな」

続けて平沼さんは、何かを吹っ切るように声を張り上げた。

「俺は俺で、頑張るぞー。まだまだ俺だって、希望はあんだー」

排斥運動の果てに

二〇〇九年の三月九日、私は、福島市内の、ある場所に足を運んでいた。ＪＲ福島駅から一・五キロほど北に位置する、国の出先機関が集まる地域だ。

福島地方検察庁、福島保護観察所、福島税務署、ハローワーク福島と、これらのビルに囲まれて、二階建ての白い建物があった。真新しい建造物だが、実にシンプルなつくりだ。まだ内部は、何にも利用されていない。

この建物の名称は、「福島自立更生促進センター」という。法務省の予定としては、前年の八月に開所しているはずの施設だった。

自立更生促進センターとは、簡単にいうと、国が運営する更生保護施設である。民間の更生保護施設は、全国に一〇二カ所あった。だが、受刑者の罪名によっては、施設への負担の重さや、地域社会の不安から、受け入れを拒否されるケースも多い。そうしたなかで、法務省に設置された「更生保護のあり方を考える有識者会議」が、提言のひとつとしてまとめたのが、自立更生促進センター構想だ。

国は、まずパイロット事業として、京都市と福岡市、そして、この福島市に自立更生促進センターを設置するということで動きだす。いずれも、検察庁や保護観察所と隣接して設けられる計画だった。しかし、京都市と福岡市に関しては、地域住民の反対運動により、すぐに頓挫《とんざ》。私も、福岡市の現場を見たのだが、立て看板の文字に驚かされた。

〈24時間自由行動の出所者をこの町に住まわせるな!!〉

だったら、私自身もこの町には住めなくなる。

地域住民だけではなく、テレビのワイドショーなどでも、批判的な視点で、この問題を取り上げていた。普段は、「人権、人権」と声高に叫ぶキャスターも、顔を歪めてコメントする。

「法務省は、一体何を考えているんでしょうね。近くに小学校があるんですよ。そんなところを、出所者にうろうろされてごらんなさい」

出所者には、自由も人権もないようだ。

そんな状況下、三カ所のうち唯一、計画を進めることができていたのが、福島市の自立更生促進センターだった。定員は二〇人の施設である。

ところが、開所を前にして、にわかに反対運動が激しくなる。設置に反対する署名運動が始まり、「市街地周辺地域の安心を守る住民の会」という反対運動の中心組織もできた。福島市議会の三月定例会には、間もなく、反対の意見書が提出されるという。

私がここを訪れたのは、法務省保護局からの依頼を受けてのことだった。反対派住民も含めた地域の人たちと、膝を交えて話をしてほしいという。話す内容は、「受刑者とは、どういう人たちか」についてである。私は、ふたつ返事で引き受けたのだが、現地に来てみて、だんだん不安になってくる。反対運動は、予想以上で、ここに来るまでの間、何本もの幟《のぼり》旗《ばた》が立っていた。それぞれ、〈センター開所断固阻止〉や〈法務省ふざけるな〉という文字、さらには、法務省幹部の実名を書き、〈○○、ごり押しするな〉と訴える幟もあった。

講演開始の予定時刻、午後三時には、会場となる福島法務合同庁舎二階の大会議室は、一〇〇人近くの参加者で埋まっていた。

午後三時をやや回ったところで、話を始める。

まずは、自分の黒羽刑務所での体験を披歴し、続いて、現在も毎週必ず受刑者と顔を合わせる播磨社会復帰促進センターや、島根あさひ社会復帰促進センターの話をする。

最終的に、伝えたいことは、ひとつだった。

「受刑者となる人のほとんどが、事件を起こす前から、社会の中に居場所がなかった人たちです。私もそんな人たちの社会復帰支援に数多く関わってきましたが、そういう人ほど、社会復帰や再犯防止が容易かもしれません。彼らは、居場所さえあれば、再犯の可能性がぐっと低くなってくるんです」

その居場所をつくるためにも自立更生促進センターが必要、とまでは口にしなかった。けれども、理解はしてくれたと思う。私の話が終わった時、かなりの人たちから拍手が寄せられたのである。

そのあと、意見交換の場に移ったのだが、そこで気づいた。どうやら、参加者の多くは、福祉関係者であったようだ。発達障害と犯罪の関係についてや、次年度から全国に設置される地域生活定着支援センターについてなど、福祉マターの質問や意見が相次いだのだった。

帰り際に、この会を企画した保護観察官が耳打ちしてくる。

「反対されている方たちも、結構来られてましたよ」

私の話が、どれだけ役に立ったかは分からない。だが、とにかく、地域の人たちも同意したうえでの開所となることを願う。反対の幟旗が林立するような環境の中に、出所者を帰すわけにはいかないのだ。

この会から、四カ月あまりあとの七月一八日、私は、再び福島保護観察所を訪ねた。地域住民との対話集会に参加するためであった。

そして、二〇一〇年の八月である。福島自立更生促進センターが、ついに開所するに至った。開所後は、地域住民も参加する「センター運営連絡会議」が設置され、おおむね月に一回の情報交換の会議が行なわれているようだ。

法務省が、「自立準備ホーム」という制度を新たに設け、それを全国各地に展開し始めたのは、二〇一一年度からだった。NPO法人や福祉事業者などが運営する宿泊施設を、自立準備ホームとして登録してもらい、そこを出所者の帰住地とするのだ。

二〇一二年の八月のことだった。この法務省の取り組みにブレーキをかける条例案が、埼玉県の、ある自治体で提出されようとしていた。その条例は、更生保護施設や自立準備ホームを設置する際に、〈施設開設予定地の三〇〇メートル以内の住民、および不動産所有者に対して説明会を開き、説明会終了後、書面によりすべての住民の三分の二以上の同意を求めること〉としている。これでは、自立更生促進センターの例からしても、永遠に設置することができなくなる。

まずは埼玉県弁護士会が、抗議の声明を出す。更生保護関係者も抗議活動を展開する。私自身も、独自に抗議活動を行なった。

居ても立ってもいられない気分だった。その頃、出所者を地域社会から排斥するような動きが、いくつかの場所でも見られていたからだ。

そのひとつに、私の友人の福浦が関係する地域があった。

福浦の会社には、平沼さんが雇用されて以降、さらに三人の出所者を雇ってもらっていた。そのたびに私は、本当に申し訳ないと、頭を下げた。それに対し、いつも彼は、気にするな、と返してくる。

「あの人たちを支援するっていうのは、学生時代の俺たちが目指した活動の、最も本質的なところに迫ってるってことにもなるんじゃないのかな」

笑ってそう言うのだが、ここのところは、大変な状況になっているようだった。

社員寮には、九つの部屋があった。そのうち、七部屋を出所者が占めている。現在、その七人のまとめ役となっているのが、平沼さんだった。

たまに私が顔を出すと、彼は、元気な挨拶で迎えてくれる。顔の色艶も、以前と比べ、ずいぶん良くなっている。酒は断ち続けているらしく、その効果もあるのだろう。

だが先日、彼から心配なことを聞いた。

出所者のうち二人が、寮の規則を破って、近くの居酒屋で酒を飲んでいたらしい。二人はやがて、酔いに任せて、刑務所の話をしだしたのだという。しかも、大声で。

「あっという間に地域の中で、その話が広がってね。町会長が、うちの社長のところに来て、寮の住人に出所者がいるっていうのは本当かって確かめていったそうなんだよ。実は、町会長っていうのは、今俺らが住んでる社員寮の家主なんだ」

「それで、福浦は、どう答えたんですかね」

「何も隠すことはないんで、訊かれれば、本当のことを答えるって、そんなふうに言ってたよ。でも心配だよな。寮の契約を解除されるかもしれねえし」

「そんな一方的には、契約を解除されたりしないと思いますよ。まあ、あんまり心配しないでください。ストレスが……、いや、まあ、福浦が万事、うまくやってくれますよ」

ストレスが溜まると、またアルコールを口にしてしまうのではないか。そう言おうとしたが、すんでのところで堪えた。その言葉自体が、呼び水になるかもしれないのだ。

「でも山本さんね、最近は、近所の人たちの俺たちを見る目が、これまでとは、明らかに違うんだ。特にさ、子供は正直だな。俺たちの姿を見たら、走って逃げやがんだ。親に吹き込まれてるんだろうな、あいつらには近寄るなって」

「まあ、そんなに悪いほうに受けとめないほうがいいですよ。気のせいかもしれませんし」

「気のせいなんかじゃねえよ。あいつらな」

そこで彼は、口を噤んだ。

怒りを抑えているのか、見る間に、顔が赤くなっていく。

ここには、ちょくちょく足を運ばねばならないと思う。

そう思いながらも、時は、またたく間に過ぎていった。あまり福浦の会社を訪ねることもなく、二〇一二年も一一月を迎えた。

一一月一六日には、あの埼玉県内の自治体が、更生保護施設関係の条例案の上程を断念すると発表する。

それはそれで、非常に良かった。だが、その数日後、悔やんでも悔やみきれない出来事が起きる。

平沼さんが警察に逮捕されたのだ。福浦からの報告によると、酒に酔った勢いで、町会長に暴力を振るってしまったらしい。

勾留決定後、私は、警察署に面会に行く。

私が面会室に入ると、すでに平沼さんは、透明アクリル板の向こうにいた。決まりが悪そうな顔をして座っている。少し俯き加減だった。横には、面会立会い係の警察官がいる。

平沼さんが、顔を上げた。

「山本さん、すみませんでした。俺、我慢できなかったんだ。あの日の朝、町会長のやつ、俺たちが出したゴミ袋の中をチェックしてたんだ。それで、頭にきちゃってな」

「それぐらいで頭にきて、どうするんですか。で、なんでお酒を?」

彼は、目をそらすことなく、真顔で答える。

「娑婆に別れを告げる儀式だと思って飲んだんだ。どうせ、塀の中に入ったら、もう飲めないんでね」

「ということは、はじめから刑務所に戻るつもりで?」

「そうさ、もうなんだか疲れたんだ。俺、早く、前科者だけの世界に戻りたいよ。まあ、俺がそんなふうに考えなくってもさ、社会のみなさんのほうで、ちゃんと排除してくれるんだろうけどさ」

「馬鹿なこと、言わないでください」

思わず私は、アクリル板の手前まで、顔を近づけていた。

平沼さんも、こちらに迫ってくる。

「馬鹿なことって言うけどさ、それが現実じゃないかと思うよ。まあ、そうじゃないっていうんだったら訊くけどさ。前科者もそうじゃない人も、まったく分け隔てなく暮らしていけるってところって、あんのかね」

「なくもないでしょ。なければ、つくればいいんですよ」

私は、気色《けしき》ばんで言い返していた。

だが、考えてみれば、そんなところをつくれる見込みなど、まったくない。自立更生促進センターの設置に反対する出所者をこの町に住まわせるな!!〉の一文が思い出される。

〈24時間自由行動の出所者をこの町に住まわせるな!!〉

溜め息とともに、天を仰ぎ見ていた。

その九日後のことである。平沼さんは、処分なしで釈放される。福浦が町会長と話をつけ、訴えを取り下げてもらったのだ。

ところが、その二週間後、平沼さんは、自ら命を絶ってしまう。

福浦が執り行なってくれた社員だけの告別式。そのささやかな葬儀に、私も参列した。

笑顔でこちらを見る平沼さん――。その遺影を見ながら、なんともやり切れない気持ちになる。

こんなことになるのであれば、刑務所に戻っていたほうが良かったのではないか。社会の中では、前科者に、幸せなど訪れないというのか。

暗澹たる気分になり、絶望が胸を覆っていた。

あの時は、確かに、そうだった。ところが、そんな絶望感も、様々な人との出会いにより、徐々に希望へと変わっていく。

ある模倣犯

佐田敏明さんと私が初めて言葉を交わしたのは、二〇一四年二月二二日のことだった。

その日、私は、福岡県の筑豊地域にいた。田川市に本部を置く「福岡県立大学」での市民講座に招かれたのである。私の講演中、会場最前列の真ん中の椅子に座っていたのが佐田さんだった。講演が終わると、彼は立ち上がり、満面の笑みで拍手を送ってくれる。親しみを感じる笑顔だと思った。

私の体が、自然と動く。ステージを降りて、彼の前に立っていた。

「熱心に聞いていただき、ありがとうございます」

「感激です。私、山本さんのファンなんです。『獄窓記』と『累犯障害者』は、何度も繰り返し読ませてもらっています」

嘘でもそう言われると、悪い気はしない。

名刺を交換したあと、私は、彼の横に腰掛ける。

それから二人は、しばらくの間、話をしたのだった。

彼は、一昨年から、罪を犯した障害者の人たちを支援する活動を始めたのだそうだ。グループホームを開設し、そこで、刑務所や少年院を出た人を受け入れているらしい。

佐田さんは、私に対して、彼らを支援するうえでの留意点について尋ねてきた。

私は、日頃、地域生活定着支援センターのスタッフなどに話している内容を、そのまま口にする。

「何がなんでも再犯を防いでやるなんて、そんな気張《きば》った状態で、彼らと向き合わないことですね。それだと、お互いストレスが溜まって、決して良い結果は生みません。福祉が受け入れれば、もうその時点で、再犯の可能性は百分の一くらいに減っています。万が一、再犯事件を起こしたとしても、たまたま百分の一が出ただけ。そんなふうに心に余裕を持って、肩の力を抜いて接してあげてください。刑務所から出てくる障害者の人たちっていうのは、要するに、今の社会の中での『生きづらさ』を抱えた人たちなんです。その生きづらさのひとつひとつを、ゆっくりと時間をかけて取り除いてやってください」

「実は私も、そう考えているんです。強い言葉で抑えつけたりしても、うまくはいきませんもんね。それよりもまずは、しっかりとした信頼関係を築いていくことが大事だと思っています。ですから私たちは、がんじがらめに縛りつけてルールを守らせるなんてことは、絶対にしません」

「一部そんな酷いことをしている福祉事業者もいますよ。そういう人たちは、初めから相手のことを色眼鏡で見てるんです。ソーシャルワーカーにとって大切なのは、支援する相手のことを、自分とは違う異質な存在、みたいには絶対に思わないことです」

「そうですね。これからも同じ目線で、利用者さんたちとつき合っていきます」

私は、最後に、「今後もいろいろと連絡を取り合えればいいですね」と言った。それから、渡した名刺の余白部分に、自分の携帯電話の番号を書く。

東京に戻った数日後だった。私の携帯電話に、佐田さんからの連絡が入る。

「ちょっと相談させていただきたいことがあって、お電話しました。山本さんにも、『受刑者の個人情報についての守秘義務』がおありなんですよね」

「もちろんです」

「では、ちょっと話をさせていただきます。三年前なんですが、バスジャックをしようとして捕まった人がいることをご存じですか。場所は、福岡市です」

その事件のことなら、よく覚えている。二〇〇〇年に起きた西鉄バスジャック事件を模倣しての犯行だった。ただし犯行といっても、確か、どこかのトイレに、バスジャックを予告する紙を貼りつけただけだったような気もするが……。

「記憶にある事件ですね。ただし、そのあと容疑者がどうなったかについては、承知していませんが」

「そうですか。実はその人、今は二六歳になっていて、三年前から、福岡刑務所に服役してるんです」

「普通なら、犯行予告の紙を貼るだけじゃ、懲役刑にまではなりませんよね。それに二六歳なのに、少年刑務所じゃなくて、医療重点施設の福岡刑務所に、三年間にわたって収監されている。ということは、その人、累犯者で、なおかつ障害のある人っていうことですね」

「はい、そうです。二一歳から二三歳までは、川越少年刑務所に服役していたみたいです。

それで、彼には発達障害があって、精神障害者保健福祉手帳が交付されています」

「その人を、佐田さんのところが受け入れるってことですか」

「あと二カ月ちょっとで、刑期満了の日を迎えます。それからすぐ、うちのグループホームで引き受けるつもりです」

その後、佐田さんから、本人の経歴や、事件を起こすに至った経緯などについて、ざっと説明を受けた。

「以上ですが、山本さんに、何かアドバイスをしていただければありがたいです。いかがでしょうか」

「そうですね、この前、福岡県立大でお話しした通り、あまりストレスを与えないようにしていけば、大丈夫だと思いますよ」

電話のあと、すぐに私は、ネット検索した。さらに、知り合いの新聞記者や週刊誌記者に取材して、詳しい情報を入手する。

だいたいのところは理解できた。

福岡刑務所に服役するその五十嵐浩則（仮名）受刑者は、千葉県出身だった。

小学校、中学校と、地元の公立学校に通う。学校では、いじめられっ子だった。中学二年生の頃、母親が蒸発。夫からのDVと、パチンコによる借金が原因だという。以後、父親の態度がかなり厳しくなっていく。「母親に似てるから、気にくわん」と、殴られることもあった。

公立高校に進学するものの、一年生の時に、自動車の無免許運転などで退学。学校を辞めてからは、土木作業員や塗装工として働く。仕事場では、毎日のように上司から暴力を振るわれていた。就職後のこの三年余りの間に、虚偽通報などによって、何度も警察に補導される。たびたびの非行行為から、精神疾患が疑われた。

一九歳で、精神障害者保健福祉手帳を取得し、そのあとは、無職となった。

家にいても、父親に怒られてばかり。そんな父親を困らせてやろうと思い、何か大きな事件を起こすことにする。二カ月前には、「秋葉原通り魔事件」が起きていた。とりあえず、それを真似ようと考えた。繁華街で無差別に人を殺傷するのだ。包丁一本、フィレナイフ一本、ペティナイフ一本を、リュックサックの中に入れ、自転車で千葉から渋谷に向かう。しかし、途中で怖くなり、自ら警察署に出頭。その時点での年齢は、二〇歳を過ぎていた。果たして彼は、刑事裁判にかけられることとなる。

二〇〇八年の一一月、東京地方裁判所は、「銃刀法違反」で、懲役一年六月、執行猶予五年の判決を下す。保護観察も付された。

三カ月半の勾留を解かれた彼は、千葉県内の更生保護施設に帰住した。

当初、保護観察官からは、精神障害があるため、「仕事をしなくていい」と言われた。ところが、更生保護施設の職員から、仕事をしてお金を貯めなさい、との指導を受けるようになる。そこで、お金を手に入れる方法として思いついたのが、タクシー強盗だった。やはり、それも模倣犯だ。二〇〇八年の一二月末から二〇〇九年の年頭にかけて、全国でタクシー強盗殺傷事件が頻発しており、うち二人のドライバーが亡くなっていたのである。

パン切り包丁を購入した彼は、その足でタクシーに乗車した。千葉県を出発し、神奈川県に入ったところで、タクシーをサービスエリアに停車させた。前回同様、途中で怖くなったのだ。自分で警察に連絡を入れ、またも「銃刀法違反」で逮捕されてしまう。

横浜地方裁判所は、懲役一年六月を言い渡した。前刑の執行猶予も取り消され、合わせて三年の懲役だ。

彼は、二一歳で、川越少年刑務所に服役する。

真面目な受刑生活を送っていたようで、二年と少しで仮釈放が許可された。帰住先は、広島県内の更生保護施設である。そこでは仕事に就き、造園作業員として働いた。だが、それも短期間に終わった。他の出所者に「腐るから、近寄るな」などと罵声を浴びせられたことにより、更生保護施設を飛び出す。仮釈放から、ひと月後のことだった。

彼は、バスに乗ってどこかに行こうと考え、福岡行きの高速バスに乗る。乗り物は、子供の頃から好きで、特に、パトカーやバスに興味を持っていた。バスに乗車中、かつて起きたあの「西鉄バスジャック事件」を思い出す。

福岡市に到着し、洋包丁を購入した。紙やペンも用意する。

〈明日の午前7時30分に博多駅交通センターを出発する便をバスジャックする。私のことを阻止してみよ。警察組織などには負けはしない〉

そんな文章を書いた紙を、駅ビルである博多阪急のトイレに貼りつけた。それからまた、警察に対し、犯行予告文が貼られていることを、自ら通報。その後、朝日新聞ビルの一階ロビーにいたところ、警察の職務質問を受ける。彼は、あっさりと白状し、「銃刀法違反」により、現行犯逮捕されたのだった。

福岡地方裁判所は、懲役二年の判決を下す。仮釈放も取り消され、前刑の残り期間、八カ月の懲役も追加された。

佐田さんの説明だと、福岡刑務所での五十嵐受刑者は、共同室で暮らしているらしい。同室の受刑者たちには、初めから、自分が障害者であることを伝えており、特に目立ったトラブルはないという。

どうやら彼は、環境さえ整えば、平穏な暮らしを維持し続けることが可能なようだ。いろいろと調べた結果、彼の犯罪動因についても、それなりに理解できたと思う。そのうえで、私は、佐田さんに電話をした。

「佐田さん、安心して引き受けてください。彼の場合、大きな事件が起きた時に、その事件報道に触れさせないようにしていれば、きっと大丈夫ですよ。もちろん、毎日の生活のなかで、ストレスや刺激を与えないことが前提です」

この言葉で、佐田さんも、少しは気を楽にしたのではないだろうか。

バスジャック事件とメディアスクラム

二〇一四年七月二〇日の夕方、私は、都内の更生保護施設にいた。施設の多目的ホールにおいて、会議に参加中だった。この日は日曜日で、役員会が開催されていたのである。

午後五時二五分くらいだ。私の携帯電話が、着信を知らせるバイブレーションで振動する。着信表示を確認すると、佐田さんからの電話だった。

私は、急いで部屋を出て、携帯電話を耳に当てる。

「山本さん、ニュース見られてますか。ちょっと、大変なことになったんです」

それは泣き声に近く、ただならぬ事態になっていることが分かる。

私は、通話の状態にしたまま、事務室へと移動した。

テレビのスイッチを入れる。時計を見ると、あと三分ほどで、ニュースが始まる時間だった。

とにかく佐田さんに話を聞く。

「一体どうしたんですか、何が起きたんですか」

洟を啜るような音がして、それから答えが返ってきた。

「五十嵐さんが……、五十嵐さんがですね、ほんとにバスジャックをやっちゃったんです。今、この事務所は、何十人ものマスコミの人たちに取り囲まれています。事務所の上には、ヘリコプターが飛んでます。あー、もう駄目です……。もうグループホームもやっていけません。もう終わりです」

テレビ画面には、沖縄の辺野古で、人々が抗議活動をする様子が映っている。チャンネルを変えようとしたところで、そのニュースが始まった。

高速道路に停車した西鉄バスの横で、警察が実況見分《じつきようけんぶん》している。そんな映像とともに、〈九州自動車道でバスジャック　走行中のバスに刃物男　警察が追跡・逮捕〉というテロップが流れた。

テレビの音量を大きくする。

「本日午前一一時頃、福岡県の九州自動車道を走行中の高速バスの車内で、刃物を持った二六歳の男が運転手を脅してバスを走らせましたが、およそ三〇分後に追跡していた警察官に銃刀法違反の疑いで逮捕されました。男は乗客に対して、『警察を呼べ』などと要求したということで、警察は詳しい動機やいきさつを調べています。警察によりますと、男は自称、福岡県〇〇〇〇の無職、五十嵐浩則容疑者で、乗客二〇人と運転手一人に怪我はないそうです」

負傷者がいないということで、ほっとした。

画面が変わり、ウィサポートの建物が映される。

「佐田さん、すみませんでした」

私は、画面に向かって、頭を下げていた。容疑者となった彼について、「大丈夫」「安心して引き受けてください」などと、無責任に話していたことを反省する。

電話の向こうで騒がしい音がして、そのあと電話が切れた。

私は、携帯電話を机の上に置いた。テレビでは、まさしく「メディアスクラム」といった場面が映し出されている。

テレビが、次のニュースを伝え始めた。私は、一四年前に自分自身が経験したメディアスクラムを思い出す。

二〇〇〇年の八月三一日。その日の産経新聞朝刊は、一面トップの記事として、〈民主・山本譲司衆院議員の関係者聴取　東京地検特捜部〉という大見出しに続き、私の秘書給与問題が細かく報じられていた。その内容から、明らかに、私設秘書の一人がリークしていることが分かる。

朝から、自宅のインターフォンが鳴り続けた。新聞記者の取材だ。それに対して、「事情が分かりませんので、申し訳ありません」と、妻がいちいち対応してくれていた。私自身は、弁護士と相談した結果、全体の状況が把握できるまで、取材に応じないことにする。

私が住むマンションの部屋は、道路に面した二階部分だった。外の様子が、容易にうかがえる。カーテンの隙間から覗くと、マンションの前には、続々とマスコミ関係者が集まってきていた。社旗をつけた車の中には、知り合いの新聞記者もいる。

テレビ中継車が現れた。

テレビニュースでは、新聞にリークした私設秘書が、モザイク映像で登場し、声を変えたうえでインタビューに応じていた。その秘書が、事務所から後援会名簿を持ち出し、対立する候補の陣営に行ったことは情報として入っていた。しかし、ここまでやるとは思わなかった。東京地検特捜部の聴取を自ら受けに行ったのも、その秘書だったのである。

テレビで秘書が話した内容は、虚実相半《あいなか》ばしていた。だが、政策秘書給与を流用していたのは、紛れもない事実である。なにしろ、その私設秘書の給与も、政策秘書の給与で賄っていたのだから、どうにも否定のしようがない。

いきなり家宅捜索はないだろうが、とりあえず妻には、実家へ避難してもらう。妻は、妊娠中だったのだ。

夕刻に近づき、テレビ中継車の隣に、投光車が横づけされる。まだ外は明るかった。にもかかわらず、確認のためか、こちらに向けて、光が照射された。一晩中、部屋を照らし続けられることを想像し、体が震える。

時間とともに、恐怖が増してきた。

私は、裏口を使い、逃げ出すようにしてマンションから脱出していた。藪の中を、雑草をかき分けつつ、もつれる足で走る。とても惨めな姿だった。

脳裏に、もうひとつの場面も蘇った。

二〇〇〇年の九月二三日。東京地検特捜部による逮捕から一九日後のその日、東京拘置所に勾留中だった私は、ようやく保釈の時を迎える。

日が暮れた頃だった。東京拘置所の玄関を出た途端、多くのテレビカメラと取材記者たちに取り囲まれる。通り抜ける隙間を見つけながら、なんとか私は、迎えの車のほうへと歩く。フラッシュライトが焚かれ、カメラのシャッターがせわしなく音を立てた。口々に発せられる質問とともに、前後左右からマイクが突きつけられてくる。まるでそれが、凶器のように感じられた。結局私は、ひと言も話せず、車に逃げ込んだのである。これまた、無様だった。

自分の記憶の中にある、あの臆病な姿は、一生消し去ることができないだろう。

私は、テレビのスイッチを切り、携帯電話を手に取った。電話をかける相手は、もちろん佐田さんである。

「はい……、佐田です」

消沈した声だった。

「佐田さん、元気出していきましょうよ。佐田さんは、私なんかと違って、なんにも悪いことをしてないんですからね、堂々としてていいんです。佐田さんが取り組んできたことは、本当に貴重なんですよ。福祉が見捨てて、ずっと刑務所暮らしだったような人たちを、積極的に、社会の中で受け入れようとしているんですからね。ある意味、社会のあり方を変える仕事ですよ。今、そこのまわりにいる記者たちよりも、ずっと立派な仕事をしてるんです」

一気にそう捲し立てていた。

「山本さん、ありがとうございます。声をお聞きして、少し元気が出てきました」

「そうですか。それは良かった。で、会見はやられたんですか」

「いいえ……」

「でしたら、すぐに会見を開いてください。容疑者が精神障害者であることを、最初にはっきり言ったほうがいいですよ。そうすると、マスコミにとって取り扱いにくい事件になるんで、そんなには追及してこないと思います。幸い五十嵐さん、人に危害を加えるようなことはなかったようですからね。いいですか、佐田さん、胸を張って、堂々と話してください」

少し間が空いて、やや元気を取り戻した声が返ってくる。

「分かりました。これから外に出ます」

逮捕後

佐田さんが会見する映像は、胸から下だけを撮って流された。喧騒のなかだったが、はっきりとした口調で話しており、私自身、非常に頼もしく感じた。

その後、ウィサポートには、福岡県警の家宅捜索が入る。持っていかれたものは、ほぼすべてが、五十嵐浩則さんの私有物だった。

翌日、警察の誰かが漏らしたのか、一部新聞に、犯行動機として、〈ウィサポートが面白くなかったから〉と、本人が供述しているように書かれていた。

佐田さんはじめ、スタッフの誰もが、なんの心当たりもない。

当日の五十嵐さんは、調理実習をしている途中、午前九時ぴったりに、他の利用者にこう告げたのだった。

なかった。


「ちょっと出かけてくる」

「はい、行ってらっしゃい」

他の利用者に見送られ、普段通りの表情で出ていったらしい。

彼がいた台所のシンクには、研《と》ぎかけの米が残されていた。

スタッフ全員で、事件を起こした動機を探ってみる。だが、なかなか答えには行き当たらなかった。

二日、三日と経つうちに、マスコミの数は減っていく。そのはずだった。しかし実際は、減ったり増えたりの繰り返しである。福岡県の福祉指導課が監査に来たり、福岡県警が聴き取りに来たりと、そのたびに、多くのマスコミを引き連れてくるのだ。きっと五十嵐さんが起訴されるまでは、ずっとこの状況は続きそうだ。

マスコミがいる間、佐田さんは、ほとんどの時間、建物の中にこもっていた。スタッフとともに、五十嵐さんの裁判支援に向けての準備をしていた。

本人と接見した弁護士によると、徐々に動機が分かってきたという。

五十嵐さんが、この計画を立てたのは、ウィサポートに来る前のことだったのだ。三年前、バスジャックに失敗して以降、とにかく、次は成功させたいと、絶えず思い続けていたらしい。福岡刑務所の中でも、細かい計画を立てていたことが、警察に押収《おうしゅう》されたノートからも明らかになっているようだ。

検察は、結局、五十嵐さんを、「人質強要処罰法違反」、および「銃刀法違反」の罪で起訴した。

裁判が始まり、佐田さんは、当然、弁護側証人として出廷する。

法廷は、福岡地方裁判所の中で、最も傍聴席が多い一〇一号法廷で行なわれた。ヘリコプターが上空を舞うような注目の事件であっただけに、開廷前から、九六の傍聴席が、すべて埋まる。

佐田さんは、あくまでも弁護側証人だ。五十嵐さんが有利になるような発言に終始する。

「こういう事件の計画を立てていたのに、それに気づかなかったのは、やはり、私どもの責任だと考えています。それに、実際に事件を起こしてしまったということは、私たちの配慮が足りなかったからだと、深く反省しています。今後も、本人が望まれるのであれば、彼への支援を続けていくつもりです」

裁判官は、判決文朗読の中で、被告人を厳しく断罪した。

「被告が発達障害の影響で他人の感情を汲《く》み取ることが困難な点を考慮しても、量刑を短縮すべきではありません。障害の特性が犯行に影響しているのは明らかですが、バス乗っ取りの危険性や、事件に巻き込まれて恐怖した被害者の感情を考慮するのであれば、やはり、重い刑罰によって断罪するしかないのです」

かくして、五十嵐浩則さんは、長期の刑で、みたび刑務所に服役することになったのである。

佐田さんは、これからが本番だと思う。

近隣の人たちに対し、大変迷惑をかけたことを謝らなくてはならない。もし、出て行けと言われれば、それに従うつもりでいた。今の場所を引き払って、また別のところで、ゼロからのスタートだ。

ウィサポートに帰った佐田さんは、鞄を事務所に置いたあと、外に出た。

実は、この一件で、体重が一五キロほど減っている。別人だと思われはしないだろうか。

「佐田さん、大変やったな」

向こうから声をかけてくれたのだった。自治会役員の男性だ。

裁判が終わり一段落するのを待っていてくれたのかもしれない。次々と、人が現れる。

「佐田さん、痩せたけん、いい男になったわ」

「次の自治会の餅つき大会、みんなで来るんよ、待っちょるき」

佐田さんは、言葉で返すより、まずは、深く深く頭を下げる。

顔を上げた。ようやく、言葉が出る。

「みなさん、本当にご迷惑をおかけしました。そして、本当にありがとうございます。どうぞ、これからもよろしくお願いします」

普通の暮らし

五十嵐浩則さんが起こしたバスジャック事件から一〇年後、私は、ウィサポートを訪れていた。事務所が入る建物の前に立っている。正面には、一八人が暮らすグループホームがあった。その両脇には、一般の民家が建つ。グループホームの利用者は、過去に重い罪を犯し、どこにも引き受け先がなかったような人が多い。

私は、横に立つ佐田さんに話す。

「五十嵐さんの事件以降は、事件らしい事件は起きていないっていうんですから、驚きですね」

「まあ、しいて挙げるんでしたら、三年前の山上さんのあの博多駅の事件ですかね」

「でも、山上さんも、今は落ち着いてますよね。やっぱり、カウンセリングとか、いろんなプログラムも効果を発揮しているんですよね。それにしても佐田さんは、努力家だと思いますよ」

「いいえ、そんな」

佐田さんは、五十嵐さんの事件後、専門的な知識とスキルを身につけることの必要性を痛感したという。そして、猛勉強の末、二〇一六年に精神保健福祉士、それから、二〇一九年に公認心理師という、それぞれの国家資格を取得した。

「山本さんも同じようにお考えなんでしょうけど、やっぱり大切なことは、心理学的なテクニックなんかじゃなくて、とことん相手を信じて、気持ちを通じ合わせるってことじゃないでしょうか」

「そうですね。お互い、とことん信じてなければ、こんな光景は生まれませんもんね」

グループホームの右隣の男性住人は、自分が勤める会社で、ここの利用者を雇用してくれていた。左隣の家の玄関先では今、五、六歳くらいの女の子が、母親と一緒に楽しそうに歌を唄っている。そのすぐ左には、広場があった。そこでボール遊びに興《きょう》じる二人の男性。一人は、その昔、性犯罪で捕まったことのある人で、もう一人は、殺人を犯した人だった。

「ねえ佐田さん、この場面を、これぞ共生の社会と見るのか、それとも非常にリスキーと見るのか、人によって見方が違ってくるんでしょうね」

「どうなんでしょう、私には、普通の光景にしか見えませんけど」

私は、ゆっくりとあたりを見回した。

下校中の小学生や、立ち話をする高齢者の姿があった。

「そうですね、佐田さんのおっしゃる通りです。何もかも普通ですね」

エピローグ

　私が、受刑者の社会復帰支援に携わり始めて、すでに二一年が経過する。そろそろ、この活動から身を引こうと考えたこともある。各都道府県に「地域生活定着支援センター」が設置されたり、矯正施設内に「福祉専門官」が配置されたりと、罪を犯した障害者の問題に関しては、一定の区切りがついたと思う部分もあるからだ。二一年前には想像しなかったほど、全国各地に、支援者の輪が広がっている。

　だが一方で、今も、この活動に批判的な目を向けてくる人たちがいる。福祉関係者の一部からは、「罪を犯した障害者よりも、一般障害者の生活を向上させるほうが優先」といった声が寄せられる。さらに、ネット上では、もっと辛辣な言葉が飛び交う。私の活動がネットニュースなどで取り上げられたりすると、決まって、こうした言葉が溢れるのだ。

〈前科者のくせに、調子に乗るな〉

〈山本譲司は、基地外犯罪者を野に放つのをやめろ〉

　自分のことに関しては仕方ない。だが、障害のある受刑者への攻撃は許せない。そうなると、俄然《がぜん》闘志も湧いてくるのだ。そして、この問題に取り組むようになった原点に立ち返りもする。それは言うまでもなく、自分自身の受刑経験だ。

　黒羽刑務所に服役中、障害のある受刑者から、こんな言葉を聞かされたことがある。

「僕ね、外にいる時は、誕生日を祝ってもらったこともないし、バレンタインデーなんてことも知らなかったよ。僕ら障害者はさ、生まれながらに罰を受けているようなもんだ。だから罰を受ける場所はどこだっていいんだ。また刑務所の中で過ごしたっていい。僕ね、これまで生きてきたなかで、刑務所の中が一番暮らしやすかったと思ってんだよ」

刑務所では、正月には雑煮が出され、桜の季節には観桜会《かんおうかい》があり、クリスマスの日にはショートケーキが配られ、誕生月に誕生会がある。二月一四日のバレンタインデーには、チョコレートが配られるのだ。罪を犯した者にそこまでするのは怪しからん、と思う人がいるかもしれない。しかし、それら所内行事は、受刑者に対しての、単なる「ご褒美」でもなければ、「ガス抜き」でもない。ある意味、教育的な処遇でもあるのだ。社会における通常の営みは、獄中でも、節目節目で経験させる——。そのことによって、自分たちも社会の一員だという自覚を持たせ、それが更生への意欲につながれば、との思いが込められている。

確かに、正月にお雑煮を食べる、誕生日に祝ってもらう、クリスマスにはケーキを食べる、というのは、社会における普通の営みかもしれない。ところが、障害のある受刑者の中には、何十年も生きてきて、そんな当たり前のことを、一度も経験していない人が多かった。なんという環境で生きていたのか。こういう人たちが、文明国家といわれる我が国に、まだまだたくさん存在していたのだ。

彼らには、一刻も早く、社会に戻ってもらいたい。社会の中で、少しでもいいから、幸せを享受してほしい。そうした思いが、現在の私の活動へとつながっていたのだ。

やはり、そう簡単には、この活動から離れるわけにはいかない。

出所者への支援を続けていると、こちらのほうが幸せを感じることもある。社会復帰の手伝いをした人が、幸せに暮らしている姿を見る時だ。

夢野真人（仮名）さんは、かつて、「もう娑婆には戻りたくない」と話していた人である。年齢は三一歳。軽度の知的障害者で、幼少期より、父親からの壮絶な虐待を受けていた。背中には、鞭で打たれたような傷が、いくつも残っている。窃盗罪での服役だったが、刑務所の中では誰とも口を利かない。刑務官の指示にも従えず、懲罰の常習者でもあった。

満期で出所したあと、彼には、私の知り合いが運営するグループホームに入ってもらった。そこは、知的障害者だけではなく、身体障害者や高齢者も、一緒に暮らすグループホームだ。当初の夢野さんは、服役中と同じく、まわりと協調して生活するのが難しかった。ところが、自分の「役割」を見つけた途端、がらりと人が変わっていく。

そのグループホームでは、入居者同士の共助というのが、日常的に行なわれていた。私も、聴覚障害者が視覚障害者を手助けする場面に出くわしたことがある。そうしたなか、夢野さんは、自分から高齢者の介護をするようになったのだという。

彼から、手紙をもらったのは初めてだった。

〈山本じょうじさん、もうボクは、生活ホゴをうけなくてもよくなりました。ほかにも報告があります。早く会いたいです〉

早速私は、夢野さんに会いに行く。すると、彼は満面の笑みをたたえて、こう言うのだ。

「僕、結婚するんだよ。相手は、勉強するところで一緒になった人なんだ。とっても可愛い人だよ」

彼は、週に一度、介護職員初任者研修に通うようになっていた。そこで出会った女性と、結婚する約束をしたのだそうだ。相手は二歳下で、彼と同じく、軽度の知的障害があるらしい。

彼の外見は、驚くほど垢《あか》抜けていた。いつの間にか、言葉も流暢になっている。

「良かったじゃないですか、夢野さん。おめでとうございます」

「はい、ありがとうございます。それからね、働くところも決まったよ」

彼の話によると、初任者研修を開講する社会福祉法人が、障害者雇用の枠で雇ってくれるのだそうだ。

「本当に良かったですね」私は、彼に顔を近づける。「刑務所から出たくないって言ってたのは、誰でしたっけ？」

「あれ、冗談に決まってるでしょ」

彼女と二人で写るプリクラを見せてもらったが、お似合いのカップルだと思う。

「ところで、夢野さんが刑務所に入ってたってこと、その人、知ってるんですか」

「知ってるよ。でも、それは関係ないって。彼女、親がいないから、結婚に反対する人はいないって」

「だったら、大丈夫そうですね。そうなのか……、彼女は、お父さんもお母さんもいないんだ……。ねえ夢野さん、彼女のこと、絶対に幸せにしてやってくださいよ」

「うん、幸せにする」

私は、持っていたQUOカードをお祝いとして渡し、グループホームをあとにした。

たまには、こうした喜ばしいことがある。かたや、こんなこともあった。

受刑者への就労支援のため、ある刑務所を訪ねた時のことだ。ちょうど、知的障害者のグループワークを実施中だというので、それを参観させてもらうことにする。

それは、「社会復帰支援指導プログラム」というもので、今回が、全一八単元のうち、一一単元目であるらしい。

教室の中に入ると、すでにプログラムはスタートしていた。サークルのかたちに椅子が並べられ、そこに五人の受刑者が座っている。一人は立っており、教育専門官に向かって、何かを話していた。

案内してくれた刑務官が耳打ちしてくる。

「これ、役所の窓口で問い合わせをする訓練です。いわゆるロールプレイってやつですね」

私は、前を向いたまま頷いた。

ここは、累犯者が収容されている刑務所だ。年配の人が目立つ。

聞き耳を立てるのだが、ロールプレイをしている受刑者が何を言っているのか、ほとんど分からない。

「おらー、聞こえねえぞ」

椅子に座る受刑者の一人が、強い口調で言った。詰《なじ》っているようにも聞こえる。

えっ。心の中で叫んでいた。

横顔を見て気づいた。声を発した彼は、私の知り合いだったのである。

ずいぶん老けたが、間違いない。黒羽刑務所の第一寮内工場にいた受刑者仲間である。

初入者として私の前に現れた時、彼は、体をぶるぶると震わせていた。二三年前のことだ。あの当時は二十代の終わりだったから、もう五〇を過ぎているはず……。

そういえば彼は、黒羽刑務所の独居房で、よく泣きじゃくっていた。そして私は、たびたび、彼を慰《なぐさ》めていた。

あんなふうに刑務所を怖がっていた彼が、今ではすっかり「牢名主《ろうなぬし》」のようになっている。

幸い私は、この二十数年間、娑婆の中で暮らし続けることができていた。だが彼は……、きっと、何度も出たり入ったりを繰り返しているのだろう。

彼は今、足を大きく開いて、椅子に反《そ》り返って座っている。

その姿を見て、切なくなってきた。悲しくなってきた。

自分に対して、腹立たしくもなってくる。二〇年以上にわたって、いろいろな取り組みを進めてきたつもりでいたが、結局、受刑者仲間の一人も救えていなかったのだ。

まだまだ、やるべきことは多いと思う。

本書は著者視点の「私」という一人称で記述するノンフィクションの部分と、三人称で記述するフィクションの部分に分かれて構成されています。意図についてはプロローグを参照してください。また、本書に出てくる統計データ等は、犯罪白書（法務省総合研究所）、矯正統計年表（法務省大臣官房）、保護統計年表（法務省大臣官房）、刑政（公益財団法人矯正協会）、人口動態統計（厚生労働省）、在留外国人統計（出入国在留管理庁）などを基にしたものです。

本書は書き下ろしです

山本譲司（やまもと・じょうじ）

1962年、北海道生まれ。佐賀県育ち。早稲田大学卒。大学時代より市民運動に携わり、ホームレスの問題や水俣病の問題に取り組む。東ティモールの民族自決権を求める国際運動の事務局長を務める。1989年、史上最年少の26歳で、東京都議会議員に当選。都議会議員2期を経て、1996年、衆議院議員に当選。2期目を迎えた2000年9月、秘書給与詐取事件を起こす。翌年6月、1審での実刑判決に従い服役。獄中では障害のある受刑者や高齢受刑者の世話係を務める。出所後、『獄窓記』を上梓。同著が「新潮ドキュメント賞」を受賞、テレビドラマ化される。そのほかに『累犯障害者』『続 獄窓記』『刑務所しか居場所がない人たち』などを著し、罪に問われた障害者や高齢者の問題を社会に提起。2006年以降は、PFI刑務所の計画立案・運営に携わる。さらには、厚生労働科学研究のメンバーとして、出所後の障害者に関わる様々な政策を提言。2007年、更生保護法人および就労支援のNPO法人を設立する。現在も、障害者福祉の現場に携わりながら、出所者の社会復帰支援に取り組む。2012年に『覚醒』（上下巻）で小説家デビュー。『螺旋階段』『エンディングノート』などの小説作品がある。

出獄記

2025年3月19日　第一刷発行

著　者　山本譲司
発行者　加藤裕樹
編　集　野村浩介

発行所　株式会社ポプラ社
〒141-8210　東京都品川区西五反田3－5－8
JR目黒MARCビル12階
一般書ホームページ　www.webasta.jp

印刷・製本　中央精版印刷株式会社

© Joji Yamamoto 2025 Printed in Japan
N.D.C. 913　358 p　20cm　ISBN978-4-591-17991-8

落丁・乱丁本はお取り替えいたします。ホームページ（www.poplar.co.jp）のお問い合わせ一覧よりご連絡ください。本書のコピー、スキャン、デジタル化等の無断複製は著作権法上での例外を除き禁じられています。本書を代行業者等の第三者に依頼してスキャンやデジタル化することは、たとえ個人や家庭内での利用であっても著作権法上認められておりません。

P8008444